KB153911

SCENARIO

MAGABOOK
시나리오
2016년 여름

contents

신봉승과 초록색 잉크 만년필

신봉승 선배가 충무로에 온 것은 1962년 새싹이 돋기 시작하는 초봄이었다.

그리고 벚꽃이 만발한 2016년 봄날 그는 충무로와 영원한 작별을 고한다.

신 선배의 충무로 데뷔작은 시나리오 〈두고 온 산하〉였다. 그는 이미 현대문학을 통해 등단한 시인이었고 강릉 사범학교를 나와 교편을 잡고 있던 교사였다.

그러나 신 선배의 오매불망 꿈은 오직 시나리오작가가 되는 것이었다.

그래서 그는 학교에서 돌아오면 앉은뱅이책상에 붙어 앉아 밤이 새고 허리가 휘어지도록 시나리오 습작을 했다.

1960년 조선일보 신춘문예 당선작 시나리오 〈부두의 어린별들〉(김문엽 작)을 읽고는 전신에 경련이 일 만큼 부들부들 떨며 시새움에 며칠 밤을 꼬박새운 그였다.

신 선배는 절치부심 다음 해에 국방부 공모를 통해 시나리오 〈두고 온 산하〉로 갈망하던 충무로에 당당히 입성했다.

그의 충무로 데뷔는 찬란했고 환영일색이었다. 그러나 최금동, 유한철, 유두현, 김진섭, 김지헌 등 기라성 같은 프로 시나리오작가들이 판을 치고 있던 충무로의 시나리오계에서 갓 당선한 신예작가가 둥지를 틀기에는 그리 녹녹치 않았다.

1983년에 〈청춘교실〉 1984년에 〈월급봉투〉 등 한 해에 한 편씩 시나리오를 쓰는 신 선배의 삶도 남모르게 고달팠다. 그러나 신 선배는 차곡차곡 꿈을 이뤄가는 충무로 시나리오작가의 나날들이 마냥 신나고 그렇게 즐거울 수 없었다.

그 무렵 충무로에는 시나리오 〈성난 얼굴로 돌아보라〉, 〈유정〉의 한유림과 〈부두의 어린별들〉로 데뷔한 김문엽이 무섭게 성장하고 있었고, 홍지운과 공동작품 〈한 많은 석이 엄마〉로 데뷔한 문상훈이 시나리오계의 기대주였다.

해질 무렵 충무로에서 신 선배. 한유림, 김문엽, 문상훈, 네 주당(酒黨)이 딱 마주쳤다.

시나리오작가협회에서 무슨 회의가 있어서 회의를 마치고 나오는 길이었다.

네 작가는 우선 가까운 충무로 옆 골목 선술집 괴목정으로 가서 한잔씩 걸쳤다. 김문엽과 한유림, 문상훈은 나이가 거의 동년배라서 트고 지냈는데 신 선배는 거의 열 살이나 높은 연배라 깍듯이 선배라고 불렀다.

그러나 신 선배는 김문엽 작가에게는 신춘문예에 2년 먼저 당선된 선배라며 김 선배라고 불러야 한다고 우겨댔다. 그리고 〈부두의 어린별들〉 시나리오를 읽고 자신은 더욱 시나리오 습작에 매달렸었다며 "오늘 술은 내가 산다."고 김문엽 작가를 만나게 되서 가슴 설렌다는 말까지 했다.

술자리는 초막집으로 이어졌고 다시 대원호텔 건너편 꼬막조개탕 집으로 이어졌다.

60년대 중반 한창 잘나가던 네 명의 시나리오작가들은 술을 지고는 못가도 마시고는 얼마든지 갈 만큼 몸도 건장했고 주머니도 든든했다.

넷은 충무로 술집을 두루 섭렵하며 마시고 청계천까지 내려왔다.

당시 복개 전 청계천 주변에는 포장마차가 즐비했다.

신 선배와 김문엽, 한유림, 문상훈, 네 명의 시나리오작가는 포장마차마다 들려 한잔씩 마시며 우애를 다졌고 취기가 오르자 세상에 부러울 것이 없었다.

그러나 밤이 늦으면서 비가 내리기 시작했다.

시나리오작가 넷은 이미 거나해져 비가 와도 좋았고 눈이 와도 괜찮았다.

그러나 통행금지는 피해갈 길이 없었다.

빗속에 포장마차들도 문을 닫기 시작했고 우리 넷은 통금에 걸리기 직전이었다.

그래서 허둥지둥 달려간 곳이 청계천8가 노벨극장 옆 신 선배의 셋집이었다.

애앵~ 통금 싸이렌이 울리면서 우리의 술자리는 신 선배의 서재 겸 단칸 셋방에서 다시 시작됐다. 그때였다. 밖에 빗발이 거세지자 단칸방 천정이 새기 시작했다.

술상 위로 빗물이 쏟아졌다. 양동이로 고이자 그 옆이 샜다. 세숫대야 양푼 냄비까지 가져다 빗물을 받아가며 우린 마냥 술을 마셨다.

아파트라고는 단 한 채도 없던 당시에 비가 새는 집은 다반사였다.

그러나 신 선배는 새는 빗줄기를 몸 한편으로 맞으며 벌떡 일어나 만년필을 빼 들었다.

초록색 잉크가 든 만년필 파커21이었다.

"난 이 만년필 하나로 반드시 비 새는 이 셋집을 벗어날 거야. 오늘은 좀 불편해도 이겨내고 내일을 위해 자 마시자구!"

빗물에 섞인 술잔을 기울이며 우린 밤이 새도록 퍼 댔고 또 마셨다.

한유림은 목에 핏대를 세우며 '홍도야 우지마라'를 불러 제쳤고, 김문엽은 '바닷가 오막살이 집 한 채'를 불렀던 걸로 기억한다.

그런데 여기서 딱 한 가지 또렷하게 기억하는 것은 신 선배가 빗물에 젖은 잠바를 벗어 던지더니 벌떡 일어나 노래를 부르는 것이 아닌가?

그것도 참 듣기 어려웠던 좀 야하고 민망한 노래를 어깨춤까지 씰룩 씰룩 춰가면서…. '제창국 제창국 제창국에서 만나리….'

그로부터 몇 년이 흘렀다. 나는 신 선배의 전화를 받고 선배의 휘경동 자택을 방문했다.

신 선배의 2층 저택은 으리으리했다. 내가 현관으로 들어서자 신 선배가 이층 계단에서 웃으면서 내려왔다.

저택 안을 휘둘러보는 나에게 신 선배는 하얀 보에 덮인 전자기기 하나를 보여줬다.

난 태어나서 처음 보는 희한한 전자기기였다.

신 선배가 그 기기에 뭔가를 조작하니까 놀라운 광경이 연출됐다.

모니터 화면에 일본게이샤들이 나와서 춤추며 노래하는 것이 아닌가.

나는 너무나 경이로웠다. 생전 처음 보는 것이니까. 신 선배는 비디오기기라고 말하고 우리나라에 몇 대 없는 거라고 일러주며 주머니에서 초록색 잉크가 든 만년필을 꺼내 들었다.

"비 새던 셋집을 떠나 이 저택을 마련한 것, 저 기기묘묘한 비디오기기를 일본서 구입한 것도 모두 이 초록 만년필이지. 난 작가니까 쓰면 된다는 의지 하나로 다 해냈어."

신 선배는 점심을 먹으면서 나에게 성탄절 특집을 한번 써 보라고 했다.

모든 어드바이스는 자기가 다 해주고 소재 탐방까지 함께 가자고 했다.

당시 신 선배는 시나리오작가로서 정점을 찍고, TV드라마 작가로서 정상을 달리며 눈코 뜰 새 없이 바쁜 시기였다.

신 선배와 나는 성탄절 특집 소재 탐방을 위해 대전으로 갔다.

대전 시장을 만나고 대전시 모국장의 안내를 받아 우리가 찾아간 곳은 성 나자렛 마을이었다.

나병에서 완치된 환자들이 모여 사는 곳, 겉으론 평온한 마을처럼 보였으나 주민들을 만나보면 대부분 얼굴이 일그러져 있거나 손가락들이 오그라든 장애인들이 많았다.

그들은 외부 인사들의 방문을 달가워하지 않았다. 그러나 대전시 모국장의 설득으로 동대표들이 모였다.

주님의 은총 아래 나환자들의 재활의지를 근간으로 성탄특집을 쓰겠다는 취지를 밝히고 취재를 시작했다.

그때 나환자 대표 중 한 사람의 아들이 검사가 되었다고 자랑스럽게 말했다.

나환자촌에서 역경을 이겨내고 사법고시에 패스한 입지전적인 인물, 그건 필경 취재의 대상이었다.

그러나 그 검사 아들을 둔 아버지는 조심스레 입을 열었다.

"내 아들은 들먹이지 마세유. 내 아들은 아비가 나환자였다는 사실을 밝히기를 싫어하니까유."

그때 침묵을 지키고 있던 신 선배가 돌연 입을 열었다. 그의 목소리는 벼락 치는 듯했다.

"그따위 자식은 버리세요! 제 부모가 절름발이던 나환자던 제부모를 떳떳이 밝히기를 꺼려하는 그런 자식은 검사가 아니라 그보다 더한 거라도 소용없어요! 그런 자식은 남보다 못한 후레자식입니다!"

90년 초 내가 마포오피스텔에 '작가시대'라는 젊은 시나리오작가 그룹집필실을 열었을 때였다.

신 선배는 마포오피스텔 건너편 한신오피스텔에 집필실을 마련하고 텔레비전 드라마 〈이조 오백년사〉 집필로 한창 주가를 높여가고 있던 전성기였다.

신봉승 선배는 나를 불렀다.

"혼자서 써도 힘든 판에 젊은 작가들 수십 명을 데리고 시나리오를 쓰겠다니 그거 되겠어. 힘들 텐데."

"힘들어도 해봐야지요, 세 명씩 그룹으로 집필을 시키고 그들이 잘 쓰면 살아가는 거구요. 못 쓰는 팀은 죽는 거구. 난 컨트롤만 하면서 매니저 역할을 하는 거죠 뭐….'

"아무튼 문공 대단해. 잘해 봐요. 그리고 내가 젊은 작가들에게 저녁 한번 살 테니까 그렇게 알라고. 내 마포 소갈비로 쏘지."

시나리오의 대가. 방송작가로서 절정을 달리고 있는 대작가 신 선배가 소갈비를 산다는 사실은 우리 '작가시대' 젊은 작가들에게는 꿈만 같은 황홀한 뉴스가 아닐 수 없었다.

감히 근접하기도 어려웠던 대작가 신봉승 선생님이 마침내 소갈비를 사시겠다고 나타나셨다.

'작가시대' 젊은 작가들 20여 명은 우레 같은 박수로 신 선배를 맞았다.

신 선배는 간단하게 인사말을 했다.

"참으로 아름답고 감동적이에요. 젊은 작가들이 모여 첨단산업시대의 탄탄한 초석이 되겠다는 그 열성과 의지가 눈물겹기 때문입니다. 그룹집필을 통해 각자의 역량을 쏟아 시나리오 한편에 집중 투입시킨다면 반드시 주목받을 것입니다. 나도 아직은 부족합니다. 그러나 그대들 속에 뛰어들어 물심양면으로 힘이 되어 줄 것입니다. 그 대신 그대들은 죽을 만큼 열심히 써야 합니다. 손톱이 빠질 만큼 피 흘려 쓰지 않으면 그건 작가가 아니에요! 앞으로 그대들의 그룹집필 활동을 기대합니다."

신 선배와 내가 마지막으로 점심식사를 한 건 그의 집필실이 있는 인사동 어느 골목 일식집이었다.

유부국수를 들던 신 선배에게 나는 이야기 말미에 이렇게 물은 적이 있다.

"신 선배는 그동안 백여 편의 저서를 남기셨지요. 시, 소설, 수필, 논픽션, 시나리오, 방송대본 등등. 그런데 정작 신 선배는 소설가, 시인, 시나리오작가, 방송작가, 저술가 중 어떤 걸로 불리어지길 바라십니까?"

신 선배는 단호하게 말했다.

"난 시나리오작가지."

그 신봉승 선배는 지금 충무로에 없다.

이 지면을 통해서 다시 한 번 신봉승 선배님의 명복을 빕니다.

사단법인 한국시나리오작가협회

이사장 문상훈

배우가 사랑한 시나리오

| 수 애 |

　'배우'라는 직업과 '시나리오'라는 것은 떼어놓으려고 해도 떼어놓을
수 없는 실과 바늘 같은 관계일 것입니다. 배우가 없다면 시나리오가
인물로 되살아날 수 없고, 시나리오가 없다면 배우가 연기할 수 있는
캐릭터가 탄생하지 않을 테니까요.

2010 제31회 청룡영화상 여우주연상
2009 제46회 대종상영화제 여우주연상
2008 제17회 부일영화상 여우주연상
2004 제3회 대한민국 영화대상 신인여우상

새로운 작품을 들어가기 전 공백 기간에 적지 않은 수의 시나리오를 받고, 그 시나리오들을 꼼꼼히 읽게 되는 과정은 가끔 힘에 부치는 부분이 있습니다. 하지만 쌓여있는 시나리오 중 밋밋한 종이 위의 캐릭터가 아닌 넓은 스크린 속에 살아 움직이는 한 인물로 탄생시키고 싶은 캐릭터를 만나게 되는 과정은 햇수로만 18년째인 배우생활을 하면서도 여전히 가슴 떨리는 일입니다.

이번에 〈국가대표 2〉의 '리지원'이라는 캐릭터를 만나게 된 과정도 그랬습니다.

드라마 〈가면〉을 끝내고 휴식을 취하며 다음 작품이 될 수도 있는 시나리오들을 하나씩 하나씩 읽어가고 있을 때, 마치 어느 영화의 '클리셰' 같이 중간 즈음에서 〈국가대표 2〉라고 적힌 시나리오를 발견하게 되었습니다.

〈국가대표〉는 스키점프라는 비인기종목을 주제로 올림픽 메달과 나아가 그 운동 자체에 대한 열정을 감동적으로 그려냈던 영화였습니다. 저 또한 너무나도 인상 깊게 봤던 작품이었고 표지를 보자마자 '이번엔 무슨 종목일까? 어떤 이야기가 펼쳐질까? 어떤 인물들이 나오게 될까?' 라고 묻게 되는 것을 멈출 수가 없었습니다. 시나리오를 펼쳐보지도 않은 채 제목만 보고도 이런저런 질문들을 하게 될 만큼 이미 저는 이 영화에 끌리고 있었습니다.

'리지원'이라는 이름에서 알 수 있다시피 지원은 남한 태생이 아닌 탈북자입니다. 그녀는 익숙했던 것들을 떠나 목숨을 걸고 남한으로 도망쳐 왔습니다. 하지만 남한에서 살아보니 아무리 열심히 노력해도 이곳에선 탈북자라는 지울 수 없는 이름이 붙습니다. 무엇을 잘 하든 못하든, 지원은 탈북자입니다. "북한 사람처럼 안 생겼다"가 칭찬인 줄 아는 사람들만 가득한 곳입니다. 숨 막히는 북한을 탈출해 왔더니 이번엔 북한 사람이어서 숨 막히게 만드는 남한이 있습니다. 그래서 지원은 북한에서 아이스하키를 하던 실력을 살려 그것만으로도 먹고살 수 있고 탈북자라는 꼬리표도 뗄 수 있는 핀란드에 가기 위해 노력을 하게 됩니다.

지원은 동기와 행동이 명확한 캐릭터입니다. 누구라도 그렇겠지만 저는 이런 캐릭터를 만나면 사랑에 빠지지 않을 수가 없습니다. 핀란드로 이민을 가고 싶은 지원은 핀란드어 교재를 사서 그 나라의 언어를 공부합니다. 괜한 시간낭비만 될 거라고 여겨 거절했던 '대한민국 여자 아이스하키 국가대표'라는 타이틀은 4분의 3의 확률처럼 쉽게 달 수 있고 또한 메달을 따는 순간 핀란드 이민이 쉬워질 것이라는 말을 들은 뒤 참여하게 됩니다. 6명이 팀으로 움직이는 아이스하키 종목이지만 전직 선수였던 지원을 제외한 나머지 멤버들은 아이스하키를 배워본 적이 없습니다.

각종 난관에 맞닥뜨리는 것은 분명 지켜보기 힘든 일이었지만 제가 이 시나리오에 끌렸던 가장 큰 이유는 아이스하키를 통해 개인이 아닌 팀으로 움직인다는 속성이 매력적으로 다가왔기 때문입니다.

탈북자 꼬리표를 가지고 남한에서 살아왔던 지원은 스스로 사람들에게 거리를 둡니다. 그런 지원이 억지로라도 팀의 일원으로 행동하게 되면서 벌어지는 일들이 흥미롭게 펼쳐집니다. 지원과 함께 등장하는 캐릭터들도 최근 본 영화들 중 가장 다채로웠습니다. 이 다채로운 캐릭터들이 인물로 살아나 서로 교감하는 과정은 어떤 것일까? 현장의 모습이 궁금해지기 시작했습니다.

그 궁금증을 풀기 위해 이 영화에 참여하게 되었습니다.

눈 감으면 떠오르는 강

지상학
한국영화인총연합회 회장

식물도 옥토에 뿌리를 내려야 튼실하게 생육하듯 인간도 태어난 고향의 풍토에 따라 어느 정도는 다르게 성장 할 수 있다는 게 내 생각이다.

내 고향 충주는 지명이 말해주듯(忠=中+心) 한반도의 거의 중심에 위치해 있다. 그래서 충주시 가금면에는 통일신라 때 세운 중앙탑(칠층석탑)이 있고 우리 협회 회원들 중에는 두 번에 걸친 충주시 팸투어를 통해 이 탑이 낯설지 않은 이들이 많으리라 본다.

충주는 내륙 중의 내륙이다.

그래서 나 어렸을 적에는 생선다운 생선을 먹어본 적이 없고 운반 중에 상할 일이 없는 자반이 거의 유일한 '비린 것'이었다.

그래서 그런가 우리 식구들은 심지어 국에 든 멸치도 함부로 버리는 일이 없었고 자반에 길든 나는 지금도 날것인 생선회를 잘 먹지 못한다.

내륙 중의 내륙이 인간의 품성을 어떻게 키우는가는 잘 모르겠지만 충주는 다른 고장에 비해 많은 영화인들을 배출하였다.

김수현 선생에 버금가는 작가인 나연숙 선배님과 그 분의 오라버니이신 나한봉 선생님, 사극의 대가 임충 선배님, 그리고 나를 비롯한

작가군이 이곳 태생이고 감독 중엔 100편이 넘는 작품을 연출하신 故
고영남 감독님을 비롯 김진국, 하주택, 안승호, 우태영, 이상철 등이
이곳 출신이다. 배우 중엔 이경영, 정지희 등이 있는데 이상은 내가
대충 알고 있는 정도이고 제대로 조사를 해보면 더 많은 영화인들이 있
으리라 본다.

그리고 보면 충주사람들의 특질 중 하나는 예술가적 기질이 있다는
것이고 적어도 타지 사람들이 말하는 "느려터진 충청도 사람"은 아니
라는 것이다. 느러터진 충청도 사람이라면 고영남 감독께서는 어떻게
김수용, 임권택 감독님과 맞먹는 100편이 넘는 영화를 감독했겠으며
이 지상학이가 어떻게 60편이 넘는 영화와 수십 편의 단막극, 미니시
리즈, 연속극을 집필했겠는가. 그리고 내 걸음걸이가 대한민국 평균
치보다 엄청 빠르다는 것은 회원 모두가 주지하고 있는 사실이 아니던
가? 오해를 거두시라.

구로 이야기

　나 어렸을 적에는 놀 거리가 없었다.

　요즘처럼 TV도 없었고 게임도 없었던 시절이니 개구리 메뚜기 물고기를 잡으러 다니는 게 전부였고 동네마다 넘치는 게 똥개들이었으니 학교만 끝나면 개싸움을 시키러 다니는 게 유일한 재미였다.

　마침 우리 집에 구로라는 새까만 토종개가 있었는데, 나는 나도 먹기 힘든 북엇국을 끓여 먹이고 특수훈련을 거듭하여 이 개를 싸움개로 키웠다. 그리고 동네 꼬마들을 몰고 다니며 충주 시내의 모든 똥개들과 싸움을 시키고 그들을 모조리 제압하기에 이르렀다.

　명실상부, 나의 개 구로는 충주에서 가장 용맹한 싸움개의 챔피언이라고 생각하고 있었는데 어느 날 나의 참모인 똥참외(본명 김창섭: 훗날 일성건설 사장)가 용산철공소에서 개 짖는 소리가 들리니 그 개를 끌어내어 한번 붙어보자고 제안하여 용맹한 구로를 앞세우고 아이들과 우르르 용산철공소로 몰려가기에 이르렀다.

　우리 개가 용산철공소 살림집 앞에 이르러 나의 신호를 받고 구로가 컹컹 짖자 고요했던 살림집 안에서 느닷없이 사나운 개 짖는 소리가 들리는가 싶더니 총알처럼 개 한 마리가 달려 나왔고 구로는 그 개를 보자마자 순식간에 꼬리를 감추고 줄행랑을 놓았다. 너무나 허망하였다. 달려 나온 개를 보니 우리 개보다 체구도 훨씬 작았기에 그 실망감, 열패감, 배신감은 이루 말할 수 없었다.

　아이들이 외쳤다.

　"와 진돗개다. 진돗개야!"

　나의 똥개 구로는 싸우기도 전에 자신과는 종이 다른 이 '로열패밀리'를 단번에 알아보고 미리감치 꼬리를 내리고 도망쳤다는 것을 나는 나중에야 깨달았다.

　그날 저녁 나는 잔인하게도 벌을 준답시고 구로를 굶겼는데 나이가 들수록 이 웃기지도 않는 사건이 두고두고 하나의 아픈 상념으로 내 가슴속에 자리하게 되었다.

인간의 성공에서 가장 중요한 것은 노력과 집념이겠지만 배경 또한 무시 못 할 조건이라는 것을.

우리 집 똥개 구로는 그것을 먼저 알고 있었다는 것을.

그건 그렇고 도대체 그 옛날의 똥개들은 다 어디로 간 거지?

지금은 시골의 구멍가게 앞에 매어놓은 강아지들도 옛날 개들에 비해선 참으로 고급지고 잘 생긴 외래종들뿐이던데…. 비록 잡종일지라도 옛날엔 그런 개들 구경하기도 힘들었는데. 나는 다윈의 진화론을 우리 주변의 개들을 통해서 제일 먼저 절감하고 있다.

그러나 인간은 조금 다르다.

내가 만든 샛별단(골목 꼬마들의 조직)의 부하 중에 조병두가 있었다.

군대 제대하고 너무 고향에 가보고 싶어서 충주를 방문한 적이 있었다.

병두네 집은 바로 우리 뒷집이었으므로 지금은 남이 살고 있는 집이지만 옛 우리 집을 찾아갔다가 병두를 만나게 되었다.

고향은 너무 변해 있었지만 우리 집이 있던 자리는 대충 헤아려 짐작할 수 있었다.

병두는 옛날에는 없었던 자전거 포 앞 툇마루에 앉아서 대낮부터 소주를 홀짝이며 자전거포 주인과 침을 튕기며 말싸움을 하고 있다가 나를 발견하고는 처음에는 반신반의하였지만 옛날 대장님인 걸 확인하고는 이루 말할 수 없이 반가워하였다.

그날 저녁 병두와 나는 그의 집에서 옛날이야기로 밤을 새우다 헤어졌고 3년 후 다시 충주를 방문할 일이 있어서 내려가게 되었는데 여기서 데자뷰 현상인가 착각하는 일이 벌어졌다.

3년 전 그 모습 그대로 병구가 여전히 자전거포 앞 툇마루에 앉아 대낮부터 깡소주를 마시면서 자전거포 주인과 말싸움을 하고 있었다.

마치 3년 전 그때의 연속 동작처럼 침까지 튕겨가며.

그날 밤 나는 병두와 같이 밤을 보내며 많은 이야기들을 나누었다. 주로 내가 충고를 하는 쪽이었다.

"임마, 젊은 나이에 낮술 좀 그만 마셔. 그러다 죽으려고 그래?"

"흥, 성이 뭘 안다고 그래. 성은 그래도 서울 가서 공부라도 좀 했으니 할 일이 있겠지. 나처럼 이런 작은 도시, 가난한 집에서 태어난 놈이 할 일이 뭐 있겠수. 어쩌다 노가다라도 있으문 하는 거고. 없으면 술이나 마시면서 세월 죽이는 거지."

그리고 이년 후 나는 다시 충주를 방문하였고 병두를 만나고 싶어 자전거포로 향하였다. 혹시나 했는데 병두는 거기 없었다. 자전포 주인이 말했다.

"병두, 그시키 얼마 전에 죽었시유."

"예? 아니 왜요?"

"왜요는유. 허고헌날 깡소주만 처마시니께 견딜 재간이 있겠시유."

자전거포 주인이 무시덤덤 얘기하였다.

이 병두네 집에서 100미터 거리 조금 넘는 같은 봉방동에 아주 공부 잘하는 형님이 하나 있었다.

사람들은 그 형님을 반소장네 큰아들이라고 불렀다. 그 형님은 공부도 엄청 잘했지만 영어도 무지 잘해서 한국대표로 케네디 대통령을 만나러 곧 미국에 간다고 소문이 자자하였다.

그 형님이 미국에 다녀오고부터 그 형님은 더욱 우리 모두의 우상이 되었다.

나도 공부깨나 잘한다고 칭찬 듣는 소년이었기에(죄송) 나는 그 형님에 대해 물론 존경도 했지만 시기 질투심이 더 강하였다.

훗날 그 형님은 UN사무총장이 되었다.

그리고 그 형님의 집에서 100미터 조금 넘는 거리에서 한 청년은 깡소주로 낮술이나 마시다가 알코올 중독으로 서른도 되기 전에 저 세상으로 떠났다.

반소장네가 병두네보다 조금 더 잘 살긴 했지만 모두가 가난했던 그 시절, 부모의 교육열이, 그리고 반소장네 큰 아들의 노력과 집념이 두 사람의 인생을 극명하게 갈라놓은 것이다.

그러고 보면 고향이 태어난 사람의 인자에 어느 정도 영향을 미치는 것은 사실이지만 결국 인생의 승패는 자신의 노력과 집념에 의해 좌우되는 것이 아닌가 하는 생각이 든다. 인간은 개와 다르니까.

사람은 자신의 부모나 고향을 욕할 때 가장 불 같이 화를 낸다.

그건 나도 마찬가지다.

지금도 눈을 감으면 선명하게 떠오르는 달래강(남한강지류)!

그리고 어린 날의 추억들.

나는 60이 넘었지만 아직도 잠이 들면 어린 시절의 달래강으로 돌아갈 때가 있다.

아직도 나는 그곳에서 아이들과 멱을 감고, 올갱이를 잡고 발가벗고 뛰어 놀고 있다.

그 시절의 아련한 추억들을 떠올릴 때… 나는 가장 평화롭고 행복하다.

반농반도시의 작은 동네에서 태어난 옛 친구들은 세상으로 모두 흩어져 각개전투를 벌이며 어떤 친구들은 성공을, 어떤 친구들은 좌절을 맛보며 살고 있겠지만 내 추억 속의 꼬마 친   구들은 모두 옛 모습 그대로 내 꿈속에서 뛰어 놀고 있다.

충주는 내 가슴속에 항상 생물처럼 살아있다.

한국 영화
시나리오
걸작선〈2〉

석화촌

1972년
제　　작 | (주)우진필름
감　　독 | 정진우
원　　작 | 이청준
시나리오 | 문상훈

수상

1972년 제9회 청룡영화상 – 작품상, 여우주연상, 남우조연상
1972년 제11회 대종상 – 녹음상, 음악상
1973년 제9회 백상예술대상 – 영화기술상, 여자최우수연기상
1973년 제16회 부일영화상 – 작품상, 감독상, 남우주연상,
　　　　　　　　　　　　　　　　　　여우주연상

등장인물

별녜(十九)	언챙이(二〇)	두래소녀(十九)
거무(二二)	봉순네(三五)	천관댁(四〇)
강 청년(二四)	순이네(三二)	용삼(二六)
모화(四〇)	부뜰네(三三)	주모(四〇)
강 주사(四五)	실리댁(二八)	노인A
안 노인(五〇)	고 첨지(六〇)	노인B
정 씨(四八)	복돌(六)	
양남이(十九)	꺽쇠(二四)	그 외
길녜(十九)	도굴이(二三)	

1. 창망한 바다

그 수평선상에 붉은 석양이 기울고 있다.
그 저녁노을이 갑자기 화려하게 물들어 물결은 붉고 푸른 에나멜을 온통 칠해 놓은 것 같다.

2. 그 바다에 떠있는 외돛배들

석양이 여긴 더 가깝다
넘실대는 물결에 흔들리는 배들.
뱃전에서 저녁밥 짓는 연기가 두세 줄기.

3. 거무의 외돛배

밥을 짓는 거무(거미의 사투리)의 얼굴이 붉게 탔다.
그의 근육이 울뚝불뚝 두드러져 거친 힘을 보이는 상반신 벌겋게 벗겨져 번들번들 빛나고 있다.
흩어져 있는 어구들.
갓 잡은 듯한 몇 마리의 농어들이 팔딱거린다. 맞은편 꺽쇠네 배에서 소리가 건너온다.

꺽쇠 어이 거무!
거무 (건너다보며) 왜 그려?
꺽쇠 좀 건어올렸나벼?

거무 웬걸… 신통찮어라우.

꺽쇠 언제 배 돌릴 참여?

거무 한 며칠 더 해볼랑게. 늬는 들어갈랑가.

꺽쇠 응야 목구멍에 타작이라도 할 참이여.

거무 가거들랑 별녜(성녀)한테 전갈해줄 테여?

꺽쇠 (문득 안색이 변하며) 그년 이야긴 꺼내지도 말라꼬! 돌아앉아 버린다.

거무 올해 별녜 어멈 물귀신 네놈부터 잡아가얄 낀데!

꺽쇠 (배 저으며) 오살 맞고 있네!

거무 너 오늘 허리가 동강나고 싶냐?

꺽쇠 빈정거리지 말고 아가리 닥쳐라이.

거무 싸게싸게 가서 양님이 엉뎅이나 만지더라고!

꺽쇠는 들은 체 만 체 뱃머리를 돌려 노를 저어간다.
거무 그리움이 담긴 눈을 들어 아득히 먼 물에 시선을 준다.
그 뭍의 마을이 줌 인 되면서….

4. 석화촌(외태비골) 전경

구름을 인 용머리산이 바다에다 다리를 담그고 있다. 오르르 버섯처럼 돋
아난 초가집들.
갯벌 석화밭에 가득 찬 처녀들 헤드타이틀.
〈석화촌〉이 뜨고.

5. 타이틀 백

파도.

석화를 따는 처녀들의 손 손 손.

석화 껍데기가 떨어지고 그 속에 탐스러운 굴알이 손에 잡힌다. 굴 알이 떨어지고 난 껍질 속의 오색이 영롱한 석화의 무늬. 그 무늬에 반사되는 햇빛 참으로 곱고 아름답다.

여기 크레딧 타이틀이 떴다 모두 가시면

—DIS—

6. 갯벌로 가는 길

마을처녀들이 치맛자락을 둥둥 걷고 맨발로 온다.

길녀 양님이 엊저녁에 시집갈 꿈꾸었다지야?

양님이 제년이 시집가고 싶응께 별소릴 다하네.

언챙이 신랑이 어찌 생겼는데?

양님이 오메야!

길녀 참 나이들은 먹어가고 걱정이다.

양님이 올해도 노처녀가 또 쏟아져 나오겠다잉?

길녀 젖통을 까버릴란께 아무 말두 마라이. 올해는 시집 못가면 강 주사네 폐병쟁이한테라도 팔려갈 참인께.

모두 깔깔 웃다가 한쪽을 본다.

용머리산 언덕바지에서 두래가 천천히 걸어 내려오고 있다.

길녀 늬 두래 아닌가벼?

두래 왜 아녀?

길녀 워디루 가는 참이랑가?

두래 별녜 좀 만나러 가유.

양님이 그깐 흉가집 가시내 만나면 뭘 한대여?

두래 ….

길녀 왜 느이 아잠씨는 노상 바위에 걸터앉아 휘파람만 불어제낀당가?

두래 뻐꾹이가 우는 것인지 노래를 부르는 것인지를 생각한다디야.

모두 어이없어 보는데

두래 그래 내가 우는 소리가 아녀 하니께 고개만 까딱거리잖나벼?

언챙이 공부는 많이 하구 왔다디?

두래 책이 허겁스럽게도 많다유. 동경 유학 가려다 병 때룸시로…. (하다가) 저거 별녜 아녀? 성님! 성님!

(부르며 뛰어간다.)

가래길로 별녜가 갯벌을 향해 가고 있다.

돌아보는 별녜.

윤곽이 번듯한 얼굴.

유난히 가는 허리.

양님이가 쌜쭉한다.

양님이 저 잡것은 물귀신처럼 이맛때기가 왜 저리 희단가?

길녀 우리보고 어서 죽어달라는 눈빼기여. 지 엄니 혼백 물귀신 못 면했응께.

별녜 양님아

양님이 흥!

세 처녀 외면하고 가버린다.

멍청해지는 별네.

두래 왜들 저런다요?

별네 내가 지들 보구 싸게 죽어달라구 그런다 하잖나벼?

두래 울 아잠씨 좀 오락카는디.

별네 흉칙스럽게! 남정네한테 우째 간다나? 난 안 가.

하고 간다.

두래 그 등을 보다 또 쪼르르 뒤따른다.

7. 석화밭

무연한 갯벌!

멀고 가까운 벌판에 마을 사람들이 허옇게 널브러져 있다.

경계를 표하는 노랑색 헝겊 깃대들이 바람에 웅웅 운다.

별네는 이들과는 한 귀퉁이 멀리 떨어져 외롭게 바위를 심고 있다.

그 이마엔 땀.

걷어 올린 치맛자락 밑에 두 다리가 무시도록 희다.

오똑오똑하게 가지런히 돌을 심자니 힘에 부친다.

좀 떨어진데서 바위를 심고 있는 봉순네 순이네 부뜰네.

부뜰네 저년은 혼자 살아도 무섭지 않나벼?

봉순네 (별네를 보며) 그렇기 말여. 지 엄니 아버지 다 죽고 저 혼자 무슨 재미로 사는지 모르겠네. 나 같으면 목매달지.

순이네 모르는 소리 말더라고. 거무가 끔찍이도 애껴주는 모양이든디.

봉순네 무당 아들 말여?

순이네 곰같이 둔해 빠져서 그렇제. 남정네들 그런 몸짓 하나면 큰 밑천이여.

부뜰네 과부 욕심낼 만 하겠제.

순이네 지랄한다! 긴긴 밤 벼개통 안고자도 남 총각 욕심내면 벌 받제.

부뜰네 근데 그게 고자라며?

두여인 뭐여?!

부뜰네 복돌 어멈이 그러는데 호두알만 있고 무우가 없다는 거여.

순이네 움맘마!

봉순네 괜한 소리여!

부뜰네 그럼 임자가 맛본 모양이제?

봉순네 징한 것! 말이라고 다 하는 줄 아나벼!

하고 허리를 든다.
무당 북잽이 용삼이가 철퍽거리며 별네곁으로 가고 있다.

봉순네 북잽이는 왠일여?

두여인 그렇다마시.

×　×　×

별네곁에 와 서는 용삼.
별네 고개를 든다.
용삼 히죽 웃으며 곁바위 위에 걸터앉는다.

별네 …?

용삼 궂은 일 안 해도 묵고 살 판 났어라우.

별녜 뭔 일인디?

용삼 히히. 알면서 시침따구 있네.

별녜 모두 나만 보면 피하는디 용삼 아잠씨는 왜 자꾸 추근거린다나?

용삼 알구 있당께! 니 거무 땜에 그러는거제. 다 알고 있응께. 히힛.

별녜 똥물 튕기기 전에 싹 없어지더라고.

용삼 똥물 맞고 중신술 얻어 묵으면 그만 아닌가?

별녜 저리가! 가!

뻘을 집어 용삼의 얼굴에 냅다 던진다.
그 얼굴에 가 맞는 뻘.

용삼 왜 이런다디야? (사람 좋게 뻘을 훔쳐내며) 중신쟁이 괄세하면 벌 받제.

별녜 일만 한다.

용삼 몹쓸 병에 걸려서 그렇제! 공부 많아 학식 있것다 돈 많것다, 뭐가 으째서 싫다는 거여?

별녜 ….

용삼 동네괄시 받는 거 보담 낫잖은감? 거무는 고자라던디.

별녜 ….

용삼 늬는 고자가 뭔지 모르제?

별녜 잡것! 듣기 싫응께 가더라고!

용삼 저녁에 거무 어멈이 갈꺼여. 귀가 솔깃한 얘기 들려줄 모양이니께 꿈 많이 꾸더라고.

질퍽거리며 가버린다.

별녜 혹 한숨짓고 또 돌을 심는다.

문득 그 귀가 솔깃해진다.

바람을 타고 들려오는 휘파람소리.

별녜 그쪽을 본다.

8. 용산머리 중턱의 강 청년 움막

본 눈으로!

멀리 점처럼 보이는 강 청년이 바다를 보며 휘파람을 불고 있다.

9. 다시 석화밭

별녜 그 소리가 기분 나쁜지 몸을 움츠린다.

길게 여운을 끌며 들려오는 휘파람소리.

별녜 생각하는 얼굴이 된다.

끈질기게 들려오는 휘파람소리에서

—DIS—

10. 별녜의 집 방 안(밤)

방바닥으로 밀어놓는 지폐뭉치.

강 주사가 와 있다.

별녜 이게 무슨 돈이예유?

강 주사 빚 갚아라. 빚 갚고 이 집도 팔아버리라고.

별녜 집은 못 팔아요.

강 주사 이 집이 흉가여. 니 엄니 아버지 죽고 누가 이 집 들여다나 본 사람 있어?

별녜 허지만….

강 주사 다 널 생각해서 하는 소리여. 이 돈 말고도 더 큰 돈 들여 니 엄니 혼령 저승 가게 해줄깅께.

별녜 우떻게마시?

강 주사 니 엄니 혼령은 아직도 바다 속에서 떠돌아다니는 거여. 다른 사람을 주저앉혀 대신 물귀신을 만들어 놓지 않고는 영영 니 엄니는 저승으로 가지 못할 거 아니여?

별녜 (두려운 표정)

강 주사 그러닝께 대신 다른 사람 사서 수장을 지내잔 말여.

별녜 수장이라니요?

강 주사 산 사람 물에 빠져죽게 한단 말여. 내 말 알아듣것제?

별녜 그런 사람이 어디 나선당가요?

강 주사 이건 비밀여. 귀 좀 빌리더라고.

강 주사 별녜의 귀에 대고 뭐라고 속삭인다.
별녜 놀란 얼굴이 된다.

11. 고 첨지의 집 앞

집은 가난해서 허술하지만 어구만은 정연하게 걸려 있다.

이 집 아들 복돌 녀석이 뛰어와 안으로 들어간다.

12. 동 방 안(밤)

들어와 매달리는 복돌.
복돌 어멈 실리댁과 무당 모화가 얘기 중이다.

복돌 엄니! 배구퍼잉!
실리댁 요 싸가지 없는 녀석 보게! 할아버지 죽밖엔 없는데 그러는구만.
복돌 그 말에 풀이 죽으나 역시 흥얼댄다.
실리댁 (모화에게) 아예 그런 말 꺼내지두 마소.
모화 난들 답답해서 그러네. 사시면 얼마나 사실 거라고…. 눈 딱 감고 해보는 거여?
실리댁 웃방에서 듣소.
모화 내 점쳐 보니께 이집 대주는 저승길 잘 갔더구마. 대주 말씀이 복돌네는 이 마을 떠나야 한다는 거여.
실리댁 허! 작은 소리로 말하소!

웃방에 신경 쓴다.
복돌 일어나 웃방으로 간다.

13. 동 웃방(고 첨지 방)

복돌이 누워 있는 고 첨지 곁에 앉는다.

푹 페인 눈!

시체 같은 얼굴.

피골이 상접하여 앙상히 뼈만 남은 고 첨지.

죽은 듯이 누워 있지만 아랫방 얘기에 귀를 기울이고 있다.

복돌 죽그릇을 핥는다.

모화(E) 이 외태비골에서 더 버티어 봤자 별녜네 집처럼 흉가 될 접괘드란 말여! 복돌 할아범 이걸 알면 제 편에서 죽으러 들거여. 사실 죽는 김에 수장 당하는 게 더없이 손주들 위해선 다행한 일 아니겠어?

실리댁(E) 하지만서도 자식된 도리로 어떻게 그런 짓을….

모화(E) 그러니께 님자가 한번 운을 떼보란 말여! 한사람 죽어 집안 다 살면 그 아니 평생 극락 아닌가벼?

실리댁(E) 안 되지 안 되지라우. 자식 팔아 부모 살았단 이바구는 들었어도 부모 팔아 자슥 살겠다는 소문 못 들었네.

고 첨지의 감은 눈에 글썽 눈물이 괸다.

14. 다시 아랫방

만삭이 된 실리댁도 괴로운지 고개를 떨구고 있다.

모화 (바싹 다가앉으며) 임자 뜻은 모르진 않어. 몇 해 흉년이 겹치니. 명년엔 올보다 더 흉년이 겹칠 것이여. 올핸 흙이 튀고 명년엔 돌이 튀고 저명년엔 쇠가 튄데여.

실리댁 굶어죽드래도 별 수 없지. 에휴! 어째사 쓸고오! 글안해도 빚이 하늘로

뻗힐 것인디. 이놈의 세상 천불나서 못살겄네이! (한숨) 오늘은 그만 가보소.

모화 그래 내말대로 운을 뗄 것이여?

실리댁 ….

모화 그럼 앉아 있소

일어선다.
실리댁 멍한 시선을 웃방에 보낸다.
복돌이가 입술을 핥으며 내려온다.
막 모화가 나가려는데!

고 첨지(E) (웃방에서) 거무 어멈! 거무 어멈!

모화 (찔끔)

실리댁도 긴장!

고 첨지(E) 거무 어멈! 나 좀 보구 가!

모화와 실리댁이 눈이 마주친다.
당황하는 실리댁.
섬칫하다 금시 웃음을 띠는 모화.

15. 웃방

반쯤 일어나 앉은

고 첨지 나 좀 보구 가랑께!

문이 열리며 모화가 들어온다.

고 첨지 (손짓으로) 이리로….

모화 장리 빚 받으러 왔다가는 거예유! 몸도 편찮은데….

고 첨지 응? 그래 그건 그렇고…. 수장 얘기 말여.

모화 들으셨구먼유.

고 첨지 다 죽어가두 웬 놈의 귀속은 자꾸만 밝아지네 그려. 이리 앉소. 내 거무 어멈 얘기 들어줄낑께.

모화 (눈이 빛나며) 농담이 아니게라우?

고 첨지 내가 죽을 때를 안다구. 죽기 전에 손주, 며느리 잘 되면 눈감을 게 아니겠어. 내가 죽으면 이 마을두 편해질 거여! 질시하구 괄세 받는 사람도 없어질 테구!

실리댁 (뛰어들어) 아버님! 그건 안 돼유!

고 첨지 넌 괘념치 말어!

실리댁 (울며) 아버님! 벼락 맞아 죽어유! 안 돼유! 거무 어멈 싸게 가시랑께!

고 첨지 안다 알아…. 넌 썩 물러가 있거라 어서!

파도소리 속에 그들의 목소리는 어딘지 처참하다.

고 첨지 허기야 저눔의 바다가 웬수고 물결소리가 웬수다. 난들 왜 저눔의 소리가 듣기 좋겠니? 저눔의 소리만 들리믄 나두 네 어미생각이 불시에 난다마는 거 어쩌니. 난 이미 죽은 송장이 아니겠냐?

실리댁 아버님…. (운다.)

고 첨지 내가 어서 가서 그 할멈 원귀두 저승으로 보내야제. 별네두 강 주사 아들한테 시집가구. 너희들 타처에 가서 새살림 채리구.

실리댁 아버님 그럴 순 없어라우.

고 첨지 거무 어멈 어서 수장 준비나 해 어서.

모화 잘 생각하신 거유!

실리댁 아버님! (오열이다.)

16. 암벽 있는 곳(밤)

절벽에 부서져 포말 이는 거센 파도.

별녜가 와서 절벽 밑을 굽어본다.

그 무서운 눈.

별녜 (중얼거리듯) 엄니….

출렁이는 바다 위에 어머니 정 씨의 시체가 떠올라 보인다. 그 흐늘거리는
시체.

별녜 엄니… 엄니….

사라지는 환영 .

별녜 엄니 어쩌면 좋당가? 이 몸 팔아 엄니 혼백만 저승으로 간다면 한이 없겠
어라우. 하지만 거무는 어쩔 것이여 엄니….

그 눈에 눈물이 고인다.

별녜 엄니. 엄니 살아계실 젠 참 행복했었는디….

(포커스 아웃)

17. 괭이섬(묘도) 암벽(회상)

"별녜!" 하고 뛰어오는 거무.
석화를 따던 별녜가 돌아본다.
다급하게 뛰어오며

거무 별녜! 물 들어와 물!

과연 섬에서 뭍으로 이어진 갯벌에 만조가 밀려오고 있다.
놀라는 별녜.

거무 (뛰어와서) 아 뭘 하는 거여? 빨랑빨랑 가자고!

손목을 끌고 뛴다.
끌려가는 별녜.
석화 바구니만은 놓지 않고 있다.

18. 만조가 밀려드는 갯벌

바지와 치마를 걷고 손을 잡은 채 뛰어오는 두 사람 점점 물이 붓는다.
문득 별녜가 주저앉는다.

거무 아니 왜 그리여?

대안까지는 아직 까맣게 멀다.

별녜 발에 쥐가 났어라우.
거무 큰일났고마! 할 수 없다. 업히거라.
별녜 아이 어쩔거나!

거무 별녜를 들쳐 업고 뛴다.
첨벙대는 거무의 다리.
그 등에 업힌 채 쥐가 난 다리를 주무르는 별녜 통증이 오는지 얼굴을 찡그린다.

19. 첨벙대는 거무의 발 발 발

20. 동 대안

물이 허리에 찬다.
헤어오듯 건너온 거무 헉헉대며 별녜를 내려놓고 주저앉는다.
그리고 별녜의 다리를 주물러 올라간다.
드러나는 흰 살결!

거무 아직 안 풀리는감?
별녜 아! 아! (비명)

거무 안 되겠는지 조개껍질로 살을 찢는다.

별녜 아얏!

피가 솟는다.
거무 입에 대고 힘껏 빤다.
별녜 찡그린다.

별녜 됐어 됐어라우!

거무 애무하듯 별녜의 허벅지에 파묻힌다.
희열하는 별녜
굳게 쥐어진 별녜의 손이 거무의 허리를 감고 뒹군다.

별녜 구만 구만해요…. 이…제 됐어라우.

석양이 붉다.
해가 빛을 쏟아버리고 기진한 듯 서쪽 바다 위에 벌겋게 충혈 되어 있다.
거기 수평선상에 가는 연기를 내뿜으며 점처럼 연락선이 가고 있다.

별녜(E) 연락선 한번 타봤음 쓰겠는디.
거무(E) 저놈을 타면 회전포로 가는 거여.
별녜(E) 댕기 하나 사왔음….
거무(E) 그깐게 문젠가벼? 두고보제. 한 밑천 잡으면 꼭 회전장에 가서 얼레빗
이랑 면경이랑 고무신이랑 다 사올틴께.

만조는 자꾸 밀려든다.

21. 암벽 있는 곳(여름)

잔잔한 파도.

이글거리는 태양.

시커먼 바위들이 태양빛에 반사되어 열기에 떠있다.

별녜가 바위 틈새를 들여다보고 있다.

멀리서 거무가 별녜를 부르는 소리.

달려오고 있는 거무.

거무(E) 별녜! 별녜!

별녜를 찾는다.

별녜는 암벽 뒤에서 바위 틈새를 들여다보며 못들은 체 가만히 있다.

거무 별녜! 어디 있는 거여? 별네.

장난스럽게도 가만히 있는 별녜.

거무가 암벽을 타고 넘어온다.

별녜를 보고 반색이 되어 뛰어온다.

거무 왜 대답두 없이! 내 소리가 안 들리는감?

별녜 (살짝 웃는다.)

거무 능청스럽긴! 뭘 딜다보는 거여?

별녜 (턱으로 물속을 가리킨다.)

거무 소라 아녀? 잡아줄까?

별녜 그려!

거무 옷을 훨훨 벗어던지고 풍덩! 물속에 뛰어든다.

들여다보는 별녜.

거무가 솟아오른다.

그 손에 큼직한 소라가 들려있다.

거무 또 있나벼?

별녜 그만 햐.

거무 암벽을 기어오른다.

물기에 젖은 몸.

태양빛에 반사되어 번들거린다.

거무 소라를 내민다.

받아드는 별녜의 눈이 벗은 거무의 몸에 머물러 있다.

씩씩대는 거무 머리의 물기를 털어낸다

별녜 베수건을 꺼내어 거무의 머리를 닦아준다.

히죽 웃는 거무.

별녜의 손이 거무의 목덜미에 닿자 튕기듯 물러선다.

얼굴이 달아올랐다.

거무 왜 그려?

별녜 소리를 듣고 달아난다. 거무 뒤쫓는다.

22. 암벽 뒤

뛰어온 별네 숨이 찬 듯 암벽에 기대 버린다. 따라온 거무가 별네를 덮치듯 안아버린다.

별네 왜 이런댜? 숨이 차니께 저리 가!
거무 별네! 우리 혼인 햐!
별네 우맘마! 망측하게!

또 달아난다.
흐뭇이 보는 거무.

23. 깊은 산 속

진달래꽃이 지천으로 피어있다.
그 속에 별네와 거무의 두 머리.
별네 딱 소리 나게 손수건에다 꽃잎을 찍어낸다.
그 아름다운 꽃무늬.
거무도 손바닥에 꽃무늬를 찍는다.
마주보며 미소 짓는 두 사람.

거무 별네 우리 혼인 햐!
별네 (부끄러운 미소)
거무 늬 아버지한테 고기 잡는 법 배워서 동네에서 제일 훌륭한 어부가 될 테여!
별네 난 모르는디… 모르겠어라우!

피하듯 진달래 가지를 헤치며 간다.
뒤따르는 거무.
뻐꾸기가 운다.

24.숲 속

걸어와 피곤한 듯 주저앉는 별녜.
거무도 와서 별녜처럼 앉는다.

별녜 목이 마른디 샘두 없구.
거무 물 떠올까?
별녜 어디서?

거무 일어선다.

거무 저기 감 샘이 있어라우!
별녜 바가지도 없을 긴데.
거무 내 떠올낑게 예 있는 거여!

뛰어간다.
별녜 숲 속에 머리를 기대고 눕는다.
뻐꾸기소리.
푸른 하늘.
거무 잠시 후 터벅거리며 뛰어온다.
그 손 안에 든 물.

별녜의 잠이 든 천진스런 얼굴을 바라보는 거무의 손에서 물이 새 떨어진다.
쌕쌕 잠이든 별녜.
거무 황홀한 듯 바라보다가 무릎을 꿇고 별녜의 양 볼을 감싸 쥔다.
눈을 뜨는 별녜.
불타는 눈으로 보는 거무.
입술이 다가온다.

별녜 안 돼야.
거무 별녜! 우리 혼인 해! 잉?
별녜 혼인하기 전엔 안 돼야! 이러면 안 돼야.

거무의 두터운 입술이 별녜의 여린 입술을 덮쳐버린다. 밀어내려 하지만
거무의 완강한 힘에 이기지 못하는 별녜.

별녜 거무!

거무 정신이 확 든다.
입술을 뗀다.

별녜 (장난스럽게) 엄니가 지집은 정조가 생명이라 했는디. 안 그려?
거무 별녜 니는 참 곱구나. 진달래꽃보다 더 곱구나.

—DIS—

25. 별녜의 집 마당

출어의 징소리.

별녜 아버지 안 노인과 정 씨 별녜 등 어구 준비에 분주하다.

별녜 엄니 다 됐어라우?

정 씨 그려! 쌀 김치도 넣었는감?

별녜 예!

안 노인 이번 배에 한 밑천 잡으면 별녜 고무신 한 켤레 사다주지.

정 씨 어서 서둘러야 할 텐데. 배들 나가유.

안 노인 거무는 여태 왜 안 오는 거여?

정 씨 거무 어멈이 또 들볶는게벼.

26. 모화의 집 마당

무당답게 여기저기 신주를 모셔 놨다.

출어의 징소리

모화 글씨 니가 무슨 귀신이 씌였당가? 별녜가 워디가 좋아서 덜렁 수캐처럼 따라 댕기는 거여? 니는 엄니가 정해 논 혼처가 있단 말여.

마루에 불퉁해서 앉아 있는

거무 누가 그래서 그런데요. 뱃놈이 되볼랑께 별녜 아버지한테 고기 잡는 거 좀 배울라고 그러제.

모화 핑계는 좋네 그려! 집안 망하려면 자식이 이 모양이니. 니 아범 살아 계시면 꼴 좋겄다 꼴 좋었어.

거무 아범은 안 계신다 했지라우!

모화 안 계시다니. 안 계셨으면 니는 우떻게 이 세상에 나왔겄냐?

거무 (일어서며) 한 보름 걸릴 께요.

모화 탈이시 탈이여! 오뉴월 광풍에 나가 콱 뒤지구나 말어!

거무 악담하지 말어유!

하고 나간다.

27. 선창

배를 띄우는 어부들.

징소리.

울긋불긋한 깃대가 펄럭인다.

배불뚝이 마을 아이들이 몰려나온다.

아이들 배 나간다! 배 나간다.

안 노인을 보내는 별녜, 정 씨.

꺽쇠 도굴이 등도 배에 그물을 싣는다.

언챙이가 도굴이를 보내고

길녀는 꺽쇠를 전송하고

두리번거리며 누굴 찾던 양님이가 어기적거리며 나오는 거무를 보고 반색
이 된다.

양님이 거무!

거무 자기를 찾는 양님이를 보고 시큰둥한 채 지나간다.

샐쭉해지는 양님이.
거무는 별네들 쪽에 간다.

길녀 (다가와서) 왜 그려?
양님이 흥! 별꼴이여. 저년이 꼬릴 치더라니.
길녀 머리끄댕일 잡구 담판을 내는 거라!
양님이 흥! 얼마나 오래 가나 두고 보제!

입술을 깨문다.
× × ×
별네네가 있는 곳.
안 노인 뱃줄을 푸는데 거무가 온다.
별네 거무를 보고 반색이 된다.
거무도 별네를 보고 빙긋이 웃는다.

정 씨 자네 왔구먼!
거무 지가 빠질 수가 있어야지유.

배에 양식 보퉁이룰 던진다.

정 씨 쌀은 있는디.

거무 말없이 안 노인을 거든다.

안 노인 엄니가 승락하던가?
거무 예!

배에 오른다.

거무가 타자 흔들리는 배.

정 씨의 등 뒤에서 별녜는 거무를 보고 있다.

더욱 고조되는 징소리.

꼬부랑 할머니가 해신에게 기도드린다.

떠나는 배들.

여자들 댕기 오소야!

어부들 염려 놓구 있더라고!

보내고 가는 인사말들.

거무가 노를 젓는다.

올려지는 외돛.

정 씨 그저 무사히만 돌아오소.

속으로 빈다.

별녜도 그런 심정으로 사라지는 거무를 보고 있다.

먼 바다로 나가는 배의 무리.

보내는 마을 사람들 하늘을 쳐다본다.

28. (F.I)횟가마

석화 껍데기가 횟가마에서 연기를 뿜고 있다.

횟가루를 빻고 빻는 마을 여자들.

한쪽엔 과부인 봉순네 순이네 부뜰네들.

봉순네가 허벅다리를 내놓고 청승맞게 가락(과부가)을 뽑고 있다.

봉순네 강남 갔던 복제비도 삼월삼신 때가 오면 님을 찾아 오건만은 한번 가신 우리 님은 온다간다 소식 없이 영영 올 줄 모르누나.

부뜰네 (넙적 다리를 탁 치면서) 좋타! 얼씨구.

봉순네 어젯밤 진 달이 오늘밤 다시 떴네 월명사창 비친 달은 변함없이 오가는데 한번 가신 우리 님은 온다간다 소식 없이 영영 올 줄 모르누나. 에헤야 어허야 어라어라 에헤야….

어쩌구저쩌구 목청을 뽑는데 처녀들은 그게 웃습다고 깔깔. 실리댁은 한쪽에 떨어져 외롭게 일손을 노리고 있다. 강 주사가 상아파이프를 물고 들어선다.

강 주사 일들은 안 허구 웬 사설들이여!

모두 찔끔해서 일손을 바삐 놀리는데 봉순네 입이 샐쭉해 가지고

봉순네 강 주사 나으리! 삯전은 언제 주시는 거유?

강 주사 아 싸게싸게 그거 요령소리 나도록 일만 해보더라고! 삯전이 문제여? 서방이래두 얻어 줄틴께.

봉순네 (깔깔) 진 나으리가 중매 서는 서방이라면 사절하겠어라우.

강 주사 아니 왜여?

부뜰네 봉순네는 서울 유학 간 나으리 아들 생각하구 있어라우.

봉순네가 부뜰네를 꼬집는다.

강 주사 허! 거 맹랑한 소리들 해쌌네. 그려! 아 뭐가 부족해서 금지옥엽 키운 내 자식을 과부한테 장가보낼 것이여!

하고 나가 버린다.
깔깔대는 여인들.
별녜만이 웃지 않고 가끔 실리댁을 보면서 생각에 잠겨 있다.

양님이 별녜는 거무 생각만 하는게벼.
언챙이 내 낭군 이제나저제나 올 건가! 그것만 생각하지라우!
길녀 낭군소리 싹 빼더라고! 거무는 양님이하구 그렇구 그런 사인디.
양님이 오메! 별녜하구 쌈 붙이지 못해서 그러는게벼.

하면서도 은근히 별녜와 한바탕 하고픈 눈치다.

별녜 (무표정하다.)
길녀 거무는 그걸 못 쓴다면서?
아가씨들 깔깔.
양님이 그럼 혼인은 어쩐다야?
언챙이 과부댁하구 살면 제격이제.

또 깔깔.
별녜 못 견딜 듯이 일어난다.

양님이 너 워디로 간다냐?
별녜 소피 좀 보고 올께라우.

밖으로 나간다.
비웃듯이 웃는 처녀들.

양님이(E) 아이구 저년 엉덩이 산들거리는 것 좀 보지!

29. 횟가마 밖

바람이 분다.
별녜 나와서 숲 속에 들어가 속곳을 내리고 소피를 본다.
용삼이가 힐금거리며 횟가마로 들어간다.
별녜 이윽고 일어난다.
그 눈에 펼쳐진 시원한 바다.
어디선가 "어부가"의 애절한 가락이 들려오고 있다.
그리움에 차는 별녜의 눈. 아득히 먼 수평선.

30. 별녜의 집 마당(밤)

봉창에 비친 모녀의 그림자.

31. 방안(밤)

정 씨가 별녜의 머리를 땋아주고 있다.
구식 면경에 비친 모녀의 얼굴.

달같이 흰 별녜의 얼굴.

정 씨 횟가마 일은 언제 끝날 긴고?

별녜 아직 멀었어라우.

정 씨 퍼뜩 끝나야 니 고무신도 한 놈 살긴디.

별녜 아부지 돌아오시면 사준댔지라우!

정 씨 으쩜 이래 머릿결이 곱노. 꼭 내 젊을 때 머리 같구마.

별녜 엄니도 이뻤다?

정 씨 암. 느이 아부지가 나한테 장가들라고 울고불고 야단했제.

별녜 후훗!

정 씨 니 거무하고 아무 일 없었제.

별녜 일은 무슨 일 있겠어라우.

정 씨 그저 정조만 잘 지켜. 지집은 정조가 생명이니께.

별녜 ….

정 씨 거무 그 사람 무던하고 인정이 있어 마음에 든다만은, 니는 어떠냐?

별녜 (붉히며) 모르겠어라우!

정 씨 사내가 컴컴치 않고 얄미운데도 없다만은 빚은 층층이 쌓였제…. 큰일이다. 너 때문에도 걱정 아니냐.

별녜 나는 시집 안 가. 엄니하구만 살 테여.

정 씨 그럼 늙어죽을래! 처녀 귀신처럼 불쌍한 건 없다는디.

별녜 ….

정 씨 한창때는 배도 골려서 안 되는디….

별녜 나는 배 안 고파. 엄니가 못 묵고 고생이제.

정 씨 늬아범 밤바람 찬데 우째 지내는고….

별녜도 거무를 생각한다.

32. 창망한 바다

고기잡이 하는 배들.
물결이 높다.
태풍 전조인 듯 바람이 인다.
낙엽처럼 흔들리는 안 노인의 외돛배.

33. 안 노인의 배 위

그물을 거둬들이는 결사적인 안 노인과 거무. 파도가 갑판까지 적신다.

34. 횟가마

일하는 여인들.
실리댁을 괄시하는 과부들과 처녀들

부뜰네 (저만치의 실리댁을 보고) 저년은 누가 죽길 바랄 거여.

양님이 그래야 서방 혼백이 저승 갈 거 아닌게벼.

봉순네 저 눈깔 좀 보것나 .몸서리가 쳐지는 기라!

별네 너무 그라지 마소.

양님이 왜 나선다? 흉갓집 적선하면 물귀신 된데여.

별녀 악담하면 죄받는데여!.

양님이 어따어따! 억지스런 년 보것네잉!

순이네 와들 이런다?

양님이　나한테 모라구 하는 년은 모조리 똥물에 튀겨줄 테여!

별녜　(발끈해서) 튀겨보제! 튀겨봐!

양님이　워따! 억세다마시! 니 누구 믿구 큰소리치는 거여? (민다)

별녜　누구를 미뜨냐?

양님이　이 잡것 보래!

머리끄댕이를 잡아챈다.

순이네　왜들 이런댜? 여보게들 쌈 좀 말리더라고!

이때 징소리.

아이들 떠드는 소리.

"배 들어온다아! 배 들어와여!"

모두 확 밝아진다.

싸우던 별녜와 양님이도 주춤해진다.

(E)　배 들어온다아!

벌써 뛰어나가는 여인들.

별녜 양님이도 뛰어나간다.

실리댁만 멀거니 앉아 있다.

35. 마을 선창

아이들이 몰려나온다,

"아부지! 성님! 삼춘!"

저마다 기다리던 식구들을 불러대면서.

엉덩이를 흔들며 나오는 양님이 길녀 언챙이들.

별녜도 뛰어나오다가 정 씨하고 만나 함께 선창으로 달린다.

바다에 들어오는 배의 무리들.

징소리.

배에서도 아이들의 이름을 불러대는 어부들.

배가 닿는다.

내리는 어부들.

가족들과 얼싸안는다.

별녜 엄니! 아부지가.

정 씨 아니 여보게.

마을 어부들이 이쪽을 무섭게 보고 있다.

멀리 보이는 안 노인의 배.

정 씨 마을어부들을 붙잡고 소식을 물으려는 듯.

이사람 저 사람의 옷소매를 붙잡는다.

시선을 떨구는 어부들.

정 씨와 별녜의 시야에 들어오는 안 노인의 배.

거무가 힘없이 노를 젓고 있다.

줌 인 되면 배 위에 안 노인의 시체.

별녜 아부지!

정 씨 여보!

배 위에 뛰어 오른다

가마니를 덮어 논 안 노인의 시체.

발이 나와 있다.

그 앞에 꿇어앉는 모녀 말을 잃었다.

거무 핑 눈물 고인다.

저주스런 눈으로 이쪽을 노리고 있는 사람들의 눈 눈 눈!

정 씨의 입술이 파르르 떨린다.

별녜 참았던 오열이 아주 그것도 짧고 날카롭게 "아으."하고 터진다.

그에 따리 정 씨도 시체 위에 쓰러지며 호곡한다. 마을 사람들이 물러선다.

한숨을 포근히 내려 쉬는 실리댁.

입가에 미소가 번진다.

실리댁(E) 여보! 이제야 당신 물귀신 면했구먼유! 저승에 가서 편히 사시오.

선창에서 사라져가는 마을 사람들!

모녀의 호곡이 바다를 울린다.

거무 손등으로 눈물을 씻어낸다.

이윽고 허리를 굽혀 안 노인의 젖은 시체를 안고 일어나는 거무.

마을로 향한다.

그 뒤를 울음도 잃어버린 모녀가 휘청거리며 뒤따른다.

__DIS__

36. 석화촌 전경(밤)

바람이 인다.

스산하게 몰아치는 파도.

37. 사당 있는 곳(밤)

문짝이 바람에 흔들린다.
귀신딱지들을 떤다.

38. 별녜의 집(밤)

시체를 지키는 소복의 별녜, 정 씨.
정 씨의 눈이 무섭게 이글거린다.
촛불이 일렁인다.

39. 모화의 방(밤)

신주 앞에 가물거리는 촛불.
거무와 모화.

모화 내 말을 어긴 죄여.
거무 ….
모화 저주가 내렸제. 이젠 별녜네 흉가가 됐으니께 발을 끊는 거여!
거무 ….
모화 엄니 말 어기면 너도 저주가 내릴 것이여!

거무 일어난다.

모화 네 방에 가서 아무 생각 말고 푹 잠이나 자도록 혀.
거무 (나간다.)

40. 별녜의 집(밤)

깜빡 졸던 별녜 일어난다.
정 씨가 보이지 않는다.
울컥 무서운 별녜.

별녜 엄니! 엄니!

대답이 없다.
별녜 나가려 하지만 시체가 염려된다.

41. 동 집 앞(밤)

바람.

별녜 (나와서) 엄니! 엄니! 워디 갔으라우?

바람소리 파도소리 뿐 대답이 없다.

별녜 엄니!

하고 외친다.

42. 토담 길(밤)

정 씨를 찾으러 오는 별녜.

43. 갯벌로 가는 길(밤)

별녜 무서운 줄도 모르고 정 씨를 찾는다.
윙윙 머리칼을 날리는 해풍.
목이 터져라 정 씨를 부르는 별녜.

44. 암벽 있는 곳(밤)

멀리서 정 씨를 부르는 별녜의 소리.
헝클어진 정 씨가 방황하고 있다.
그 눈은 이미 이 세상 사람이 아니다.
아래를 굽어본다.
철썩이는 파도.

45. 갯벌(밤)

목이 터져라 불러대던 별녜가 힘이 빠진 듯 멍히 서버린다.
파도가 아우성을 치며 밀려든다.
쌩쌩, 별녜의 뺨을 치는 해풍.

46. 모화의 집 거무의 방(새벽)

닭이 운다.
거무가 잠을 자고 있다.
밖에서 문 두드리는 소리.
거무 벌떡 일어난다.

거무 누구여?
복돌(E) 거무 아잠씨. 별녜네 엄니가 없어졌대라우!
거무 엉?

바지를 꿰입으며 뛰어나간다.

47. 선창가

별녜와 마을 노인들!
별녜가 울고 있다.
복돌이 달고 뛰어오는 거무.

거무 별네! 웬일여?

별네 엄니가 없으라우 .어젯밤에 나가서 아직 안 돌아오시는디….

거무 워디로 갔당가?

별네 모르겠으라우!

거무 멍청해진다.

거무 그렇다고 나와 있으면 어쩐대여? 아부지 곁을 지켜야제.

노인 내가 지켜줄팅께 자네 한번 유자섬에 가보세! 어제 누가 배타고 나간 모양 이든디!

거무 유자섬에?

유자섬을 본다.
아득한 유자섬.

48. 유자섬(아침)

전마선을 저어오는 거무.
별네도 탔다.
섬에 닿자 두 사람 놀란다.
빈 배 한 척.

별네 저 배로 여길 왔나벼.

거무 찾아보라고.

별네 엄니!

거무 아줌씨!

암벽을 기어오른다.

49. 동 뒤

두 사람 정 씨를 부르며 온다.
파도, 파도뿐.
막 떠오르는 아침 태양.

별녜 엄니이.

목이 터져라 부르나 파도 소리에 묻혀 버린다.

50. 다른 곳

뛰어오는 별녜.
사방을 두리번거린다.
저쪽에서 거무가 찾는다.
돌아서다 놀라는 별녜.
암벽 위에 가지런히 벗어놓은 고무신 두 짝.

별녜 악! 엄니.

암벽 아래를 내려다본다.
정 씨의 시체를 삼킨 바다가 무섭게 소용돌이친다.
별녜 떨리는 손으로 고무신을 집어 든다.
틀림없는 정 씨의 고무신이다.

별녜 (미친 듯) 엄니! 엄니!

거무가 놀라 뛰어온다.
고무신을 보고 그도 굳어진다.

별녜 엄니! 난 워터키 살어 엄니야.

고무신을 가슴에 안고 울어버린다.

거무 아버지 혼령 물귀신 면케 하려고 대신 엄니가 물귀신이 된 거여!
별녜 엄니….

태양은 잔인하도록 밝고 따뜻하다
—DIS—

51. 별녜의 집 방 안(현실 · 밤)

별녜 정 씨가 남긴 고무신을 꼬옥 껴안으며 울어버린다.

별녜 엄니… 이 몸 팔아 엄니 저승 가시게 할께라우….

가물대는 호롱불에서.

—F · O—

52. (F · I)선창

모화무당이 치는 북소리.

백지장 같은 고 첨지가 들것에 실려 나와 전마선에 옮겨진다.

그 몸에 매달린 육중한 돌맹이들.

지켜보는 눈 눈 눈.

숙명처럼 말없이 지켜보는 것이다.

전마선에서 모화가 북을 친다.

그 음산한 주문소리.

강 주사 말없이 파이프만 빨고.

언챙이 양님이 길녀 꺽쇠 도굴이 봉순네 순이네 부뜰네 등의 면면.

노인들의 면면.

아이들의 흰 배때기.

하늘을 보고 있는 제상 위에 돼지대가리.

배가 나간다.

노를 젓고 있는 북잽이 용삼.

고 첨지의 목이 할딱거린다.

바람에 날리는 마을 사람들의 머리칼.

전마선에 실린 고 첨지.

만삭이 된 실리댁이 하늘을 보고 운다.

모화 동서남북! 상하천지 날 것은 날아가고 길 것은 기어가고 성주는 우리 성주

칠성은 우리 칠성종왕은 우리 종왕머리검하 초로인생 실낱같이 가는 목숨 터주님이 터주시고 조왕님이 요주시고 용왕님이 명주시고 칠성님이 두르시고 미륵님이 돌보셔서 대로같이 가올 제에.

제상 앞에 꿇어앉아 손을 비비고 있는 별네.
둥둥 둥두둥.
북소리 멀어진다.

53. 전마선 위

북치는 모화.
삐걱삐걱.
노를 젓는 용삼.
죽은 듯이 누워 있는 고 첨지.
숨을 할딱인다.
파도에 낙엽처럼 흔들리는 전마선.

54. 용머리골 해변

절을 하는 여자들.
손을 비비는 별네.
강 주사의 무표정한 눈.
겁먹은 듯 보고 있는 아이들.

55. 전마선 위

삐꺽삐꺽.
더욱 숨이 가빠오는 고 첨지.

56. 용머리산 강마루의 강 청년 움막

백지장같이 하얀 강 청년이 이 광경을 바라보고 서 있다.

57. 전마선

북을 치는 모화.
고 첨지의 멍한 눈이 하늘을 보고 있다.

58. 해변

지켜보는 마을 사람들.

59. 전마선

고 첨지의 숨이 더 가빠온다.
근심스레 보는 모화.

60. 해변

하늘을 보고 꺼이꺼이 울고 있는 실리댁.

61. 전마선

고 첨지의 입술이 달싹거린다.

62. 해변

복돌 할아부지!

63. 전마선

탁 목을 꺾는 고 첨지.
수장 직전에 절명해 버린 것이다.
놀라는 모화.

용삼 아니 죽은 거 아닌가베?
모화 (당황해) 쉿! 자넨 어서 놀 것게! 이건 비밀여 비밀.
용삼 하지만서두 죽은 사람 수장하면 무슨 소용이지라우?
모화 시끄럽당께!

더욱 북을 친다.

용삼 할 수 없이 노를 젓는다.

죽은 고 첨지의 평화스런 얼굴.

64. 해변

마을 사람들이 이 이변을 알 리가 없다

65. 바다

전마선이 멈춘다.

소용돌이치는 바다.

66. 하늘

솔개미 한 마리가 빙빙 돌고 있다.

여기 모화의 소리

모화 (주문) 쇠술로 화식 먹는 미련한 인간이라….

67. 전마선

북치며 주문 외우는 마녀 같은 모화의 얼굴.

모화 아는 것은 깨알 같구 모르는 것은 태산 같구 관재구설 삼재팔난 우환질병 근심걱정 자나 깨나 답답하여 용왕님 전 향 지피고 지성으로 비나이다.

용삼에게 눈짓하자 용삼 하는 수 없이 고 첨지의 시체를 일으켜 세운다.

모화 비나이다 비나이다 용왕님 전 비나이다 외태비골 안 씨 가문 물귀신 면해주시고 고 첨지 지성을 순수히 받으셔서 이 고을 편안케 해주십사 비나이다 아왕만수 용왕님께 비나이다!

풍덩! 소용돌이치는 바다 속에 빠져드는 고 첨지의 동체.

모화 어 어잇!

둥 둥 둥.
거세고 빨리 두드려지는 북.
바다는 고 첨지를 삼키고 소용돌이친다.

68. 해변

절하는 마을 사람들.

복돌 할아부지!

며느리 실리댁의 통곡.

강 주사 별녜를 본다.

별녜 엄니! 부디 저승으로 가시요잉!

손을 싹싹 부빈다.

—DIS—

69. 강 주사의 방

시골부자답게 제법 호화로운 방이다.

강 주사의 처 천관댁에게 큰절을 하는 별녜.

천관댁 됐다 됐어! 고만 게 앉거라!

별녜 예! (다소곳이 앉는다.)

곁에 파이프 문 강 주사 흐뭇한 표정이고.

천관댁 니 옷 꼴이 말이 아니구나. 옷감 내줄테니 지어 입도록 히어.

별녜 ….

천관댁 아직 네 서방은 병구완하구 있응께 혼인절차는 못 올린다만은 거기 가거들랑 남편시중 잘 하고 재미나게 살아보거라!

별녜 (간신히) 예!

70. 창망한 바다

거무가 배를 돌린다.
주위엔 한 척의 배도 보이지 않는다.
만선이라 거무는 희색이 만면하다.
"어부가"를 흥얼거리며 노 저어 나간다.

71. 강 씨 청년 움막 앞(석양)

상아파이프를 문 강 주사의 뒤로 보퉁이를 가슴에 안은 별녜가 올라온다.
도살장에 끌려가는 소처럼 .
움막 앞 바위잔등에 앉아 바다를 바라다보며 휘파람을 부는 강 씨 청년.

강 주사 (찡그리며) 얘 현식아!

강 청년 휘파람을 그친다.

강 주사 (별녜에게) 어서 들어가거라.

별녜 두려운 눈으로 강 청년을 보면서 움막 안으로 들어간다.
등을 돌려대고 고집스럽게 앉아 있는 강 청년.

72. 움막 안

들어와 선 별녜가 좁은 공간을 둘러본다.

책과 그림 그리고 약병으로 빼곡히 들어차 있는 방 안.

그러나 움집행색으론 방안이 퍽 정결하게 살펴져 있다.

밖에서 들리는

강 주사(E) 뽈랑 안 들어가고 뭘 하는 거여잉!

강 청년(E) ….

별녜 주저앉듯 다소곳이 등을 보이고 앉는다.

강 주사(E) 네 내자될 사람이여. 사모관대 하기 전에 네 병구완할 것이닝께.

강 청년(E) 필요 없어요! 보내세요!

강 주사(E) 허어. 이렇게 부모 심정 몰라 주나!

별녜 의외로운 듯 바깥쪽을 본다.

다시 침묵이 계속된다.

강 주사가 내려가는 발소리.

별녜 불안과 체념 등 착잡한 심정으로 앉아 있다.

눈앞에 그리다 만 동양화.

먹과 벼루 붓 등이 널브러져 있다.

별녜 주위가 어두워지자 불을 켜 호롱불에 붙인다.

환해지는 방.

문득 물러서는 별녜.

강 청년이 썩 들어와 별녜는 거들떠보지도 않고 등을 돌려대고 앉는다.

강 청년 붓을 쥐더니 말없이 묵화를 쳐 나간다.

불안한 별녜 바늘방석에 앉은 듯하다.

만선된 배를 젓는 청년의 모습(묵화)에서

73. 선창가(석양)

거무의 배가 돌아온다.
만선으로 반쯤 가라앉아 육중한 선체.
힘껏 노를 젓는 거무.
선창에서 그물을 깁던 어부 두 명이 거무의 배를 보고

어부A 히야 만선일세.
어부B 거무 아닌게벼.

아이들이 몰려온다.
그 뒤를 언제 보았는지 양님이가 뛰어 나온다.
거무의 배가 닿는다.
힘 있게 뛰어내리는 거무.

양님이 거무!
거무 꼭 한 달만이여! 별녜는 안 나왔는감?
양님이 (샐쭉해지며) 흥! 그년이 그렇게 보구 싶었음 왜 진작 오지 않았댜! 별녜는 시집 갔는디!
거무 뭣이여! 그게 뭔 말이여?
양님이 별녜는 지 엄니 혼령 구하려구 폐병쟁이한테 팔려 갔다니께로!
거무 뭐 뭣이여? 니 거짓말하는 거제!

양님이를 잡아 흔든다.

양님이 칠성이 아부지한테 물어보면 알 것 아녀.

거무 순간 한대 얻어맞은 듯 띵해 섰다가 뛰기 시작한다.

거무 그럴 리가 없제! 그럴 리가!

74. 별녜의 집 마당

뛰어드는 거무 별녜를 찾는다.

거무 별녜! 별녜!

방문에 널판지로 못을 쳐놨다.
거무 널판지를 부숴버리며 확 방문을 연다.
별녜가 있을 리가 없다.

거무 (피맺히게) 별녜! 별녜!

미친 듯이 달려 나간다.

75. 강 주사네 집 마당

기와집이다.
대문을 박차고 뛰어드는 거무.

거무 별녜! 별녜! 별녜 어디 있어?

천관댁이 나온다.

천관댁 누군데 함부로 남의 며느리 찾는 게여?
거무 별녜를 내놔유? 별녜는 이집에 시집올 사람 아니란 말여! 어서 내놓으라고!
천관댁 게 아무도 없느냐?

머슴들이 뛰어나온다.

천관댁 저눔을 쫓아내거라!

머슴들이 거무를 끌어낸다.

거무 놔! 이거 놓으란 말여! 이눔의 집모주리 부셔버릴팅께! 못 내놔! 별녜를 내놓으란 말여!
천관댁 어짜면 저눔 제 엄니를 안 닮았는고! 별녜는 벌씨로 이집 며느리가 됐응께 썩 물러나더라고! 중매는 니 엄니가 했응께 니 엄니한테 가 행패를 부리든 해보란 말여!
거무 울 엄니가 그랬어유?
천관댁 가보면 알 것 아니여!

거무 부드득 이를 갈며 달려 나간다.

76. 모화의 신방

확 미닫이를 열어제끼며 짚신발로 뛰어드는 거무.
양님이와 얘기하던 모화가 놀라 일어난다.

거무 엄니가 중매 했어라우?
모화 그려! 그려! 으쩔 테여 네놈이 그라면 엄니를 칠라냐? 니는 양님이하구 혼
인해 줄라고 그런 거여.
거무 (쥐어짜듯 부르르 떨며) 으흐흐흐 흐….

하고 고개를 돌리고 오열하더니 휙 밖으로 뛰쳐나간다.

77. 동 · 마당

뛰쳐나온 거무 부들부들 떨다가 장독께로 뛰어가더니 독을 부수기 시작
한다.

모화 (뛰쳐나오며) 아니 저눔이 환장을 했냐?

박살이 나는 도가지들.
씩씩거리며 독을 부수는 거무.
토담에 얼굴을 묻고 짐승 같은 오열을 터뜨린다.

모화 엣기 요 때려죽일 자식!

달려오더니 마구 거무의 잔등이며 머리를 때리기 시작한다.

모화 계집한테 미쳐도 환장을 했제! 너 죽고 나 죽자! 요놈아!
거무 (울며) 별녜를 그렇게 만든 건 엄니란 말이여!
모화 그려 엄니가 그랬어! 널 뭐라는지 아냐? 고재라여! 그년은 그 말 믿구 강주사 집에 시집간 거여!
거무 거짓말이다 거짓말이여! 돈이면 뭐든지 다 되는 줄 알고 (분노가 치미는 듯) 이눔의 외태비골 깡그리 불을 질러버릴끼여!

비틀대며 간다.

모화 아이고 내 팔자야! 저 꼴 볼라고 자식 키웠다냐!

가슴을 친다.

양님이 엄니 진정하시라요.
모화 저눔 사당에 갔을 꺼여! 동네 장정 불러서 혼땜이 해주라고 히여!
양님이 예!

나간다.

78. 사당 앞(밤)

거무가 뛰어와 문을 걷어차고 안으로

79. 동 안(밤)

거무가 들어와 씩씩대며 모셔 논 신주를 때려 부수기 시작한다.
찢기고 깨어지는 신주나부랭이들.

거무 물귀신은 다 뭐여! 외태비골 요놈 때문에 망하제! 에잇 에잇!

기둥뿌리가 마구 흔들린다.
마을 청년들이 뛰어 들어와 거무를 끌어낸다.

거무 이 잡놈들아! 모조리 죽여 버릴 테여.

반항하며 끌려 나가는 거무.

80. 동 밖(밤)

청년들이 거무에게 몰매를 때린다.
반항하는 거무.
격투가 벌어진다.
허나 중과부적! 당할 재간이 없다.
피투성이가 되도록 얻어맞는 거무.

거무　죽여라 이놈들! 더 치란 말여!

마침내 땅바닥에 너부죽이 쓰러진다.
부어터진 눈.
피가 흐르는 입술과 코.
청년들 가버린다.

거무　(피맺히게) 별녜! 별녜에!

거무 기를 쓰고 일어나 비틀대며 간다.

81. 바닷가(밤)

거무가 비틀대며 와서 바닷물에 머리를 박는다.
상처를 씻어낸다.
이윽고 얼굴을 드는 거무.
멀리 용머리산 산허리에 강 청년의 움막에 켜진 불빛.

거무　(목이 터져라고) 별녜! 별녜에!

메아리 되어 흘러가는 거무의 고함소리.

82. 움막 안(밤)

밤공기를 울리며 들려오는

거무(E) 별녜에, 만선이란 말이여어. 만선이 돼 돌아왔단 말이여어!

별녜 콱 목이 멘다.
묵화를 치던 강 청년이 손을 멈춘다.
계속 별녜를 부르는 거무의 고함.
울부짖는 목소리다.
그 끝은 울음소리로 들린다.
피맺히게, 애절하게 부르는 거무의 메아리가 쿡쿡 별녜의 가슴을 친다.

강 청년 사랑하는 사이지?
별녜 ….
강 청년 (조용히) 폐습, 오랫동안 흘러 내려온 관습 때문에 희생될 순 없지. 여긴 잘못 온 거야.
별녜 (속으로 울며) 엄니 혼백 때문이지라우.

멀리 거무가 엉엉 우는 소리.
치마 밑에 움켜진 별녜의 젖은 주먹이 바르르 떤다.

강 청년 저 총각의 울음소리는 뻐꾸기 소리 같구먼. 뻐꾸기란 놈은 진달래가 필 무렵이면 뻐꾹뻐꾹 한나절씩 울어 목에서 피를 토해내서는 그 피로 진달래를 붉게 물들여 따먹고 다시 울어 피를 토하는 거지. 그래서 뻐꾸기를 두견새라고 하며 그 피로 물들이는 진달래를 두견화라고 부르는 거야.

말이 채 떨어지기도 전에 강 청년 심한 기침을 하기 시작한다.

동그래지는 별녜의 눈.

강 청년 격렬한 기침 속에 정신을 차리지 못하다가 울컥! 시뻘건 피를 토해낸다.

묵화를 치던 백지가 붉은 선혈로 물들여진다.

별녜 아점씨! 진정하시요잉.

손을 대지도 못하고 안절부절 한다.

거무의 울음소리.

강 청년 더욱 더 심한 각혈을 하고는 모로 픽 쓰러진다.

별녜 아점씨!

얼굴이 하얗게 되어 쓰러진 강 청년.

별녜 부축한다.

뿌리치며 계속 기침하는 강 청년.

별녜 그런 청년을 부축해 자리에 눕힌다.

각혈 해놓은 강 청년의 그림에 애통하게 부르며 사라져가는 거무의 울음소리.

_F · O_

83. (F · I)파도

성난 야수가 포효하듯 몸부림치는 무서운 파도.

암벽을 후려치며 부서진다.

그 물가에 멍하니 선 채 파도를 바라보는 거무.

거무 (중얼대듯) 별녜…! 별 녜….

눈물이 흘러내린다.

84. 강 청년의 움막 안(밤)

강 청년이 일어나 밥을 먹는다.
그 앞에 다소곳이 앉아 시중을 드는 별녜.
강 청년 나물을 집다가 아미를 숙인 별녜의 얼굴을 이윽히 본다.
호롱불빛에 비낀 별녜의 얼굴은 고혹적일 만큼 희고 맑다.

강 청년 넌 참으로 아름답구나!
별녜 (고개 숙인다.)

강 청년 황홀하게 바라보다가 손을 뻗어 별녜의 볼을 만져본다.
당황하는 별녜.
눈을 가늘게 뜨고 음미하듯 별녜를 보던 강 청년 손을 거두고.

강 청년 널 그리구 싶어지는군.
별녜 (쳐다본다.)
강 청년 네 얼굴을 그리고 싶단 말이다.
별녜 (얼떨떨해진다.)

강 청년의 눈에 광채가 인다.
밥상을 밀어내더니 화지를 펴고 먹을 갈기 시작한다.
멍청히 앉아 있는 별녜.

85. 같은 장소(밤)

열심히 붓을 움직이고 있는 강 청년.
별녜가 한쪽에 앉아 있다.
불안한 눈빛으로 강 청년을 바라본다.
붓을 놀리다가

강 청년 저고리만 벗을 수 없겠어? 별녜.
별녜 예? (당황)
강 청년 저고리만 벗었으면 좋겠는데.

별녜 할 수 없이 저고릴 벗는다.
젖가슴이 반쯤 드러난다.
부끄럽지만 어쩔 수 없는 별녜.

강 청년 (만족해서) 됐어 그대루.

붓을 놀린다.
괴로운 별녜.
미치광이같이 안광을 번뜩이며 붓을 놀리는 강 청년.
별녜의 모습이 윤곽을 드러내기 시작한다.

86. 주막 안(며칠 후)

거무가 푹 꺼진 얼굴로 술을 퍼마시고 있다.
꺼칠한 수염.
한에 사무친 눈동자.

주모가 핀잔을 준다.

주모 저러다 내가 총각송장 칠 것이여잉. 시상에 지집이 별녜 하나 뿐이랑가?
온 동네가 처녀들 뿐인디. 명색이 만선해온 괴기값 다 술로 퍼 없애 버리는디.
글하지 말고 냉수 먹고 속 차리더라고잉.

거무 ….

주모 보소 거무 총각. 내 중신 서줄께라우

거무 거 돼지 비탈길 돌아가는 소린 그만하구 술이나 더 주시게라요.

주모 참 탈이지 탈이여! 으쯤 지 엄 생각은 고로콤 안 한다냐.

거무 술값 안 줄까봐 그러는 거요 잉! 아직 괴기값 남았응께 퍼뜩 술 가져오소.

주모 할 수 없다는 듯 끌끌 혀를 차면서 술을 갖다 준다.
여기 용삼이가 맥고모자에 보퉁이를 옆구리에 차고 들어선다.

주모 어매 용삼 아점씨가 길 떠나는 게 아니여잉?

용삼 (목로에 풀석 앉으며) 외태비골 떠나기루 작정했어라우.

주모 아니 왜여?

거무가 술 사발을 입으로 가져가려다가 용삼일 본다.

용삼 (거무를 건너다보며) 우선 술이나 한 되 주시요.

주모 허 외태비골 총각들 씨말라버리겠네 잉? (술 갖다 주며) 글씨 무슨 일 있었당가?

용삼 (잔을 들어 마시며) 눈꼴이 시어서 못살겠어라우! 고향에나 가서 농사 지어 묵고 사는기 속편하제!

주모 뭐가 단단히 잘못된 모양이구먼!

용삼 무당 공부하러 왔다가 신세만 조져가는 거제. 거무 니도 정신 바싹 차리더라고.

거무 뭔 말이여?

용삼 너그 집에서 몇 년 한솥에 밥 얻어묵고 간다마는 니 엄니 그래선 못 쓰는 게여! 못써.

거무 (말없이 건너다본다.)

용삼 말이사 바로 말이제 일전에 고 첨지, 사람 수장하면 뭔 소용이란가? 내가 배 저어 나가는디 아 고 첨지가 딸깍 숨이 끊어지지 않겠는가? 그때도 니 엄닌 비밀로 지켜달라고 나한테 신신당부를 했지만서두 그러면 못 쓰제 암 못 쓰고말고….

거무 (눈이 빛나며 일어난다) 뭣이? 그래서?

용삼 뻔하잖겠능가? 별녜 어멈 혼백은 아직 물속에 있는 꼴이 됐제.

거무 뭣이요? 그게 정말이랑가?

와락 용삼의 멱살을 움켜쥔다.

용삼 떠나는 놈이 거짓말하겠능가?

거무 그럼 별녜는 속아서 팔려갔다 그 말이제?

용삼 아구 목 졸리네 이걸 놓고 말하더라고!

확 밀쳐버리고 거무 분노에 부르르 떨면서 휙 문을 차고 나간다.

87. 토담길

무섭게 달려오는 거무.

거무 동네사람들아! 내 말 좀 들어보소! 고 첨지는 수장하기 전에 죽었다고 합네다! 죽은 사람 수장 지냈단 말이여!

고함치며 간다.
동네사람들이 사립문을 열고 나온다.

노인A 뭣이라고? 죽은 사람 수장 지냈다고!

수군대는 동리사람들.
어느새 마을사람들이 수군거린다.

88. 모화의 신방

벌컥 문이 열린다.
우뚝 서 있는 분노의 거무.
방 안에 엉켜 있던 모화와 강 주사가 놀라서 일어난다.
정사가 끝난 흔적들.
드러난 젖가슴을 여미는

모화 네 이놈! 뭔 버릇이여?

거무 죽은 사람 수장 지내놓고 별녜를 팔아먹었지라우!

그 살기 띤 눈에 모화와 강 주사 움찔 물러선다.

모화 어따 이눔이 생사람 잡는디야!

거무 용삼이한테 들었는디두 시치밀 땔 것이여! 너 이눔 강 가 놈!

달려들어 강 주사의 모가지를 비튼다.
캑캑거리는 강 주사.
방 밖으로 매다 꽂는 거무.

강 주사 아니 이눔이 사람을 쳐!

거무가 다시 달려들려 하자 강 주사 뺑소니를 친다.
모화 주저앉아 방바닥을 치며 운다.

모화 아이구 내 팔자야! 자식한테 이런 수모 받고 어떻게 살 거나. 아이고 아이고….

거무 엄니도 정신채리시요.

내뱉듯 말하고 나가버린다.
모화 더욱 서럽게 운다.

89. 언덕길

씨근대며 올라오는 거무.

90. 움막 앞

거무가 와서 "별녜" 하고 문짝을 열어젖힌다.
묵화를 치는 강 청년.
별녜 밥상을 지키고 있다.

거무 별녜! 가자! 니 돈에 팔려왔지만 다 거짓말이여! 고 첨진 수장 지내기 전에 이미 죽었다는 거여! 니 엄니 혼령은 아직 저승에 못 갔단 말이여!

놀라는 별녜.

거무 가잔 말이여! 니는 속았다니께!
강 청년 (등을 보인 채) 별녜는 거무를 따라 내려가시요! 그동안 내 병구완 해 준 것만으로도 난 고맙게 생각하고 있소!

별녜 일어선다.
거무 별녜를 끈다.
주춤하며 강 청년을 돌아보는 별녜.

강 청년 염려 말고 내려가시요.

별녜 안타까운 눈으로 강 청년을 보다가 돌아선다.
거무 별녜 나간다.

91. 용머리곶

파도가 일고 바람이 분다.
해변에 자욱히 이는 먼지.
해풍에 떨리는 초목들.
음산한 바다.
잔뜩 찌푸린 하늘.
악마의 혓바닥 같은 거센 파도.
해변에 몰려선 마을사람들.
둥 둥 둥!
강 청년 멍히 앉아 있다.
두 사람이 내려가는 발소리.
강 청년의 눈이 아슴해진다.

92. 마을길

별네와 같이 오는 거무.
이젠 다시 놓치지 않으려는 듯이 꼭 손을 잡고 있다.
우물에서 물 푸던 봉순네 부뜰네들이 아연히 보고 있다.

93. 강 청년의 움막(밤)

천관댁이 와 있다.
그 곁에 소녀 두래.

천관댁 그래 그걸 보내버리면 으짠다냐?

강 청년 ….

천관댁 니가 보낸 거제?

강 청년 (체념처럼) 다 부질없는 일입니다.

천관댁 이러다 참말 총각귀신 될 참인가베! 니는 얼마 못산다잖냐?

강 청년 내가 좀 더 오래 산다면 이 외태비골 모다 불 질러 버릴께요!

천관댁 (한숨 쉰다.)

강 청년 아버지가 나쁩니다. 이 마을에 아버지하구 무당만 아니라면 이렇게 떠들썩하진 않을 겁니다.

천관댁 시끄럽다! 니가 뭘 안다고 그런 소릴 하냐?

벌떡 일어나 나가버린다.

두래 말똥히 강 청년의 눈치를 본다.

강 청년 두래야! 나가서 물이나 한 그릇 떠온!

두래 예! (나간다.)

강 청년 다시 붓을 쥔다.

고독해 보인다.

94. 별녜네 집 마루(방)

마루에 걸터앉아 말없이 허공만 보고 있는 거무.

방 안에 돌아앉아 있는 별녜.

그들은 오랜 침묵만 지킨다.

간간히 들려오는 파도소리.

이윽고 답답한 듯.

거무 별녜 니 정말 아무 일도 없었제?

별녜 (가만히 끄덕인다.)

거무 그동안 니 거기서 뭘 했는디?

별녜 노상 병구완 했지라우! 근데 어느날 저고리를 벗으라며 날 그랬을 뿐이라우!

거무 정말 그것뿐이제?

별녜 (자신 있게 끄덕인다.)

거무 환쟁이 같은 눔! 별녜 다신 거길 가선 안 되여! 알았제?

별녜 (끄덕인다.)

거무 그럼 된 거여!

별녜의 눈에 물기가 어린다.

가물거리는 호롱불.

그들은 그렇게 오랫동안 앉아 있다.

95. (F·I)석화밭

돌을 심는 별녜 거무.

묵묵히 돌만 심는데 그 한쪽.

양님이네들이 이들을 질시에 찬 눈으로 보고 있다.

양님이 흥! 소박맞고 온 년 뭐가 좋다고!

길녀　복돌 할아범이 수장 전에 돌아가셨으면 별녜 엄니 혼백 아직 누군가를 기다릴 거 아녀?

언챙이　거무는 별녜하고 혼인할라나 부지?

양님이　흥! 지 엄니 거역하는 놈은 사람두 아녀!

이때 강 주사가 서슬이 퍼래서 거무들한테로 온다.

강 주사　아 누구 허락 맞고 돌을 심는 거여?

거무　(허리를 펴며) 무슨 말씀이요 잉?

강 주사　이 땅임자가 누군데 함부로 돌을 심느냐 이 말이여!

거무　땅임자가 따루 있당가? 돌 심고 석화 따면 땅임자제!

강 주사　아니 이눔이? 썩 물러나라고! 이 갯벌은 내가 땅임자여! 그러니께 썩 물러나드라고!

거무　못 물러나것소! 어쩔 테요 잉?

강 주사　(가슴을 치며) 헤헤이 이 불쌍한 놈 다 보겠나! 그래 어디 두고 보자!

거무　그려! 어디 맘대로 해보더라고!

강 주사 골이 나서 가슴을 두드리며 간다.
근심에 싸인 별녜.

거무　아무 염려 말어! 세상에 물에도 임자가 따루 있나! 물고기도 임자가 있것소?

와락와락 바위를 심어댄다.
—DIS—

96. 같은 장소

석양녘.

바닷물이 어느새 발을 덮고 밀려들어 왔다.

갯벌의 사람들 뭍으로 나가고 있다.

그러나 별녜와 거무는 묵묵히 돌만 심고 있다.

벌겋게 물든 저녁노을이 물속에 비친다.

별녜 문득 고개를 든다.

바람을 타고 들려오는 휘파람소리.

멀리 강 청년의 움막 쪽을 힐끗 보는 별녜.

거무 그런 별녜를 쳐다본다.

별녜 다시 돌을 심는다.

거무도 돌을 심는다.

97. 괭이섬(밤)

거무가 돌을 배에 싣는다.

별녜도.

배에 가득히 싸인 돌무더기.

별녜 (근심스럽게) 거무!

거무 (본다.)

별녜 강 주사가 정말 우리 석화밭 몰수 해감 어쩐다?

거무 걱정 말라니께!

별녜 석화 알맹이두 안 사줄 것이고 횟가마에서도 일 안 시켜줄 것 아녀?

거무 걱정마라! 다 생각이 있응께.

별네 먼 생각인디?

거무 ….

별네 인젠 굴만 먹구 고기만 먹구 살 수밖에 없는 거여!

잠자코 돌만 심는 거무.

별네 대안을 바라본다.

수많은 크고 작은 횃불들이 한데 엉겨 길게 띠를 만들고 있다.

98. 석화밭(밤)

횃불이 바다로 흘러나가고 있다.

배에서 돌을 던지는 사람들.

낮에 돌을 심기 위한 것이다.

풍덩.

풍덩.

풍덩.

자꾸만 돌을 던져댄다.

그 저쪽으로 거무가 젓는 배가 온다.

별네는 저쪽으로 돌아앉아 있다.

양님이와 꺽쇠가 이들을 쏘아본다.

거무 표지깃대선 별네네 석화밭에 가서 돌을 던진다.

바다에 빠지는 무수한 돌들.

물거품이 튄다.

튄다.

뛴다.

돌을 다 부린 축들은 또 돌을 실으러 빈 배를 저어나간다.

별녜도 돌 던지기에 땀이 난다.

거무 내비둬! 내가 할낀게!

그래도 별녜는 듣는 둥 마는 둥 집어 던진다.

횃불의 행렬이 장관이다.

99. 횟가마(아침)

벌써 나온 축들이 석화껍데기를 가마에 붓고 있다.

이글거리며 타는 장작불.

별녜가 머리를 동이며 들어선다.

양님이 눈에 쌍심지를 돋우고 바라보다가

양님이 야 별녜!

별녜 (본다.)

양님이 내가 여기 책임을 맡았는디 니는 일할 자격이 없으니께 돌아가드라고!

별녜 자격?

양님이 그려! 강 주사님의 특명이여! 도망친 며느리 안 보겠다는 거여!

별녜 울 엄니 혼백은….

길녀 바다에 있응께 잉! (비웃으며) 그래도 처녀 행셀 한다 그 말인가벼?

처녀들 비웃듯 웃는다.

언챙이 거무는 눈이 삔 게라우! 헌 색시 허고 혼인을 한다는 거여! 연앨 한다는 거여? 고재가….

별녜 딱 소리가 나게 언챙이의 따귀를 친다.

언챙이 오매! 이년 봐라이!

하고 별녜에게 달려들어 머리채를 잡는다.
양님이도 달려든다.

언챙이 이년!
양님이 에이! 요 못된 년!

꼬집고 후비고 할퀴는 여자들의 싸움.
독이 넘어지며 물이 쏟아진다.

길녀 저년 죽여라이!

어느새 별녜를 타고 앉은 양님이가 고무신으로 별녜를 치고 있었다. 언챙이와 길녀는 머리채를 끌어당기고 꼬집고….

100. 동 횟가마 앞

머리채를 잡혀 끌려나오는 별녜.

양님이 귀신같은 년은 썩 여길 떠나란 말이여! 어엣 못된 년!

길바닥에 동댕이친다.
나가쓰러지는 별녜 흐득흐득 흐느낀다.
얼굴을 든다.
상처가 나고 멍이 든 별녜의 얼굴은 말이 아니다.
거무가 뛰어온다.

거무 별녜!
별녜 (설움이 복받쳐) 으흐흐흐흐….
거무 아니 이게 웬 상처여? 어떤 년들이여? 가랭이를 콱 찢어놀낀게!

뛰어나가려는데 그 다리를 붙드는

별녜 안 되야! 가지 말란 말여!
거무 별녜는 분하지도 않아?
별녜 참아야 되여! 참는 거야!

거무 끓어 앉아 별녜의 볼을 감싸준다.
와락 안기며 흐느끼는 별녜.

거무 이 괄세를 이 한을 언제 갚는단 말여?
별녜 거무두 나 땜에…. 다른 처네하고 혼인을 혀!
거무 그런 말 말거라! 한 번 더 만선해 와서 여봐란 듯이 사는 거여.

별녜를 부축하고 간다.

101. 강 청년의 움막 안

별녜의 초상화를 보고 있는 강 청년.
보일 듯 말 듯한 별녜의 고혹적인 젖가슴이 아름답다.
두래가 들어온다.

두래 아점씨! 별녜 성님이 아점씨한테 와있었다고 동네처녀들한테 몰매를 맞았대유!

강 청년 (충격) 음….

두래 일두 안시키구 동네사람들 괄세가 심하다는디. 아점씨 별녜 성님 불쌍치유?

강 청년 (그림만 보고 있다.)

그 눈이 분명 별녜를 그리워하는 눈빛이다.

102. 별녜의 방

별녜 그물을 깁고 있다.
그 곁에 벌렁 드러누운 거무.

거무 이번 배에 한몫 장만해서 우리도 혼례를 올리자고.

별녜 ….

거무 그래서 아들 딸 낳고 남부럽지 않게 사는 거여!

별녜 (행복한 미소) 거무가 있응께 나 외롭지 않구먼!

거무 평생 내 곁을 떠나지 않을 것이여!

별녜 말없이 생긋 미소 짓는다.

다음 순간 다시 불안해지는 별녜의 눈.

별녜 횟푸대 나르는 일 안 시킨다든디….

거무 그깟 거! 몇 푼 된다구. (일어나며) 별녜 배고프제?

별녜 (고개 젓는다.)

거무 집에 가 죽이래두 씨 올낑께 나가지 말고 있어라이!

하며 나간다.

별녜 거무가 미덥고 고마워서 눈시울이 뜨거워 온다.

103. 동 밖

거무가 나와서 골목을 돌아간다.

숨었던 두래가 담 모퉁이에서 나와 별녜의 방문 앞으로 간다.

두래 별녜 성님 있어라우?

별녜(E) 누구여?

하며 방문을 연다.

별녜 니 우짠 일이냐?

두래 아점씨가 잠시만 왔다가라는디…. 꼭 할 얘기가 있다는구마.

별녜 안 되야! 거긴 뭣 허럭 간다디야?

두래 별녜 성님 동네괄시 받는 거 가슴 아프다고 걱정하시는디.

별녜 ….

두래 마지막으로 해줄 말이 꼭 있다구….

별녜 ….

생각에 잠긴다.

104. 강 청년의 움막 안

누워 있는 강 청년.

두래를 따라 들어서는 별녜.

강 청년의 눈이 조금 움직인다.

그 곁에 앉는 별녜.

강 청년 오라구 해서 안 됐소.

별녜 ….

강 청년 두래한테 얘기 들었구만. 괄시가 심하다구.

별녜 ….

강 청년 모두 나 땜이요!

별녜 엄니가 돌아가시면 누구나 받아야하는 수모가 아니겠어라우?

강 청년 세상에 그런 건 없어 귀신 따위는! 사람은 죽으면 혼백이 물속에 있지도 않으며 저승에도 있지 않는 게여. 죽으면 무여! 아무 것도 없는 게여!

별녜 (그렇지 않다고 하고 싶지만)

강 청년 세상이 어떻게 돌아가는 줄도 모르고 일본왜놈들은 지금 이 나라의 사직을 강점하고 서양에서 새로운 개화의 물결이 들어오는데….

별녜 (무슨 뜻인지 알 리 없다.)

강 청년 별녜는 틀림없이 누군가를 저주하고 있을 게여. 그런 몹쓸 병을 고쳐주고 싶었는데….

별녜 오래 사셔야지요.

동정의 빛

강 청년 (손을 내저으며) 저 저기….

별녜는 가리키는 곳을 본다.
조그만 지갑이 놓여 있다.
그걸 집어다 갖다 주는 별녜.

강 청년 그걸 도로 별녜의 손에다 꼬옥 쥐어준다.

강 청년 이건 별녜거여! 이 돈으로 뭍으로 나가면 거무하구 혼인해서 가정을 갖구 살 수 있을 게여! 이 마을을 떠나는 게여!

별녜 아니예유! 난 못 떠나유! 엄니가 계신 이 외태비골 죽어도 못 떠나유!

강 청년 (고개를 흔들며) 떠나야 해요 여긴 못살 곳이니께. 난 저 별녜의 그림만 있음 돼! 자 이거 갖구 내려가요.

별녜 (난색이다.)

105. 동네길

거무가 온다.
양님이가 집에서 나온다.
거무 힐끗 보고 외면해 버린다.

양님이 흥! 누굴 위해서 또 밸 탄다? 그년 지금 워디 있는지 알지도 못하면서.

거무 ….

양님이 아까 횟가마에서 나오며 보니께 두래를 따라 폐병쟁이 움막으로 올라가 든디.

거무 (굳어지며) 뭣이여?

양님이 흥! 내말 못 믿겠으면 올라가 보면 알 것 아니여?

순간 거무의 눈이 번쩍인다.

양님이 거무는 별녜가 처년 줄 아나벼?

거무 시끄럽당께!

106. 언덕길

거무가 헐떡이며 올라오다가 딱 멈춘다.
언덕을 내려오던 별녜 거무를 보고 굳어진다.
그 손에 지갑.

거무 그게 뭐여?

별녜 ….

거무 워디 갔다 오는 거냔 말여?

별녜 ….

거무 다짜고짜 별녜의 따귀를 올려붙인다.

별녜 거무 아니여!

거무 바보! 멍충이! 거긴 가지 말랫잖어? 안 가겠다구 했잖어?

계속해서 이리저리 따귀를 친다.

얻어맞는 별녜.

입술에서 피가 흐른다.

거무 씩씩대며 보다가 확! 별녜의 손목을 낚아채더니 끌고 내려간다.

107. 갯벌

별녜를 끌고 오는 거무의 무서운 모습.

거무 넌 내 거란 말여! 내 거란 말여!

108. 바닷가 갈대밭

갈대가 쫙쫙 갈라진다.

무섭게 별녜를 끌고 온 거무.

그녀를 쓰러뜨리고 쫙 옷을 찢어낸다.

별녜 (겁에 질려서) 거무! 왜 그리여?

거무 미친 듯이 별녜에게 덮쳐간다.

별녜 왜 이런디야? 거무 왜 이런디야?

거무의 손이 별녜의 속고쟁이를 벗겨 낸다.
드러나는 허벅지.

별녜 왜 이런디야?
거무 (열띤) 넌 내 거여! 내 거란 말여!

109. 갯벌

조개가 하늘을 보고 입을 열고 있다.

110. 태양

그 눈부신 광망!

111. 갈대밭

놀라서 기어 달아나는 게들.

112. 해면에 반사되어 눈부신 햇빛

113. 갈대밭

열띤 거무의 얼굴.
고통을 참는 별녜의 얼굴.

거무 별녜! (열띤)
별녜 이럼 안 되는디… 혼인하구 해야 하는디!

하면서도 거무의 목을 끌어안는다.
꼿꼿해지는 별녜의 다리.
벗겨지는 고무신.
땀에 젖은 거무의 얼굴.
별녜의 고통스런 얼굴!
이때 귓전에 스치는 휘파람소리.
별녜의 표정이 굳어진다.
휘파람소리!
별녜의 표정이 묘해진다.
마치 향수라도 더듬듯.

114. 강청녀의 움막 앞

바위에 걸터앉아 휘파람을 부는 강청 년.

115. 갈대밭

별녜의 흰 목덜미를 애무해나가던 거무가 굳어진다.

휘파람소리와 그걸 경청하는 별녜.

별녜로 하여금 휘파람소리를 잊게 하려는 듯 맹렬한 기세로 애무해나가는 거무.

별녜는 눈을 감아버린다.

거무는 자기의 실존을 느끼기라도 하려는 듯 별녜의 속으로 가라앉아 들어간다.

116. 잔잔한 파도(황혼)

117. 갈대밭(황혼)

조용한 흐느낌 소리.

갈대밭을 더듬어 가면!

돌아앉아 있는 거무.

별녜 흐느끼고 있다.

거무 여길 떠나는 거여!

별녜 (흐느끼다 거무를 본다.)

거무 오늘밤 외태비골을 떠나잔 말여! 뭍에 나가 살잔 말여!

별녜 안 되여! 그건, 여긴 엄니가 살던 곳이여.

거무 왜? 외태비골은 우릴 버렸어! 여기서 이 이상 더 괄세받고 살 순 없잖어? 난 며칠 전부터 그 생각만 하구 있었어! 인제 그 결심을 실행해야겠다구 깨닫게 된 거여! 별녜 가는 거여 아무도 아는 사람이 없는 새 세상으로. 거긴 따뜻한 일

자리두 기다리구 있을 게구, 풍성한 양식, 따뜻한 인정, 자식을 낳으면 학교에 두 보낼 수 있구…. 그런 곳으로 가잔 말이여! (환희에 차서) 꼬박 사흘만 배를 몰 것이여! 그러면 새 세상이 우리 눈앞에 펼쳐져 있을 것이여.

별녜 (매달리며) 거무! 안 되야.

하나 거무는 이미 뛰어가고 있다.

거무 짐을 싸는 거여 사흘 먹을 양식두 장만하구.

별녜 거무!

거무는 갈대 저편으로 부리나케 달려간다.

별녜 오! 거무….

그 자리에 풀썩 주저앉는다.

별녜 안 돼야! 여길 어찌 떠난댜….

그 눈앞에 떨어져 있는 강 청년의 지갑!
—DIS—
밤!
달이 밝다!
우두커니 갈대 속에 묻혀 있는 별녜.
골똘한 생각에 잠겨 있다.
그 귀에 환청으로 들리는!
파도소리에 섞여 어머니 정 씨의 소리!

정 씨(E) (에코로) 별녜야! 별녜야!

별녜 벌떡 일어나 바다쪽을 본다.
신음소리 같은 정 씨의 한숨이 들려온다.

별녜 엄니!

사라지는 환청!
이번에 휘파람소리.
별녜 움집쪽을 본다.

강 청년(E) (에코로) 별녜! 물귀신 따위는 있지도 않으며 만약 있다고 해도 죽은
사람을 위하여 다른 산사람이 죽을 순 없는 거여.
거무(E) 사흘만 배를 몰 것이여! 그러면 새 세상이 우리 눈앞에 펼쳐져 있을 것
이여!
정 씨(E) 별녜야! 떠나지 말어 잉? 이 엄니 혼백 구해주고 가란 말여!

별녜 귀를 틀어막는다.
사라지는 환청들!
별녜의 눈이 이상한 광채를 발한다.
어떤 결의의 빛이 떠오른다.
땅을 굽어본다.
떨어져 있는 지갑.
그녀의 손이 뻗는다.
지갑을 쥔다.
그리고 일어난다.

힘껏 그 지갑을 팔매질하는 별녜.

지갑은 포물선을 그리며 멀리 가 떨어진다.

풍덩하는 물소리.

별녜 갈대를 헤치고 나간다.

118. 별녜네 집 마당(밤)

별녜가 들어온다.

헛간으로 간다.

잠시 후 그녀는 시퍼런 도끼를 들고 나온다.

밖으로 사라진다.

119. 선창가(밤)

깡깡!

배 밑창을 도끼질하는 별녜.

도끼밥이 튄다.

별녜는 무서운 집념으로 단단한 배 밑창을 도려내고 있다.

120. 모화의 집 마당(밤)

취사도구 양식꾸러미 이불 등을 들고 나와 지게에 쌓는 거무.

모화가 버린 자식 보듯 탄식하고 앉아 있다.

모화 엄니 버리고 가는 자식 잘 될 줄 아느냐? 용왕님이 저주할 것이여!

그래도 닥치는 대로 갖다 싣는 거무.

121. 선창 거무의 배(밤)

도끼질하는 별녜.
땀이 솟는다.
훅 한숨 쉬며 마을 쪽을 살피곤 다시 도끼질.

122. 모화의 집 마당(밤)

모화 니는 죽을 것이여!

123. 선창 거무의 배(밤)

도끼질!
이윽고 멈춘다.
배 밑창이 뻥 뚫렸다.
별녜 푹 주저앉는다.
문득 마을 쪽을 보다가 후닥닥 일어난다.
멀리 거무가 지게를 지고 오고 있다.
별녜 도끼를 멀리 집어던지고 도끼밥을 대강 치운 다음 어구로 구멍을 막아 놓는다.

다가오는 거무 지게를 내린다.

멍히 뱃전에 주저앉는 별녜.

가슴이 콩 뛰듯 뛴다.

거무가 씩씩대며 짐을 내려다 배에 싣는다.

초조하게 앉아 있는 별녜.

배 위에 짐이 산처럼 쌓인다.

거무 두고 보라고. 틀림없이 남부럽잖게 살게 될 틴께!

별녜 ….

거무 (자꾸 실으며) 니 옷이랑 면경이랑 다 가져왔다.

별녜 ….

거무 봐라 저 달도 우리가 떠나기를 기다리지 않나벼?

땀을 씻으며 뱃전에 가 걸터앉아 담배를 피워 문다.

별녜의 가슴은 뚝뚝 뛴다.

몸도 떨린다.

거무가 피는 담뱃불이 어둠 속으로 숨을 쉰다.

거무 누가 오늘 낼 사이에 또 숨을 마지막 쉬게 될 거여!

별녜 (숨이 멎을 만큼 흠칫한다.)

거무 어젯밤 불이 나갔다는데 꼬리가 있었다니 여자불인 모양이여!

별녜 나두 봤지라우! 꼬리가 없으닝께 남자불이든디.

거무 사람이 죽기 전에는 그 눈에서 밤에 불덩어리가 나가는 법이여!

별녜 (가슴이 콩 뛰듯)

거무 별녜 물이 들어오면 떠나는 거여!

별녜 (말이 안 나온다.)

침묵!
문득 휘파람소리.
그쪽을 보는 별녜.

거무 흘 저자로군 저자의 불이야! 어젯밤에 나간 것은.
별녜 (보고 있다.)

__DIS__
만조가 밀려든다.
드르륵 드르륵!
노 끝이 물밑의 바닥을 몇 차례 긁어내더니 배는 드디어 방향을 잡고 무겁
게 밀려나가기 시작한다.

124. 바다로 나가는 배 위(밤)

여유 있는 큰 동작으로 노를 젓는 거무.
별녜는 배에 가득한 짐 위에 웅크리고 앉아 있다.
별녜 멀어져가는 마을을 바라본다.

별녜(E) 아아! 이제는 정말 마지막이구나.

__DIS__

125. 뱃전(밤)

잘게 출렁이던 물결이 배를 업고 꿈틀거리듯 굵게 넘실거린다.

배는 꽤 바다깊이까지 나와 있다.

자르륵! 자르륵!

뱃전 부딪는 소리가 밤바다에 유난히 크게 울려나온다.

거무 크게 팔 휘어 감으며 일정한 동작으로 배를 저어나가고 있다.

그 노 젓는 소리가 별녜에게 확대되어 들려온다.

별녜의 긴박한 얼굴.

노 소리.

별녜의 눈이 떤다.

환청으로 들려오는 휘파람소리.

별녜 돌아본다.

어머니의 울음소리가 바다를 메아리친다.

정 씨(E) 별녜야아! (에코로)

별녜 괴로운 듯 콱 귀를 틀어막는다.

사라지는 환청!

별녜의 엉덩이에 젖어 오르는 물기.

별녜 정신이 번쩍 든다.

바닥에 깔린 짐더미 위로 물이 올라와 있다.

꽤 깊이 잠겨든 배!

그것도 모르고 노질을 계속하는 거무.

별녜 벌떡 일어난다.

그 바람에 기우뚱하는 배.

거무 어?

하고 돌아보다가 소스라친다.

거무 아니 이게 웬 물이여? 엉?

노를 던지고 번개처럼 양철통을 꺼내 들고 물을 퍼내며

거무 아, 뭘 하는 거여! 깡통으로 물 퍼내라고! 이거 큰일났구먼!
별녜 (공포에 질린다.)

별녜도 다음 순간 본능적으로 깡통을 집어 들고 물을 퍼낸다.
씩씩대며 퍼내는 거무.
얼마큼 물이 줄자 노를 잡고 배를 돌린다.
정신없이 물을 퍼내는 별녜.
배는 발작을 일으킨 것처럼 세차게 요동한다.
열심히 물을 퍼내는 별녜.
그러나 물은 조금도 줄지 않는다.
거무 다시 노를 멈추고 달려들어 짐들을 바다에 던지기 시작한다.
풍덩!
쏴아!
짐 던지는 소리와 물 퍼내는 소리가 요란하게 엉켜든다.
자꾸만 던지는 거무.
솥단지 이불 양식 등이 바다에 떠내려간다.
그러나 배는 여전히 같은 깊이에 잠겨 있다.
거무 멀거니 보다가 다시 짐을 집어던진다.

풍덩! 풍덩! 풍덩!

한쪽에서 뱃바닥이 드러난다.

땀을 흘리며 물을 퍼내는 별녜.

제정신이 아니다.

별녜 문득 배 구멍이 생각났는지 양철통을 버리고 같이 짐을 내던지기 시작한다.

별녜의 발밑에 스물거리며 솟아나는 물구멍!

재빨리 발바닥으로 물구멍을 막는다.

거무는 미친 듯이 짐을 던지고 있다.

거무 쪽을 보는 별녜.

거무 마지막 짐마저 다 던지고 일어난다.

그리 물이 더 차오르지 않는 게 이상한 듯 두리번거린다.

거무 어디서 물이 새는 거여? 엉?

입술이 떨리고 있는 별녜.

거무 별녜를 쏘아본다.

다음 순간 거무 별녜를 떠민다.

막혀 있던 물구멍에서 둥그런 물 배꼽을 이루며 물이 솟아오른다.

그걸 보던 거무 별녜의 눈을 이윽히 들여다본다.

별녜 꼼짝 않고 거무를 쏘아본다.

별녜 거무! 아니여! 아니여!

거무 별녜 죽으려고 했제?

별녜 아니여, 거무 아니여!

거무 나하구 같이 말이제?

별녜 아니여! 아니여! (경원하듯)

거무 엄니 혼백 구해주고 싶은 거제?

별녜 아니라니께! (울음이다.)

배는 물을 먹고 잠겨들고 있다.

떠내려가는 노.

별녜를 보고 있는 거무.

별녜 입술을 움직이지만 말이 되지는 않는다.

거무가 석화처럼 굳어버린 채 꼼짝도 않는다.

자꾸만 차오르는 물!

거무 별녜! 별녜 맘 다 알겄어. 같이 죽어버리는 거여!

별녜 안 돼야! 거무는 살아야 돼.

거무 (와락 끌어안으며) 난 별녜가 없음 못살아. 같이 죽는 거야 별녜!

별녜 안 돼야! 안 돼야!

빠져나오려고 몸부림친다.

꽉 붙들고 놔주지 않는 거무.

거무 별녜! 난 같이 죽고 싶응께! 물속에서라도 같이 살고 싶응께!

별녜 알어, 거무 맘 나두 알어! 허지만 거무는, 거무는….

벗어나려는 별녜와 거무가 실갱이를 함에 따라 배는 크게 기우뚱거린다.

거무 별녜에!

별녜 거무우!

배가 뒤집힌다.

별네는 "엄니!" 하는 처량하고 괴로운 울부짖음을 남기고 바다 밑으로 묻혀버린다.

거무도 물속에 파묻힌다. 배 밑창이 하늘로 떠오른다.

126. 세차게 밀려오는 파도(INSERT)

127. 해변(아침)

수평선!

동산에 떠오르는 태양.

잔잔한 파도.

모래밭에 밀려온 점 같은 물체.

거무다.

그 겨드랑이에 끼워진 널판지.

바람이 거무의 얼굴을 스쳐간다.

퍼뜩 눈을 뜨는 거무.

소스라치게 벌떡 일어나려다가 푹 쓰러진다.

거무 (입 속으로) 별네!

얼굴을 들고 돌아본다.

별네는 보이지 않는다.

거무 (번쩍 정신이 들며) 별녜!

벌떡 일어난다.
쏴아! 하고 밀려오는 파도!
망망한 바다.
휘청거리며 발을 옮기는

거무 별녜! 별녜!

정신없이 해안을 더듬어 뛰어간다.
—DIS—

128. 해안을 방황하는 거무

거무 (정신없이) 별녜! 별녜!

129. 석화촌 용머리곶

대낮!
이글거리는 태양.
거무가 멍청히 바다를 보고 서 있다.
허탈과 자기 회환이 가슴을 치는 듯 도전하는 눈으로 바다를 응시하고만
있는 것이다.
소년이 뛰어온다.

소년 아점씨! 아점씨!

거무 (돌아본다.)

소년이 뭐라고 먼 해안을 가리킨다.

거무 뭣이여? 시체가?

그쪽을 향해 뛰어가기 시작한다.
뒤따르는 소년.

130. 그 해안

마을사람 몇이 바다에 밀려온 시체를 둘러싸 있다.
뛰어온 거무가 와락 사람들을 헤치고 들여다본다.
순간 얻어맞은 듯 굳어버리는 거무.
시체는 별녜였다.
그 곱게 죽어 있는 별녜의 치마 자락이 파도에 밀렸다 덮혔다 한다.

거무 (콱 막히며) 벼 별녜!

푹 무릎을 꿇고 주저앉는다.
평화스러운 별녜의 아름다운 얼굴.
거무 일그러지며 두 손으로 별녜의 볼을 감싸 쥔다.
그 눈에 가득히 솟아나는 눈물.

거무 별녜! 왜 니 혼자만 죽었을까? 난 왜 못 죽고 잉!

별녜의 시체를 끌어안고 통곡하는 덩치 큰 거무의 어깨.
한동안 그렇게 목 놓아 울던 거무 번쩍 고개를 든다.
알 수 없는 증오.

거무 빌어묵을….

벌떡 일어선다.

131. 사당 앞

무서운 속력으로 뛰쳐온 거무가 들고 온 관솔불을 사당 안에 획 던진다.
관솔불은 모셔논 신주를 태우기 시작하더니 삽시간에 벽이며 천정에 불이
옮는다.

거무 (통쾌하게) 핫핫핫. 으핫핫핫.

불길!
웃어제끼는 거무의 미친 듯한 눈!
어느새 불길은 사당 전체를 태우면서 바닷바람을 맞고 기세 좋게 타오
른다.
실성한 사람처럼 웃어제끼던 거무.
언덕 아래를 향해 뛰어 내려간다.
타오르는 불길에!

사람들(E) 불이다아!

이윽고 한 떼의 마을사람들이 몰려온다.

그 속에 화의 절망이 찬 얼굴!
사람들 우왕좌왕하며 어쩔 바를 모른다.
모화가 발을 구른다.

모화 내 신주… 내 신주….

하더니 불이 기세 좋게 타는 사당 안으로 뛰어든다.
놀라는 마을사람들.

(E) 거무 어멈! 거무 어멈!

132. 사당 안

치솟는 불길!
모화가 신주를 찾아 가슴에 안고 나오다 떨어지는 용마루에 깔려 쓰러
진다.
그 위로 세차게 타오르는 불길.
지붕이 무너져 내리고!
모화는 신주와 함께 타죽었다.
기세 좋게 불길에서!
—DIS—

133. 바닷가(석양녘)

겹겹이 밀려오는 파도.

해안선을 따라 PAN 하면 해안에 하나의 시체가 밀려 있다

강 청년이다.

강 청년은 물에서 죽어 물 끝으로 밀린 것인지 그냥 거기서 죽어 물을 뒤집어쓴 것인지 알 수가 없다.

그 조금 떨어진 바다에!

족자 하나가 파도에 실려 밀렸다 들어 왔다 한다.

너무도 고운 별녀의 초상이다.

카메라 여기서 서서히 트랙백 한다.

시나리오 표준계약서 활성화를 위한 설명회

이미정
(사)한국시나리오작가협회 / 대외협력분과위원장

지난 2016년 2월 18일 상암동 DMC첨단산업센터 7층 세미나포 럼장에서 '시나리오 표준계약서 활성화를 위한 설명회 및 토론회'(주 최-(사)한국시나리오작가협회, 후원-한국영화진흥위원회)가 개최되 었다.

2015년 10월 장관고시가 된 후 수개월이 지났음에도 불구하고 시 나리오 표준계약서가 업계에 제대로 정착하지 못한 원인으로 현재 활 동하고 있는 시나리오작가뿐 아니라 감독·제작사 등의 표준계약서에 대한 이해와 인식부족으로 판단하여, 1부 쉬운 설명회와 2부 자유토 론회 형식으로 진행되었다.

1부 첫 번째 순서로 문화체육관광부 영상콘텐츠산업과 이순일 사무 관이 '시나리오 표준계약서의 의미와 장관고시의 실질적 효력'에 대해 설명, 두 번째 순서로 시나리오작가협회 하명진 고문변호사(법률사무 소 대림)가 '표준계약서 내의 주요 조항'을 명쾌하게 발제한 후 세 번째로 한국벤처투자 박경필 상임감사가 '표준계약서의 활용에 규제를 받을 모태펀드'에 대해 설명을 하여 참석한 영화인들에게 유익한 시간이라는 호평을 받았다.

특히 2부에서는 시나리오작가협회에서 한 달간 공개모집을 해서 작가들이 보내온 '실제 계약사례들'을 기반으로 토론이 이루어진 점이 특징이었다. 호남대학교 안태근 교수의 진행으로 지상학 시나리오작가, 최종현 감독, 전영문 PD, 서병인 싸이더스 법무팀장의 활발한 토론이 이루어졌다.

한국시나리오작가협회의 문상훈 이사장은 인사말에서 영화업계의 저작권의 무질서를 신랄하게 비판하며 "시나리오 표준계약서가 상용화가 되어 영화산업 생태계의 건강한 토양을 다져야 한다."고 말해 강한 인상을 남겼다.

청중석에는 시나리오작가뿐 아니라, 감독, 제작자 등 영화 창작자 그룹이 골고루 참석하여 시나리오 표준계약서의 장관고시에 관심이 높다는 것을 입증했다. 특히 한국영화진흥위원회의 공정환경조성센터의 한인철 팀장은 이번 행사의 취지에 적극 부합하여 적절한 정책을 마련하겠는 약속을 해서 청중들의 호평을 받았고, 한국예술인복지재단에서도 필요시 저작권에 대한 사업과 관련해 시나리오작가협회에 적극 협조하겠다는 의지를 표명하였다.

시나리오 표준계약서의 의미와 효력

이순일

문화체육관광부 영상콘텐츠산업과 / 사무관

1. 표준계약서의 법적 근거와 의의

문화체육관광부(이하 '문체부')는 문화산업(콘텐츠산업) 분야에서 산업 진흥과 공정한 환경 조성을 목표로 일하고 있다. 업무의 전반은 1999년에 제정된 「문화산업진흥기본법」에 근거를 두고 있으며, 이와 함께 「영화 및 비디오물의 진흥에 관한 법률」 「음악산업진흥에 관한 법률」 「만화 진흥에 관한 법률」 「대중문화예술산업발전법」 등 개별 장르와 분야별 법률을 토대로 관련 업무들을 추진한다.

표준계약서는 산업 내 종사자들 사이의 공정한 계약관계를 유도하기 위하여 정부에서 마련한 것이다. 다만, 표준계약서는 공정한 거래관계에 초점을 맞추긴 하나 사적계약관계에서 사용되어야 하는 문서의 내용에 대한 것이므로 어느 일방 당사자의 입장이나 이상적인 내용을 규율하지 않는다. 또한 그 사용을 권고하며 강제하지 않는다. 표준계약서와 관련해 '고시'라는 용어가 쓰이고 그로 인해 법규성을 띤 것으로 이해하기도 하지만 이때의 고시는 '게시'나 '고지'로 이해하는 것이 타당하다.

※ **문화산업진흥기본법 제12조의2(공정한 거래질서 구축)**

① 문화상품의 제작·판매·유통 등에 종사하는 자는 합리적인 이유 없이 지식재산권의 일방적인 양도 요구 등 그 지위를 이용하여 불공정한 계약을 강요하거나 부당한 이익을 취득하여서는 아니 된다.

② 문화체육관광부장관은 문화산업의 공정한 거래질서를 구축하기 위하여 다음 각 호의 사업을 할 수 있다.
 1. 문화산업 경쟁 환경의 현황 분석 및 평가
 2. 문화산업 관련 사업자 등이 참여하는 협의체의 구성 및 운영
 3. 그 밖에 공정한 거래 환경을 조성하기 위하여 필요한 사업

③ 문화체육관광부장관은 문화산업의 공정한 거래질서를 구축하기 위하여 공정거래위원회위원장 및 미래창조과학부장관과 방송통신위원회위원장과의 협의를 거쳐 문화산업 관련 표준약관 또는 표준계약서를 제정 또는 개정하여 그 시행을 권고할 수 있다.

문체부는 현재 영화(근로, 상영, 투자, 시나리오) 방송(대중문화예술인 방송 출연, 방송 프로그램 제작(구매), 방송영상프로그램 제작 스태프(근로. 하도급, 업무위탁)), 공연예술(표준 창작, 표준 출연, 표준 기술지원), 출판(출판권설정, 단순출판허락, 독점출판허락 등 7종), 저작권(저작재산권 독점적 이용허락, 저작재산권 일부에 대한 양도 등 4종) 등 장르, 분야별로 다양한 표준계약서를 마련하여 권고하고 있다.

2. 정부의 실효성 확보 노력

문화콘텐츠는 창의성이 높은 기획과 아이디어를 토대로 이를 완성해 가는 창작자의 역할이 핵심이다. 영화, 드라마, 만화 등 많은 콘텐츠가 산업화되었지만 창작 과정은 여전히 문화이자 예술로서 기능하는 부분이다. 그러나 이러한 비계량적 특성으로 정당한 대가를 받지 못하는 일들이 발생하기도 한다.

따라서 계약은 매우 중요하다. 부적절한 관행이 계약이라는 합법의 틀 속에서 유지되어 왔다면, 적절한 내용을 담은 계약으로 관행을 개선해야 한다. 표준계약서는 계약서 자체를 개선함으로써 상황이 나아질 수 있는 기본 토대가 될 수 있다. 정부에서도 그러한 점을 인식하고 표준계약서를 만들고 보급하는 것이다. 다만, 강제할 수 없다는 한계가 있기 때문에 간접적인 방식을 통해 산업 내에서 표준계약서의 사용과 정착을 유도하고 있다.

우선, 표준계약서를 만드는 과정에서 절차적 정당성을 최대한 확보한다. 실제 쓰이는 계약서를 분석하고, 이해당사자들의 의견을 수렴하여 잘못된 관행, 개선할 부분을 찾아낸다. 산업 내 역할에 따라 입장이 다른 경우 저작권법, 근로기준법 등 기본적으로 지켜야할 사항들을 원칙으로 해서 조정하여 대안을 만들고 협의를 한다. 이러한 과정을 통해 실제 현장에서 활용될 수 있는 표준계약서를 만든다.

다음은, 정부 지원 정책들과 연계하여 표준계약서가 현장에 확산될 수 있도록 한다. 영화 시나리오 분야의 경우, 정부의 각종 영화 기획 개발 및 시나리오 창작 지원, 영화 제작 지원 사업을 지원받을 때, 정부가 출자하여 조성한 영화 기획개발 투자조합이나 콘텐츠 제작 초기 투자조합(펀드)에서 영화에 투자하는 때에는 지원 받는 대상자들이 시나리오 표준계약서를 의무적으로 사용해야 한다. 이러한 정책 연계는 사업 시행 시 조건 부과를 통해 이루어져 왔으며, 영화 분야는 최근 개정된 「영화 및 비디오물의 진흥에 관한 법률」에 관련 규정이 반영되었다.(2015.5.18. 개정, 11.19일 시행)

> ※ 영화 및 비디오물의 진흥에 관한 법률 제3조의5(표준계약서의 사용 및 확산)
>
> ① 문화체육관광부장관은 영화업자 또는 영화업자단체에 표준계약서의 작성 및 사용을 권장할 수 있다.
>
> ② 문화체육관광부장관과 영화진흥위원회는 제1항에 따른 표준계약서를 사용하는 영화업자 또는 영화업자단체에 대하여 제23조에 따른 영화발전기금 지원 등 영화·비디오물산업에 관한 재정지원(「문화산업진흥 기본법」 제8조 및 제9조에 따라 같은 법상의 지원을 받은 투자조합의 문화산업에 관한 투자를 포함한다)에 있어 우대할 수 있다.

업계 종사자들과의 협약을 통해 자율적인 사용을 권장하기도 한다. 2012년 시나리오 표준계약서를 처음 만들었을 관계 단체(한국시나리오작가협회, 한국시나리오작가조합, 한국영화제작가협회, 한국영화프로듀서조합, 한국영화협회, 한국영화감독조합, 영화진흥위원회)들이 '시나리오 표준계약서 이행 협약'(2013.5.16)을 맺어 시나리오작가의 저작권 보호 및 창작 환경을 개선하고 시나리오 표준계약서가 사용되고 정착될 수 있도록 노력한다고 합의하였다.

참고로, 영화 근로 분야의 경우 2012년부터 2014년까지 근로표준계약서 사용을 포함한 다양한 근로 여건 개선 과제에 대해 관련 단체와

협회, 관계 기업이 3차례 협약을 체결하였으며 정부의 정책 유도와 기업들의 적극적인 참여를 통해 효과적으로 현장에 확산되고 있다.

3. 제언

영화 근로표준계약서의 경우 도입 초기인 2013년에는 사용률이 5%에 그쳤으나 2015년에는 40%가 넘는 것으로 조사되었다.(영진위 자체조사, 상업영화 대상) 정부의 노력과 정책적 유도, 주요 영화 배급 기업들의 적극적인 사용과 함께 표준계약서를 경험한 제작사와 스태프들이 그 효과를 알고, 소문을 내고, 공유하고 다시 사용한 것도 주요했을 것이라고 생각한다.

시나리오 표준계약서도 작가들이 사용을 하고, 단체들이 지원을 하는 등 당사자들이 적극적으로 받아들여야 빠르게 정착할 수 있을 것이다. 시나리오만 보고도 영화가 흥행할지 말지, 투자를 받을 수 있을지 없을지를 알고 결정하는 제작자, 투자사들 입장에서도 작가들의 권리를 적정하게 보장함으로써 시장에서 더 좋은 시나리오를 공급받을 수 있게 될 것이다.

최근 몇 년 사이에 한국영화에 대한 평단과 언론의 평가가 박해지고 있는 것처럼 느껴진다. 획일적인 구조, 다양성이 부족하다는 지적이다. 평가에 대한 동의 여부와는 별개로 그러한 부분을 극복하는 방법 중에 하나는 시나리오라고 생각된다. 뛰어난 신인 작가들이 영화계에 들어오고, 좋은 작가들로 성장하고, 그 작가들이 영화계에 머물면서 훌륭한 책들을 써낸다면 좋은 영화들도 자연스럽게 나올 것이다.

시나리오 표준계약서 조항 설명

하명진

(사)한국 시나리오작가협회 / 고문변호사

사적 자치의 원칙

❖ **민법의 기본원리**

　계약 자유 원칙이 파생 – 계약체결 여부, 상대방 결정, 내용 결정, 방식의 자유 등

❖ **계약 자유 원칙의 한계**

　계약 당사자의 대등한 지위와 교섭력을 전제로 함

　　그러나 힘의 불균형으로 인하여 불공정, 불합리한 계약이 발생하게 됨 (갑을 관계)

　　⇒ 계약 자유 원칙에 대한 수정 요구 (경제적 약자 보호)

　계약 조항의 무효 (신의성실의 원칙, 선량한 풍속 기타 사회질서 위반 등 무효)

　해당 분야 법률 마련 (근로기준법, 임대차보호법, 약관법 등)

❖ **표준계약서도 불공정, 불합리한 거래 관행 개선을 위한 노력**

　하도급, 유통, 프랜차이즈, 임대차계약서 등

　표준계약서의 효력 – 강제 x 권고 o

저작권 개요

❖ **저작인격권** - 공표권, 성명표시권, 동일성유지권

❖ **저작재산권** - 복제권, 공연권, 공중송신권, 전시권, 배포권, 대여권, 2차적저작
물 작성권

❖ **저작재산권은 전부 또는 '일부' 양도 가능 (저작권법 제45조)**

권리의 다발 (bundle of rights)

❖ **저작권은 창작한 때로부터 발생하며 절차나 형식 불요 (저작권법 제10조. 무
방식주의)**

then, 저작권 등록의 의미, 효력은?

성립요건 아님 cf) 부동산 등기

추정적 효력 (저작권법 53조) - 저작자로 추정

대항력 - 권리변동 등록 아니한 경우 제3자에 대항 x

표준 영화화 권리 이용허락 계약서

❖ **저작권법 제46조**

2차 저작물 작성권의 내용인 영화화 권리 이용허락

❖ **'이용허락' 과 '양도' 의 차이**

	이용허락	양도
권리의 성격	채권	준물권
권리가 이전되는지 여부	x	o
약정(계약)에 의하여 효력발생여부	o	o
이중양수인, 이중이용허락 받은 제3자에 대한 권리 주장 여부 (침해정지, 손해배상 등)	x (배타적 이용허락계약이라고 하더라도 제3자에 대하여 직접 침해정지, 손해배상을 청구할 수 없음)	△ (제3자에 대항하기 위하여는 등록하여야)

❖ **제4조 이용허락**

'독점적' 이용허락 (계약서 제4조 1항)

- 제4조 7항에서 이를 재확인 (영화화기간 동안 제3자에게 영화화 권리 양도, 이용허락 금지)

⇒ if) 이를 위반하는 경우?

이용허락의 최장 기간은 계약체결일로부터 5년 이내 (저작권법 제99조 2항 고려)

기간만료 1개월 전 제작사 연장 요청 가능 - 연장 기간과 대가 는 서면 합의 요

❖ **제6조 대가 지급**

이용허락의 대가 약정 및 지급

총액 일시불 지급 방식

선지급 방식 - 계약체결일로부터 10일 이내

순이익 발생시 제작사 몫 수익 지분율(공동제작사 몫의 수익 지분율 포함) 의   %를 작가에게 지급

0% 또는 공란으로 할 수 없음

⇒ 0. 001 % ??

작가 몫의 수익지분 금액 지급 절차와 방법 규정

정산 서류 등 제공의무

❖ 제7조 권리의 귀속

작가는 영화화 권리를 제외한 다른 저작재산권을 행사할 수 있음이 원칙(계약서 7조 1항)

저작권법 제100조 2항

②영상저작물의 제작에 사용되는 소설·각본·미술저작물 또는 음악저작물 등의 저작재산권은 제1항의 규정으로 인하여 영향을 받지 아니한다.

이처럼 작가가 영화 제작 개봉 전에 다른 저작재산권을 행사하게 되는 경우 영화 제작, 성공에 장애 요소 작용 우려

제작사는 작가와 별도 서면 합의 및 대가를 지급하고 다른 권리 양도받거나 홀드백 기간 설정 가능 (계약서 7조 1항 단서)

※영화에 대한 저작권은 제작사에 귀속한다는 조항 (계약서 7조 2항)
(관련 - 양도계약서 7조 2항, 각본계약서 8조 2항, 각색계약서 6조 1항)

cf) 저작권법 제100조 1항

제100조(영상저작물에 대한 권리) ① 영상제작자와 영상저작물의 제작에 협력할 것을 약정한 자가 그 영상저작물에 대하여 저작권을 취득한 경우 특약이 없는 한 그 영상저작물의 이용을 위하여 필요한 권리는 영상제작자가 이를 양도받은 것으로 추정한다.

제작사가 본건 영화의 2차적 저작물 권리 행사시 작가와 협의하여 별도 대가 지불 (계약서 제7조 3항)

(예외) 본건 시나리오와 다른 '새로운 창작물' 임을 제작사가 '입증' 하는 경우 단독으로 대가 없이 행사 가능

❖ **제8조 크레딧**

저작인격권의 내용

단독 명기 원칙
병기해야 하는 경우 병기 여부, 순서에 관하여 제작사는 작가와 상호 협의하여 결정
작가 요청 시 제작사는 병기 대상자의 기여분을 입증하도록 함
이견 발생시 제작사는 촬영 종료 전까지 작가에게 결정된 내용을 알려야

⇒ 의미? 법적인 최종 결정권 ?

분쟁 발생시 분쟁조정 신청과 최종적으로는 법원의 판단을 통하여 확인

(다만 계약서 제13조 제3항에 의하여 상영중지 가처분신청 등을 제기할 수는 없음 – 제작사 입장 반영)

❖ **제13조 분쟁의 해결**

영화의 제작, 상영이 중단 또는 지연되는 경우 제작사 뿐만 아니라 여러 관계자들도 커다란 불이익 입을 우려

작가는 제작사에 제작 배급 상영중지 제한 가처분신청, 침해정지 청구 등은 불가하고 손해배상청구만 가능하도록 함 (제작사에 대한 배려)

표준 영화화 권리 양도계약서

❖ 양도와 이용허락의 차이

❖ 양도계약서의 내용은 대체적으로 이용허락 계약서와 내용 동일

❖ 제4조 8항 저작권 양도 등록

저작권 양도는 계약에 의하여 효력 발생

but 제3자에 대항하기 위하여 제작자 입장에서는 저작권 등록 필요성

작가는 저작권 양도 등록에 필요한 서류 제공

제작사는 저작권 양도에 관한 등록

'영화화 기간'과 '언어' 에 대한 내용도 함께 등록하여야

표준 각본계약서

❖ 제2조 (계약의 대상)

제목 원안작성자 개요(주요사건, 시공간배경, 핵심줄거리, 기획의도) 표시 계약서 말미에 원안 첨부

then. 원안의 의미? 원안이 누구 것인가?

제작사에서 아주 간략한 소재와 방향만 제시했음에도 저작자로 주장 인식하는 경우 많았음

계약서 제3조 제1항에서 '원안' 의 정의를 규정함

·A4 10매이상(200자 원고지 60매 이상) 문서
·장르, 기획의도, 주제, 시작 중간 결말의 핵심 줄거리가 항목별로 서술
·주요 등장인물, 주요 사건, 시공간적 배경 드러나야
·단순한 아이디어를 넘어서 '저작물'로 인정받을 수 있는 창작성 있는 문서

제작사가 원안작성자로 표시되는 경우

·소설 웹툰 등 원저작물 구매한 경우
·제작사 직원의 업무상 저작물인 경우

아이디어 회의 등을 통하여 제작사도 원안작성자라고 주장하게 된다면?

결국 작가의 협상력 교섭력 등에 의하여 제작사가 원안작성자로 표시되는 경우도
생길 우려 - 권리가 서로 묶이게 되는 상황 발생

❖ 업무상 저작물?

저작권법 제9조(업무상 저작물의 저작자)
법인 등의 명의로 공표되는 업무상 저작물의 저작자는 계약 또는 근무규칙 등에 다른 정함이 없는 때에는 그 법인 등이 된다.
창작자원칙(실제 창작한 자연인만이 저작권을 취득한다는 원칙)에 대한 예외
(요건)
·법인 등이 저작물 작성을 '기획'
·법인 등의 업무에 종사하는 자가 작성
　　실질적인 지휘, 감독관계 (ex. 근로관계)
　　　then, 위임이나 도급의 경우?
　　　형식만 위임이나 도급계약일 뿐 실질적으로 고용관계에 준한 지휘 감독 관
계에 있다고 인정되는 극히 예외적인 경우를 제외하고는 포함되지 않음

·종업원이 업무상 작성
·법인 등의 명의로 공표되는 것
·법인 등과 종업원 간에 계약이나 근무규칙 등에 다른 정함이 없을 것

표준 각본계약서

❖ 제4조 집필기간

전체 집필 기간 정함 (합의를 통하여 20% 범위 내 연장 가능)

그동안 무기한적인 구속을 통하여 작가의 작품 활동 제약, 작가의 생존권 창작활동의
자유 침해 관행 개선

전체 집필 기간 내 단계별 집필 기간 설정 (트리트먼트, 초고, 2고, 3고)
제작사는 집필 결과물 수령후 21일내 다음 단계 집필 착수 여부 서면 통보 (통보 없
으면 착수 간주)

표준 각본계약서

❖ 제10조 집필료 수익지분

집필료 총액을 표시
트리트먼트, 시나리오 초고, 2고, 3고 각 단계별 선지급
트리트먼트(트리트먼트 생략시 1고) 집필 시 전체 집필료의 20% 이상 지급되도록

(기존) 집필료의 극히 일부만 지급하고 나머지 집필료는 투자가 되면 지급하겠다는
계약 체결 많음. 투자 유치 실패시 결국 작가는 나머지 집필료를 받지 못하게 됨.

작가 – 집필료 단계별 선지급과 최초 단계 최소 20% 이상 지급되도록 하여 이익 도모
제작사 – 단계별 집필 결과물에 따라 다음 단계 진행 여부 결정할 수 있으므로 시간
비용 절감 but 집필료 선지급에 따라 투자 유치 무산되는 경우 리스크 부담

※건축 설계 – 건축 시공 무산 또는 미분양으로 인하여 설계대금 지급하지 않는다?
(참고로 변호사들도 성공보수 못 받은 경우 많이 발생)

수익지분 제공, 수익 지분율을 0% 하거나 공란으로 둘 수 없음

❖ **제5조 집필중단**

상대방의 계약 위반 없이도 제작사 작가 모두 집필 중단 통지 가능

■제작사 트리트먼트 수령 전

○트리트먼트 권리 귀속

·작가 원안인 경우 – 작가가 당연히 권리 가짐

·제작사 원안인 경우 – 원안에 포함되어 있던 부분 사용 불가

○집필료 반환 여부

·작가 집필 중단 통지시 – 받은 집필료에 약정 지연이자를 제작사에 반환. 제작사는 미지급 집필료 지급 의무 없음

·제작사가 집필 중단 통지시 – 작가는 받은 집필료 반환 의무 없음. 제작사도 미지급 집필료 지급 의무 없음

■트리트먼트 수령 후 시나리오 초고 수령 전

○트리트먼트 권리 관계

"원안 및 본건 시나리오에 대한 저작권을 포함한 일체의 권리는 변동되지 않는다" ?? (계약서 제3조 1항 본문)

"원안 작성자가 '작가'로 '작가'가 집필 중단을 통지한 경우 기 수령한 집필료 2배를 전부 상환할 때까지 작가는 제작사와 공동으로 그 권리를 보유하고 단독으로 그 권리를 행사할 수 없다" (계약서 제3조 1항 단서)

원안 작성자	집필 중단 주체	트리트먼트 권리귀속
작가	작가	기 수령한 집필료 2배를 전부 상환할 때까지 작가는 제작사와 공동으로 그 권리를 보유
작가	제작사	작가 단독 보유
제작사	작가	제작사 단독 보유 (하변)
제작사	제작사	제작사 단독 보유 (하변)

■트리트먼트 수령 후 시나리오 초고 수령 전

○집필료 반환 여부

"원안 작성자가 작가로 작가가 집필 중단을 통지한 경우 작가는 기 수령한 집필료 2배를 제작사에 지급하여야 하나, 그 외의 경우에는 작가는 집필료 등 기수령한 금원을 반환할 의무가 없다" (계약서 제3조 2항)

원안 작성자	집필 중단 주체	집필료 반환
작가	작가	기 수령한 집필료 2배
작가	제작사	반환 의무 없음
제작사	작가	반환 의무 없음 (하변)
제작사	제작사	반환 의무 없음

■시나리오 초고 수령 후

권리 귀속은 계약서 제8조 적용 – 시나리오 저작권은 작가에게, 영화에 대한 저작권은 제작사에게

작가는 기수령 집필료 반환 의무 없음 (집필 중단 주체 누구인지 불문)

○작가가 집필 중단 통지 시

지급 기일 미도래 잔여 집필료 지급 의무 없음

약정 크레딧과 수익지분 제공의무 없음

■시나리오 초고 수령 후

○제작사가 집필 중단 통지 시

추후 메인 투자계약 체결 시 미지급 집필료 지급의무 (최초 투자급 입금일로부터 10일내)

약정 크레딧과 수익지분 제공의무(단, 새로운 창작물임을 입증하는 경우 수익지분 제공 아니할 수 있음)

○기획개발 자체의 중단으로 집필 중단 통지 시

작가는 기수령 집필료 반환 의무 없음

다만, 작가 원안의 경우 기수령 집필료 반환하고 원안 및 집필 결과물 보유할 수 있음 (제작사는 근로의 대가로 일정 금액 지급하여야)

❖ 제8조 권리의 귀속

시나리오 저작권은 작가에게, 본건 영화에 대한 저작권은 제작사에게

(종전안)

"본건 시나리오 및 본건 영화에 관한 저작재산권을 포함한 제반 권리는 제작사에게 전세계적으로 영구히 귀속된다. 다만 작가의 2차 저작물 권리는 작가에게 유보된다"

작가가 본건 영화 제작이 완료되기 전 본건 시나리오의 2차 저작물 권리를 처분 행사할 경우 제작사와 '합의'하여야 (영화의 제작, 흥행에 영향 있을 수 있음을 고려)

(예시 - 다른 방식의 합의 형태도 가능)

❖ 제8조 권리의 귀속

(예시 – 다른 방식의 합의 형태도 가능)

구분	드라마	공연	출판	게임	기타
2차 저작물 권리 행사 처분 여부	O	X	X	O	X
2차 저작물 권리 행사 처분 시기	작가 추후 결정			2016 년 하반기	

if) 공란?

❖ 제9조 권리귀속 특약사항

제작사는 영화화기간 동안 본건 영화 제작을 위하여 본건 시나리오 저작재산권 중 필요한 부분에 대한 권리 보유

보유기간 최대 5년, 만료 1개월 전 연장 요청가능 (연장기간, 연장대가는 별도 서면 합의 요)

❖ 제14조 계약의 해제 해지

○사유

작가가 해지하는 경우 : 집필료 미지급, 인적 물적 자원 미제공, 제작사의 본 계약 상의 지위 권리 양도 등, 비밀유지의무 위반 시 2주의 최고기간 부여, 시정되지 않는 경우 등

제작사가 해지하는 경우 : 집필기간 미준수, 제3자 용역 제공 시 사전 통지의무 위반, 작가의 제3자 고용, 제작사의 사전 동의 없이 다른 사람에게 위임 도급 시 /

타인의 저작권 지적재산권 관련법령 침해하지 않는다는 보증의무 위반 (이 경우는 최고 없이 즉시 해제 해지 가능)

※당사자 합의에 의한 해제 해지도 가능

표준 각본계약서

❖ 제14조 계약의 해제 해지

○절차

상대방의 계약 위반 사유 발생시 2주의 최고기간 부여, 시정되지 않는 경우 서면으로 계약 해제, 해지할 수 있음

○효과

작가 해제 해지 시   -   집필료 반환의무 없음
본건 시나리오 저작권 단독 보유
제작사는 본건 시나리오 사용 불가

제작사 해제 해지 시   -   제작사가 본건 시나리오에 대한 저작재산권
(2차 저작물권리 포함) 단독 보유
작가 본건 시나리오 사용 불가
제작사는 집필료 잔금, 크레딧, 수익지분 제공 의무 없음
집필료 및 지연이자 반환 청구 가능

표준 각색계약서

❖ 제1조 계약의 목적

'시나리오' 를 대상으로 각색 시나리오 작성하는 것

(※ 여러 의미로 사용되고 있는 '각색' 의 의미가 본 계약서에서는 **'시나리오'**를 대상으로 하여 각색 시나리오를 작성하는 것으로 정의함)

❖ 제6조 권리의 귀속

본건 각색 시나리오 및 본건 영화에 대한 저작권은 제작사에 귀속 cf) 각본계약서

❖ 제7조 시나리오 각색 대가 지급 및 인센티브

단계적 집필료 선지급 (각색 1고, 각색 2고)

각색 1고의 집필료는 총 집필료의 50% 이상

인센티브 수익지분 제공시 별도 서면 합의

한국모태펀드 소개 자료
(2015.12월말 기준)

박경필
한국벤처투자 / 감사

▣ 한국모태펀드란?

- 매년 예산배정에 따라 투자금액이 결정되는 등 공급자 위주 투자 정책에서 탈피하여 시장수요를 반영한 회수재원의 재순환 방식으로 안정적 벤처투자재원 공급체계를 마련하기 위해 「벤처기업육성에 관한 특별조치법」에 근거하여 2005년에 결성되어 운영 중
- 정책효율성 제고를 위해 투자재원 공급은 정부가 하되, 투자의사 결정은 전문기관 '한국벤처투자(주)'가 담당

▣ 모태펀드 운용현황

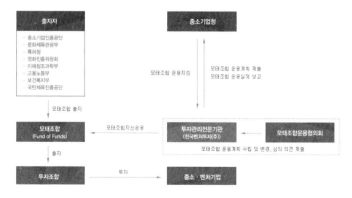

▣ 모태펀드 개요

결성일	2005년 7월 15일
출자자	• 중소기업진흥공단 · 문화체육관광부 · 특허청 · 영화진흥위원회 • 미래창조과학부 · 고용노동부 · 보건복지부 · 국민체육진흥공단(2015년 신규가입)
펀드규모	2조 9,784억원 (2015년 12월말 기준)
운용기간	30년 (2005년 ~ 2035년)
주 출자 분야	• (중진계정)　창업초기, 지방기업, 부품소재, M&A등에 투자하는 펀드 • (엔젤계정)　엔젤매칭투자조합 등 엔젤 투자 활성화를 위한 펀드 • (지방계정)　지방기업 투자 활성화를 위한 펀드 • (문화계정)　문화산업진흥기본법에 의한 문화산업에 투자하는 펀드 • (관광계정)　관광진흥법에 의한 관광업 등에 투자하는 펀드 • (스포츠계정)　스포츠산업진흥법 상 스포츠산업 산업에 투자하는 펀드 • (영화계정)　한국영화 등에 투자하는 펀드 • (특허계정)　발명진흥법에 의한 발명활동의 진작과 발명성과의 권리화 촉진, 우수 　　　　　　　발명의 이전알선과 사업화 등 특허기술사업화 기업에 투자하는 펀드 • (미래계정)　방송법, 전기통신사업법, 인터넷멀티미디어 방송사업법에 근거한 　　　　　　　방송, 인터넷 멀티미디어방송, 전기통신역무제공 및 서비스 등 　　　　　　　방송통신사업분야에 투자하는 펀드 • (보건계정)　보건산업에 투자하는 펀드
운용기관	한국벤처투자(주)

▣ 운용체계

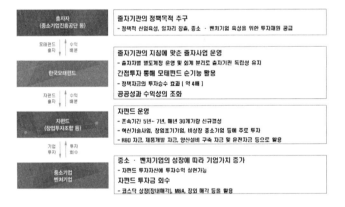

▣ 문화 · 영화 관련 자펀드 운용 현황

- 운용 현황 : 2개 계정, 45개 자조합, 10,378원 (운용 중)
  - 문화 계정 : 38개 자조합, 9,348억 원
  - 영화 계정 : 7개 자조합, 1,030억 원

⟨모태펀드 문화계정 자펀드 총괄표⟩

(단위 : 억 원, 2015년 12월말 기준)

	운용사	펀드 명	결성액 (모태출자액)	대표번호
1	우리인베스트먼트	보스톤글로벌콘텐츠투자조합	314(44)	02-3444-5335
2	(유)동문파트너즈	동문미디어콘텐츠&문화기술투자조합	340(120)	02-2265-0560
3	(주)센트럴투자파트너스	센트럴애니드림투자조합	210(120)	02-3446-6102
4	(주)안강벤처투자	AG위풍당당콘텐츠코리아펀드1호	140(50)	02-6295-3000
5	(주)에스엠콘텐츠인 베스트먼트	에스엠씨아이문화활성화투자조합	100(40)	02-516-4171
6		에스엠씨아이문화조합4호	155(100)	02-516-4171
7		에스엠씨아이6호위풍당당콘텐츠코리아펀드	218(140)	02-516-4171
8		에스엠씨아이7호위풍당당콘텐츠코리아펀드	253(150)	02-516-4171
9	대교인베스트먼트	대교위풍당당콘텐츠코리아투자조합	250(150)	02-3289-4980
10	대성창업투자(주)	대성CT투자조합	195(80)	02-3153-2960
11		IBK-대성문화콘텐츠강소기업투자조합	200(108)	02-3153-2960
12	미시간벤처캐피탈 주식회사	미시간글로벌컨텐츠투자조합2호	125(50)	02-3445-1310
13		미시간글로벌컨텐츠투자조합3호	150(45)	02-3445-1310
14		미시간글로벌콘텐츠투자조합4호	100(70)	02-3445-1310
15		미시간글로벌콘텐츠투자조합5호	280(70)	02-3445-1310
16	보광창업투자(주)	보광8호콘텐츠투자조합	83.1(50)	02-558-2092
17	에스브이인베스트먼트(주)	SV한·중문화HCT융합펀드	460(40)	02-3775-1020
18	유니온투자파트너스	유니온글로벌CG투자조합	150(75)	02-594-8470
19		유니온글로벌콘텐츠투자조합	1,236.4(400)	02-594-8470
20	이수창업투자	ISU-글로벌콘텐츠투자조합	211.5(17)	02-3482-2010
21		ISU-르네상스콘텐츠전문투자조합	150(75)	02-3482-2010
22		ISU-위풍당당콘텐츠코리아펀드	160(100)	02-3482-2010
23	일신창업투자(주)	일신M&C투자조합	100(40)	02-767-6400
24		일신뉴코리안웨이브투자조합	305(150)	02-767-6400
25	지비보스톤창업투자(주)	보스톤위풍당당콘텐츠코리아투자조합	263(150)	02-563-4050
26	지온인베스트먼트 주식회사	지온콘텐츠펀드1호	120(48)	031-8023-7393
27		지온콘텐츠펀드2호	140(70)	031-8023-7393
28		지온-SMC콘텐츠펀드	200(120)	031-8023-7393
29	컴퍼니케이파트너스(주)	컴퍼니케이파트너스게임전문투자조합	100(40)	031-906-3941
30	케이티비네트워크(주)	IBK-KTB문화콘텐츠저작재산권투자조합	200(120)	031-628-6400
31	쿨리지코너인베스트먼트(주)	CCVC문화HCT융합투자조합	100(10)	02-2183-2743
32	키움인베스트먼트주식회사	키움문화벤처제1호투자조합	200(140)	02-3430-4800
33	타임와이즈인베스트먼트(주)	TW1호글로벌콘텐츠투자조합	419(132)	02-726-8930
34		TW1호문화콘텐츠투자조합	200(80)	02-726-8930
35		KOREA 콘텐츠제작초기전문투자조합	225(140)	02-726-8930
36		KOREA 융합콘텐츠투자조합	145(30)	02-726-8930
37	피앤아이인베스트먼트(주)	P&I 문화창조투자조합	150(100)	02-6925-4591
38	한국투자파트너스(주)	한국투자글로벌콘텐츠투자조합	1,000(400)	02-6001-5300
총계			9,348(3,864)	

〈모태펀드 영화계정 자펀드 총괄표〉

(단위 : 억 원, 2015년 12월말 기준)

	운용사	펀드명	결성액 (모태출자액)	대표번호
1	유니온투자파트너스	유니온영상전문투자조합	150(50)	02-594-8470
2	캐피탈원(주)	캐피탈원 중저예산영화전문 투자조합	120(60)	02-595-7451
3	이수창업투자	ISU-S&M콘텐츠투자조합	100(60)	02-3482-2010
4	캐피탈원(주)	캐피탈원 한국영화르네상스 투자조합	100(50)	02-595-7451
5	산수벤처스	대한민국영화전문투자조합 1호	150(100)	02-786-4600
6	티지씨케이파트너스	티지씨케이콘텐츠투자조합 2호	170(100)	070-4066-1195
7	유니온투자파트너스	유니온시네마투자조합	240(140)	02-594-8470
총계			1,030(560)	

▣ 주요 출자 조건 (2016년 1차 정시사업)

항목	내 용
	• 모태펀드가 현저하게 적은 금액(출자비율 10%미만)을 출자하는 자조합의 경우 타출자자와 협의에 따라 상기와 다른 조건으로 예외 적용 가능 • 기타 세부 출자조건은 선정된 업무집행조합원과 개별 협의 • 문화계정 및 문화-ICT융합분야 프로젝트 투자 시 적용사항(단, 문화-ICT융합 분야는 외국자본이 약정총액의 5% 이상 참여 시 협의를 통해 일부 사항 미적용 가능)

기타	1. 투자 제한
	  – 생략
	
	2. 준수 의무 사항
	  – 제작완료 이전 단계 프로젝트에 투자하는 경우 문화산업전문회사 등록(단, 선정 조합 규약 협의 시, GP 책임하에 문전사 의무등록 예외 조항 반영가능)
	  – 자조합 메인투자 시 영화·드라마 스텝 인건비 별도계정 설치, 자조합 부분투자시는 권고사항
	  – <u>문화체육관광부(관련 공공기관 포함)가 수립한 표준계약서 적용</u>
	    • 방송영상(방송영상 제작, 방송출연, 방송영상제작스태프) 관련 표준계약서
	    • 영화(근로, 시나리오, 투자) 관련 표준계약서
	    • 공연예술 관련 표준계약서

- 영화계정 관련 적용사항

1. 출자자 제한
   - 생략

2. 계정 구분 운영 및 계정 별 준수사항
   - 생략

3. 프로젝트 투자 관련 준수 의무 사항(기획개발계정 및 CG영화계정 공통적용)
   - 프로젝트 별도 계좌 운용
   - 투자심의위원회 개최 전, 영화 스태프 등에 대한 임금체불로 인하여 분쟁 중이거나 소송 중에 있는 제작사 및 회사(관계자인 대표, 주주까지 포함) 관련 프로젝트는 투자 금지(영화산업협력위원회 영화인 신문고 기준)
   - 스태프 인건비 체불방지 조항 투자제작계약서 상 의무삽입
   - 투자한 영화프로젝트는 개봉 전 스태프 인건비 지급완료. 미 이행 시 관련 업체 프로젝트 차기 투자금지
   - CG영화, 기획개발 분야 외에 투자하는 경우에는 모태펀드의 사전 승인 필요
   - 조합결성 2년 내 약정총액의 50%, 4년 내 100%를 CG영화 및 기획개발영화에 투자
   - 상기 투자의무비율 및 의무사항 미 이행 시 해당 기간의 관리보수 지급을 감하며, 2회 이상 미 이행 시에는 조합을 해산할 수 있음
   - 영화진흥위원회가 권고한 표준 근로 계약서, 문화체육관광부 장관 고시 '표준 시나리오, 상영, 투자 계약서' 의무 적용

사도

아버지와 아들, 비극이

시나리오로 보는 영화

사 도
思悼

SADO, The Memories of
Two Kings & A Prince for 8 Days.

각본 | 조철현 이송원 오승현
감독 | 이준익
제작 | (주)타이거픽쳐스

수상

2015년 제36회 청룡영화상 – 남우주연상, 여우조연상,
　　　　　　　　　　　　　음악상, 조명상, 촬영상
2015년 제52회 대종상 – 여우조연상
2016년 제21회 춘사영화상 – 각본상, 남우주연상
2016년 아시아필름어워드 – 의상상

1. 화성행궁 봉수당 _ 낮 (프롤로그)

왕이 춤을 춘다.
미소를 머금고 음률에 맞춰 춤추는 왕의 얼굴에 눈물이 흐른다.
낡은 부채를 펼쳐 얼굴을 가리는 왕.

사 도
思
悼

2. 경희궁 침전 밖 / 안 _ 낮

침전 밖. 도열해 있는 별감들.

자막 첫째 날

침전 안.
융복으로 갈아입는 영조(69세) 뒤에 엎드려 고변하는 영빈(67세).

영빈 어젯밤 세자가 저지른 일을 세자의 어미인 제가 아뢰는 것은… 오로지 전하의 목숨을 지키기 위함이옵니다.
영조 영빈, 자네가 충신일세. 이 넓은 궁궐 안에 내 편은 자네뿐이야.

미동도 없이 앉아 있는 정순왕후(18세).

영빈 하오나 세자가 그리한 것은 마음의 병 때문이니, 처분은 하시되 은혜를 베푸시고⋯ 세손만은 보존하게 하소서.

옷을 다 입고 돌아서는 영조.

영조 ⋯.

침전 밖으로 나온 영조를 만류하는 도승지.

도승지 전하, 거동을 멈추소서.
영조 이 처분은 세자의 생모가 내게 청한 것이다.
도승지 일개 후궁의 말을 듣고 어찌 나라의 뿌리를 흔들려 하시옵니까?
영조 비켜라.

3. 동궁 안 _ 낮

낡은 무명옷을 입고 서 있는 사도(28세).
불안한 표정으로 곤룡포와 익선관을 들고 들어오는 내인들.
착잡한 눈빛으로 사도를 바라보는 혜경궁(28세).

4. 선원전 앞 _ 낮

중무장한 별감들의 호위 속에 전진하는 어가.

내금위장 어느 문으로 가오리까?

영조 경화문.

경화문을 통과하는 어가행렬. 그 앞을 치고 달려 나가는 홍 내관.

5. 선원전 안 _ 낮

자욱한 향 연기 속, 숙종의 어진 앞에 무릎 꿇고 있는 영조.

영조 아버지, 자식 하나 건사하지 못한 이 불초소생을 용서하소서.

6. 동궁 밖 / 안 _ 낮

헐떡이며 달려와 문 밖에서 재촉하는 홍 내관.

홍 내관 어서 인정전으로 들라 하시옵니다.

혜경궁 주상께서 어느 문을 통과하셨는가?

홍 내관 … 경화문이옵니다.

'경화문' 소리를 듣고 작심한 듯 양팔을 쫙 벌리는 사도.
머뭇거리며 옷을 입히지 못하는 내인들.
용포를 확 낚아채 단숨에 입는 사도.

사도 세손이라도 데려가 볼까?

사도의 시선을 외면하는 혜경궁.

혜경궁 ….

사도 남편보다 자식이라 이거지.

사도를 바라보는 혜경궁.

사도 자네 참 무섭고 흉한 사람일세.

나가버리는 사도.

7. 휘령전 안 / 밖 _ 낮

휘령전 안으로 뛰어 들어와 인원왕후와 정성왕후 신위에 절을 하며 무릎
을 꿇는 사도.

사도 대비마마, 중전마마, 하실 수만 있다면 이 순간을 지워주소서.

피어오르는 향 연기 속에 묻혀 있는 두 신위.

8. 인정전 마당 _ 낮

영조 앞에 엎드리는 사도.
사도를 응시하던 영조, 손을 뻗어 내금위장이 건네는 칼을 받아든다.

멀리서 창! 창! 창! 일사불란하게 칼을 뽑아 들고 담장을 향해 돌아서는 별 감들.

쿵! 쿵! 쿵! 일제히 전각의 문들이 닫히는 소리.

영조 관과 용포를 벗어라.

사도 ….

상기된 얼굴로 익선관과 곤룡포를 벗고 맨발로 엎드리는 사도.
속에 입은 낡은 무명옷이 드러난다.

영조 너, 이 애비를 죽이려고 미리 상복까지 입었구나.

사도 대비마마와 중전마마 초상 때부터 입어온 상복입니다.

영조 3년 상 끝난 지가 언젠데 그따위 변명을 하느냐!

사도의 무덤방에 있던 창 칼 부적 옥추경 관 등의 물건들을 사도 앞에 부리는 별감들.

영조 이것은 다 무엇이냐? 네가 궁궐 후원에 무덤 파고 관 짜고 상복 입고, 날 저주하며 죽이려고 한 것 아니냐!

사도 전하께서 저를 죽은 사람 취급하기에 제가 제 무덤을 판 것입니다.

사도 앞으로 다가가는 영조.

영조 네가 어젯밤에… 긴말하지 말자.

칼을 뽑아 사도에게 던지는 영조.

영조 자결하라! 내가 죽으면 나라가 망하지만, 네가 죽으면 300년 종사는 보전할 수 있다.

9. 인정문 밖 _ 낮

김상로와 김한구 김귀주, 홍봉한 홍인한 혜경궁 세손 등이 보인다.
채제공(20대)을 비롯한 승지들과 세자시강원 관원들(30대)이 안절부절못하고 있다.

관원 1 세자가 죽으면 우린 어떻게 되지?
관원 2 세자를 모신 우리도 죽는 거야. 우리만 죽나? 우리 가문도 끝장이야.
채제공 지금 가문 걱정할 때요? 나라가 망하게 생겼는데.

10. 인정전 마당 _ 낮

사도 조선의 국법에 자결이라는 형벌도 있습니까?
영조 ….
사도 제게 죄가 있다면 의금부에 넘기십시오.
영조 … 이것은 나랏일이 아니고 집안일이다. 나는 지금 가장으로서 애비를 죽이려고 한 자식을 처분하는 것이야.
사도 ….
영조 너 지금 자결하면 세자의 이름은 잃지 않을 것이다.

뒤돌아서는 영조.

사도 언제부터 나를 세자로 생각하고… 자식으로 생각했소….

영조의 뒷모습을 바라보다 천천히 일어나 칼을 집는 사도.

이때 문을 박차고 뛰어 들어오는 시강원 관원들, 막으려는 별감들을 밀치고 필사적으로 달려간다.
칼을 들어 목에 대고 자결하려는 사도를 저지하는 관원들.
몸부림치는 사도의 칼을 뺏는 관원들.
머리를 바닥에 찧으며 죽으려는 사도.
피 흘리는 사도의 이마를 손으로 막는 채제공.

영조 모조리 끌어내라!

죽기 살기로 세자를 에워싸고 별감들과 몸싸움을 벌이는 시강원 관원들.

관원 2 전하, 차라리 저희들을 먼저 죽여주소서!
채제공 전하! 아무리 임금이라도 대명률에도 없고 경국대전에도 없는 이런 처분은 내릴 수 없사옵니다!

난감한 표정의 영조가 시강원 관원들 사이에 서 있는 김상로와 눈이 마주친다.
곤욕스런 표정의 김상로를 바라보다 번뜩 스치는 생각을 잡은 듯 크게 소리치는 영조.

영조 (내금위장에게) 뒤주를 가져오라.

11. 인정문 밖 _ 낮

뒤주를 들고 인정전 마당으로 들어가는 별감들.
열린 문 안으로 사도의 모습이 보이자, 뛰어 들어가려는 세손(11세)을 꼭
붙드는 혜경궁.

12. 인정전 마당 _ 낮

뒤주가 놓여 있다.

영조 가둬라!

뒤주로 끌고 가려는 내금위장과 별감들을 뿌리치는 사도.

사도 놔라.

스스로 뒤주 안으로 들어가는 사도.

영조 못을 쳐라!

혜경궁의 손을 끝내 뿌리치고 인정문 안으로 뛰어드는 세손.

영조 못을 치라니까!

아무도 나서지 않자 직접 뒤주 뚜껑에 쇠못을 박는 영조.

달려와 뒤주 앞에 엎드리는 세손.

세손 아바마마 나오소서!

영조 당장 세손을 데려가지 못할까!

세손 할바마마, 아비를 살려주소서! (손바닥을 비비며) 소손이 이렇게 빕니다!

영조 아무도 들이지 말라 하지 않았더냐! 세손까지 뒤주 안에 들어가길 바라느냐!

끌려 나가며 울부짖는 세손.

세손 아비가 못하는 일은 제가 다 하겠습니다! 글을 읽으라면 아비 대신 제가 읽고, 뭐든지 할바마마가 시키는 대로 다하겠습니다! 아비를 살려주소서! 아버지~ 빨리 나오소서!

땅! 땅! 아랑곳 않고 못질을 계속하는 영조.

13. 세자시강원 _ 낮 (과거)

책상을 '탕' 치며 호탕하게 웃는 영조(45세).

서툰 붓질로 '奢侈(사치)'를 쓰는 어린 사도(4세)를 경탄의 눈으로 보는 중신들.

영조 오호~ 그래, 무엇이 사치고 무엇이 사치가 아니더냐?

자신의 곤룡포와 무명 속옷을 교대로 가리키며

사도 비단 이것은 사치고, 무명 이것은 사치가 아니옵니다.

파안대소를 터뜨리는 영조.

영조 어허허, 세자는 누구에게 이 글을 주겠는가?

사도가 쓴 글을 서로 갖겠다고 다투는 대신들.

대신 1 소신이 죽을 때까지 간직하겠나이다.
대신 2 소신은 대대손손 가보로 전하겠나이다.

그중 가장 늙은 대신에게 걸어가 글씨를 건네주는 사도.
감격한 늙은 대신, 사도의 등에 두 손을 대고 축수한다.

늙은 대신 이 노신의 남은 수명을 저하께 바치오니 부디 만수무강하소서.

흐뭇하게 보고 있는 영조.

14. 인원왕후전 안 _ 낮 (과거)

인원왕후(52세) 정성왕후(47세) 영빈(43세) 앞에서 요리를 흡입하고 있는 사도.
그런 사도를 흐뭇하게 바라보며 즐거워하는 여인들.

인원왕후 우리 세자는 먹는 것도 저리 어여쁠꼬. 그리 맛있니?

사도 예, 대비마마. 근데 이게 무엇입니까?

인원왕후 일본에서 건너 온 가마보코라는 어묵요리란다.

정성왕후 그래, 세자는 지금 무슨 책을 읽고 있는고?

입 안 가득 음식을 문 채,

사도 효경을 읽고 있사옵니다, 중전마마.

영빈 효가 무어라 나와 있습디까?

사도 효(孝) 자는 지팡이를 짚은 늙은 부모를 자식이 업고 있는 모양이라 합니다, 어머니.

인원왕후 우리 세자는 누구를 업어줄 것인고?

벌떡 일어나 인원왕후 앞에 등을 들이대는 사도.

그 등에 업히는 시늉을 하는 인원왕후.

인원왕후 아이고, 내 새끼~

이때, 재촉하는 박 내관.

박 내관 저하, 시강원에 공부하러 가실 시간이옵니다.

푹 엎어지며 꾀병 부리는 사도.

사도 아이고 머리야~ 어지러워요 할마마마.

15. 세자시강원 _ 낮 (과거)

책상 앞에 앉아 〈효경〉을 읽다 스르륵 졸면서 웅얼웅얼 하는 사도.
탕! 일제히 손으로 방바닥을 치는 시강원 빈객들과 관원들.
번쩍 눈을 뜨고 머리를 흔드는 사도.

이천보 저하, 지금 잠이 오십니까? 효경의 뜻을 안다면 잠이 올 수 없을 것입니다.

게슴츠레한 눈을 손등으로 문지르는 사도.

이천보 낼모레 주상전하 앞에서 시험을 보시는데 어쩌려고 이러십니까! 저하는 공부가 효도이옵니다!
사도 스승님, 서유기로 하면 안 되나요?
이천보 그런 천박한 잡서로 공부를 한다는 게 말이나 됩니까. 그런 얘기는 꺼내지도 마십시오.

손가락으로 천장을 가리키며,

사도 스승님, 삼장법사 손오공 저팔계 사오정, 궁궐 지붕마다 다 있는데요.
이천보 ….

16. 동궁 안 / 밖 _ 밤 (과거)

휑하니 넓은 방 한가운데 깔린 비단 이불.

방 한쪽 귀퉁이에 무릎을 웅크리고 누워 엄지손가락을 빨고 잠든 사도.
열린 문틈으로 안타깝게 사도를 보는 영빈.
사도를 안아 이불 위에 눕히는 최 상궁.

사도 어머니랑 같이 자면 안 돼?
최 상궁 세자는 따로 자는 법입니다.

최 상궁의 젖을 만지며 가슴으로 파고드는 사도를 눕히는 최 상궁.
문을 닫고 나오는 최 상궁.

영빈 (그렁그렁한 눈으로) 최 상궁, 오늘밤만이라도 이 어미가 데리고 자면 안
되겠소?
최 상궁 그것은 왕가의 법도에 없는 일입니다. 세자 저하는 이미 중전마마의 자
식이지 마마님의 자식이 아니지 않습니까.
영빈 ….

17. 편전 안 _ 밤 (과거)

집중해서 정성스레 무언가를 쓰고 있는 영조.

홍 내관 전하, 침전에 드실 시간이 지났사옵니다.
영조 아비가 아들을 위해 책을 만드는데 자네 같으면 잠이 오겠는가?

18. 인정전 마당 _ 낮

월대 위 보좌에 앉아 뒤주를 내려다보는 영조.
김상로(노론 수장, 61세) 김귀주(23세) 김한구(40세)와 채제공 도승지 등이 월대 아래 도열해 있다.

자막 둘째 날

포박된 채 무릎을 꿇고 있는 비구니(1명), 소경박수(1명), 내관(2명), 기생(3명), 별감들(12명).
그들 뒤에 칼을 들고 서 있는 내금위 별감들.

내금위장 전하의 분부대로 세자의 비행에 연루된 무리들을 모두 잡아들였사옵니다.
영조 승지 채제공은 세자를 폐하여 평민으로 만드는 교지를 쓰라.
채제공 소신은 나라의 녹봉을 먹는 신하이옵니다. 전하의 뜻을 받들 수 있는 명분을 주소서.

고개를 숙이고 움직이지 않는 채제공.

영조 그래? 그럼 도승지가 교지를 써라.
도승지 소신도 못하옵니다.

고개를 숙이는 도승지.
눈을 감는 영조.

김상로 (혼잣말처럼) 주상께서 참 궁색해지셨구만..
김귀주 자결을 못하면 사약을 내리면 되지 않습니까?

김상로 사약을 내리면 세자는 역적이 되는 거야.

김귀주 역적 맞잖아요.

김상로 그럼 세자의 아비인 주상을 비롯해 왕실 전체가 역적이 되는 거지. 그게 명나라 형법을 따르는 조선의 국법이야.

눈을 뜨는 영조.

영조 지필묵을 대령하라.

19. 인정문 밖 _ 낮

문틈으로 인정문 안을 들여다보는 세손.

(인서트)
폐세자 반교를 직접 쓰고 있는 영조.

세손 뒤에 모여 있는 혜경궁 홍봉한(혜경궁 아버지, 50세) 홍인한(혜경궁 숙부, 41세).

홍인한 형님, 지금 세자를 죽이겠다는 겁니까, 살리겠다는 겁니까?

홍봉한 조선의 임금은 청나라 황제 허락 없이 세자를 죽일 수 없어.

두 사람에게 눈총을 주는 혜경궁.

혜경궁 아버님 숙부님, 세손 듣습니다.

불안한 표정의 세손.

혜경궁 가자. 네가 있을 곳이 아니다.

20. 인정전 마당 _ 낮

영조에게 받은 폐세자 반교를 낭독하는 김상로. 칼을 뽑아드는 별감들.
김상로의 목소리를 배경으로 처형되는 사람들.

김상로 세자의 타고난 자질이 훌륭하여 내 기뻐하고 사랑하였으나, 십여 세부
터는 공부에 태만하였고 대리청정 이후에는 음란과 패악을 일삼았다.

옥추경을 독경하다 참수되는 소경박수.
뒤주 안에서 옥추경 경문을 읊조리는 사도.
처형된 시신들 너머로 보이는 뒤주.

김상로 세자의 생모 영빈이 아뢰기를, 과인의 목숨이 호흡지간에 있다며 대처
분을 청하였다.

생모가 자신을 고변했다는 소리에 옥추경 독경을 멈추는 사도.

김상로 이에 세자를 폐하여 평민으로 삼아 가두노라.

침통한 표정으로 눈을 감고 있는 영조.

21. 대조전 폐백실 _ 저녁 (과거)

가례를 마치고 영조(51세)에게 폐백을 올리는 혜경궁(10세)과 사도(10세).

인원왕후(68세) 정성왕후(53세) 영빈(49세) 등이 함께 있다.

막내딸 화완옹주(7세)를 무릎에 앉히고 훈계하는 영조.

영조 내 정말 아름다운 며느리를 얻었노라. 오늘 너의 폐백도 받았으니 훈계 한마디 하자. 세자 섬길 때 지극히 섬기고 말소리, 얼굴빛을 가벼이 하지 마라.

영조 품의 화완옹주가 우스꽝스런 표정을 짓자 씨익 웃는 사도.

영조 무슨 일을 보아도 궁중에서는 모두 예삿일에 불과하니 아는 기색을 비치지 마라. 여편네 속옷 바람으로 남편을 뵐 것이 아니니, 세자 앞에서 옷을 함부로 헤쳐 보이지 마라.

인원왕후를 비롯한 여인들의 표정이 미묘하게 변한다.

바닥을 보며 웃음을 참는 사도의 태도가 눈에 거슬리는 영조.

영조 또한, 여편네 입술의 연지가 비록 곱다 해도 남편 옷에 묻은 연지는 아름답지 아니하니 묻히지 마라.

긴장한 혜경궁에게 화완옹주가 혀를 낼름하자 고개를 들다 그것을 보고 픕~ 웃는 사도.

영조 너 왜 웃니?

영조의 말에 화완옹주가 연신 혀를 날름거리자 참았던 웃음이 터지는 사도.
어이없고 난감한 영조.

22. 인원왕후전 안 _ 낮 (과거)

혜경궁 옆에 나란히 앉아 있는 화완옹주.

화완옹주 올케.

손가락 다섯 개를 펴 보인다.

혜경궁 …?
화완옹주 울 오라버니랑 첫날밤 보내려면 5년 남았다고요.

이 모습을 미소로 지켜보는 정성왕후와 영빈.
인원왕후가 들어오자 자리에서 일어났다 다시 앉는 여인들.

인원왕후 네 이년, 어찌 옹주 따위가 장차 왕비가 될 빈궁과 어깨를 나란히 하고 앉는단 말이냐!
정성왕후 어서 곡좌의 예법을 갖추어라.

혜경궁과 나란히 앉아 있던 화완옹주가 뒤로 살짝 물러나며 몸을 틀어 곡좌로 앉는다.
내인이 건네준 담뱃대를 받아 담배연기를 뿜어내는 인원왕후.

인원왕후 (혜경궁에게) 별궁에 머물 때 궁중의 법도는 다 익혔을 터, 주상을 모실 때 각별히 유념해야 할 것이 있느니라.

재떨이에 담뱃대를 땅땅! 치며 정성왕후를 보는 인원왕후.

정성왕후 나야 무늬만 중전이지…. 주상을 오래 모신 영빈이 하시게.
영빈 주상께서는 말씀을 가려 쓰시는데 죽을 사(死) 자, 돌아갈 귀(歸) 자는 꺼려서 일절 쓰지 않으시니라.

담배연기를 내뿜는 인원왕후.

(인서트)
영빈의 말이 영조의 모습으로 바뀐다.

영빈 (V.O.) 또한, 정무회의 때나 밖에서 입었던 옷은 갈아입은 후에야 안으로 드시고….

편전 합문 앞 대청마루에서 옷을 갈아입는 영조.

영빈 (V.O.) 불길한 말씀을 들으면 침전에 들 때 양치질하고 귀를 씻으신 뒤, 미워하는 사람을 불러 한마디라도 말씀을 건네 부정을 털어낸 다음에야 안으로 드시니라.

입 안에 물을 가득 물고 귀를 씻으며 손가락으로 내관을 부르는 영조.
독특한 마스크의 내관이 달려오자 입 안의 물을 찍 뱉고 나서,

영조 별일 없지?

홍 내관 예, 전하.

영조 가봐라.

내관이 불붙은 백지를 발 앞에 내려놓으면 그 위를 사뿐히 넘어가는 영조.

영빈 좋은 일과 좋지 않은 일을 하실 때는 출입하는 문이 다르니 좋은 일에는 만안문으로, 흉한 일에는 경화문으로 드시니라.

담배 연기 자욱한 실내에서 몽롱하게 듣고 있는 여인들.

영빈 또한, 사랑하는 사람이 있는 곳에 사랑하지 않는 사람이 함께 있지 못하게 하시니라.

한숨을 내쉬며 고개를 돌려 외면하는 정성왕후.

인원왕후 주상은 이처럼 사랑과 미움을 드러내심이 감히 헤아리기 어려울 정도로 분명하니라.

일제히 한숨을 내쉬는 여인들.

인원왕후 빈궁은 미운털 박히지 않도록 각별히 유념해야 할 것이야. (혼잣말처럼) 어찌나 까탈스러운지….

담배연기를 내뿜는 인원왕후.
연기 때문인지 심란해서인지 눈물이 글썽한 혜경궁.

23. 빈궁전 안 _ 낮 (과거)

그렁그렁한 눈으로 상석에 앉아 있는 혜경궁.
아버지 홍봉한과 친정어머니, 숙부 홍인한 오빠 홍낙인 등 친정 식구들이
혜경궁에게 절을 올린다.

홍봉한 빈궁마마, 궁궐 어른들 말씀 거스르지 마시고 조심 또 조심 하소서. 저
희는 이만 사가로 물러가겠습니다.
혜경궁 아버님….

참아 왔던 울음을 터뜨리는 혜경궁.

홍인한 빈궁마마, 경사스런 날 울지 마소서.
홍봉한 그냥 놔두게.

밖에서 들려오는 사도의 목소리.

사도(V.O.) 못다남 도로도로 지미지미사바하~ 여의봉아 커져라~!

걱정스런 표정을 짓는 홍봉한.

홍봉한 남들은 왕가의 인척이 되는 것을 복이라 부러워하지만, 우리는 가문에
화가 될 일로 여겨 경계해야 할 것이다.

더욱 서럽게 우는 혜경궁.

24. 빈궁전 밖 _ 낮 (과거)

종이로 만든 요괴 탈을 쓴 내관을 여의봉으로 공격하며 이리 뛰고 저리 뛰는 사도(10세).
옆에서 삽화가 그려진 〈서유기〉를 읽으며 사도의 동선을 따라가는 박 내관.

박 내관 이때 손오공이 머리칼을 한 줌 뽑아 허공에 날리니….

익숙한 듯 자신의 관모를 벗고 사도에게 머리를 들이대는 박 내관.
얼마 남지 않은 머리털을 뽑아 입으로 훅~ 부는 사도.

사도 못다남 도로도로 지미지미사바하~ 분신술~!
박 내관 … 돌연 수백의 손오공이 나타나 요괴에게 달려들더라.

기합소리와 함께 여의봉을 휘두르며 요괴 내관에게 돌진하는 사도.
손오공 놀이에 빠진 사도에게 다가와 강아지를 건네는 홍 내관.

홍 내관 저하, 청나라 황제께서 가례선물로 하사하신 강아지이옵니다.

25. 빈궁전 안 _ 낮 (과거)

난감해하는 친정식구들 앞에서 흐느끼고 있는 혜경궁.
강아지를 안고 뛰어 들어오는 사도.

사도 빈궁~?

26. 동궁 마당 _ 낮 (과거)

수양버들 아래 강아지를 안고 앉아 있는 혜경궁.
뭔가를 열심히 그리는 사도.

사도 전하를 너무 무서워하지 마세요. 아바마마 눈에 빈궁은 합격이요, 합격.
혜경궁 (표정이 밝아지며) 예….
사도 아바마마가 얼마나 대단한 줄 아세요? 공부로도 이길 신하가 없어요. 나도 그리고 싶은데…. 그래도 난 그림은 잘 그리니까~.

몸부림치는 강아지 때문에 쩔쩔매는 혜경궁.

사도 몽아, 가만히 좀 있어. 빈궁, 잘 좀 붙들고 있어 봐요~.

강아지를 꼭 껴안고 얼음처럼 굳어버린 혜경궁.

사도 (근엄한 영조의 표정과 말투로) 내 참으로 아름다운 여편네를 얻었노라. 세자 모실 때 늘 웃는 얼굴을 할 것이며….

이상한 느낌에 뒤를 돌아보는 사도.
어느새 사도 뒤에 서 있던 영조, 사도가 그린 개 그림을 보며 굳은 얼굴로 돌아선다.
붓을 놓고 영조의 뒤를 따르며 혜경궁에게 손을 흔드는 사도.

27. 세자시강원 _ 낮 (과거) :

영조 입시 하에 세자빈객(스승) 이천보(30대)에게 회강(시험)을 보고 있는 사도.

사도 도야자 불가수유리야 가리 비도야. 도는 잠시라도 떠날 수 없는 것이며, 만약 떠날 수 있는 것이라면 도가 아니다. (머뭇거리며) 막현호은 막현호미 고군 자신기독야. 숨은 것처럼 잘 드러나는 것은 없으며 미세한 것처럼 잘 나타나는 것이 없다. 고로 군자는 그 홀로 있음을 삼가는 것이다.

잠시 망설이다 '통(通)' 등급을 주는 이천보.
책상을 탕! 탕! 치는 영조.

영조 통이라니! 통이라니! 군자계신호기소불도 공구호기소불문! 한 자도 아니고 한 구절이나 빼먹었는데, 통이라니!
이천보 ….
영조 세자는 장차 임금이 될 나라의 뿌리가 아니더냐! 네가 나라를 망치려고 작정하지 않고서야 어찌 이럴 수 있단 말이냐! 여봐라. 세자빈객 이천보를 파직하고 지난 식년시에 장원과 차석으로 급제한 민백상과 이후를 세자빈객으로 임명하라!

엎드려 있는 사도.

영조 이 책은 애비가 밤잠을 설쳐가며 너를 위해 직접 만든 책이 아니더냐. 이조차 외우지 못한다면 장차 네가 무슨 공부인들 제대로 할 수 있겠느냐.
사도 ….
영조 너, 1년에 공부하고 싶은 생각이 몇 번이나 드니?
사도 한두 번 드옵니다.

영조 뭐… 뭐라고?

이천보 저하, 어찌 한두 번이라 콕 집어 말할 수 있사옵니까? 겸손이 지나치십니다.

사도 스승님, 내 분명히 압니다.

영조 그러냐. 솔직해서 좋다.

한숨을 쉬는 영조.

영조 내가 네 나이 때는 단 한 순간이라도 공부를 못할까 두려워했는데, 너는 이렇게 좋은 환경에서도 공부를 게을리 하니….

엎드려 있는 사도.

이천보 저하께서 딱딱한 경전은 재미를 못 붙이십니다만 서유기나 수호전 같은 소설을 통해 학문의 길로 인도하심이….

영조 뭐, 뭐야? 일국의 세자에게 그따위 잡서를 읽히라고?

이천보 전하, 너무 조급히 생각하지 마옵소서. 자질이 훌륭하시니 자애로 지켜보시면….

영조 (말을 끊으며) 지금 이 아이 배를 보면서도 그런 말이 나와? 최 상궁, 대비전에 음식 많이 먹이지 마라 이르게. 음식은 한때의 맛이요 학문은 평생의 맛이라고 내가 몇 번을 말했느냐!

28. 인정전 마당 _ 밤

휘영청 보름달. 멀리서 개가 짖는다.

뒤주 틈새로 보름달을 바라보는 사도.

자막 셋째 날

틈새로 기어 들어오는 커다란 지네 한 마리.
자기 쪽으로 다가오자 흠칫 놀라 지네를 피해 몸을 비트는 사도.

지네가 보이지 않자 옷섶으로 들어간 줄 알고 온몸을 꼬며 몸부림치는 사도.
괴성을 지르는 사도의 커진 동공에 비춰지는 지네들.
뒤주 안 가득 지네들이 우글거리는 환각을 보고 주먹으로 뒤주 뚜껑을 치는 사도.
'으아아악~!' 발광하듯 비명을 지르며 격렬하게 발길질하는 사도.

한순간, 뒤주 벽을 깨고 튀어나오는 사도의 발.
벽을 부수고 나오는 사도.
사도의 앞을 가로막는 별감들.

사도 (광증이 도진 듯) 비켜, 비켜. 저리 가, 저리 가.

돌진하는 사도, 몸으로 제지하는 별감들.
갑자기 별감의 칼을 뺏어 이리저리 찌르며 위협하는 사도.

사도 비켜! 비켜!

주춤 주춤 물러서는 별감들.

칼을 빼들고 사도의 앞을 가로막는 내금위장.
칼을 휘두르며 달려드는 사도에 맞서는 내금위장.
몇 합 만에 날아가는 사도의 칼.

사도 죽여, 죽여.

정면을 향한 내금위장의 칼끝을 향해 거침없이 다가가는 사도.
칼끝이 목에 닿으려는 순간, 칼을 뒤로 빼며 몸을 트는 내금위장.
꼬꾸라졌다 벌떡 일어나 그대로 인정전 마당을 뛰쳐나가는 사도.

29. 인정문 밖 후원 _ 밤

불 꺼진 채 닫혀 있는 전각들.

사도 (잠긴 문을 흔들며) 열어! 열어!

일정한 거리를 두고 사도의 뒤를 따르는 내금위장과 별감들.
갈 곳을 몰라 두리번거리며 달려가는 사도.

30. 후원 연못가 _ 밤

연못이 보이자 거침없이 뛰어들어 미친 듯이 몸을 씻고 벌컥벌컥 물을 마
시는 사도.
어느새 연못을 에워싼 별감들.

연못가로 황급히 달려 온 홍봉한과 홍인한.

홍봉한 저하, 이러시면 안 됩니다.
사도 차라리 사약을 내리라 하시오, 사약을!

멀리 영조의 행차가 보이자 물속으로 뛰어들어 사도를 붙잡는 홍봉한.

홍봉한 이러시면 세손까지 죽습니다.
사도 아들 죽이고 손자 죽이고 다 죽이라 그래! 다 죽이고, 천년만년 혼자 해 처먹으라 그래!

다가오는 영조.
뒤따르는 김상로 김귀주.

영조 다시 가두어라.

물속으로 뛰어들어 사도를 붙잡는 별감들.

사도 놔! (영조 보며) 지금 당신 손으로 죽여! 죽이라고!

31. 인정전 마당 _ 밤

발악하며 끌려가는 사도.

사도 왜 모든 게 내 탓이야? 당신이 나한테 한 짓을 생각해봐!

영조 너는 그런 말 할 자격 없어. 어서 가둬라!

별감들에 의해 뒤주 안으로 떠밀려 들어가는 사도.

사도 당신이 그렇게 떳떳하면 지금 죽여! 이게 임금이 할 짓이야?

깨진 뒤주 구멍 안으로 부채 하나를 쓱 넣어주는 홍봉한.

홍봉한 저하, 앞날을 생각하십시오.

엉겁결에 부채를 받는 사도.
일어나 영조와 눈이 마주치면, 돌아서는 홍봉한.

사면에 두꺼운 널빤지가 덧대어져 있고 동아줄로 칭칭 묶여 있는 뒤주.

영조 떼를 덮어라!

이 모습을 지켜보고 있는 김상로 김귀주 홍봉한 홍인한.
옆에 있는 뗏장을 봉분처럼 뒤주 위에 올리는 별감들.

32. 종묘 _ 낮 (과거)

역대 왕들의 신주를 모신 종묘 신실의 문들이 열려 있다.
월대 위를 걸어 그 앞을 지나가는 영조(56세)와 사도(15세).

영조 사가에서는 부모가 자식을 자애로 기른다 하지만 왕가에서는 자식을 원수처럼 여기고 기른다 했다. 너 왜 그런지 아니?

사도 자식을 생각하는 부모의 본심이야 어찌 다르겠습니까.

영조 다르다.

사도 ….

영조 나는 여기 종묘에 올 때마다 조상들의 피울음소리를 듣는다.

정전, 숙종 신실 앞에 서는 영조.

영조 여긴 46년간 임금을 하신 내 아버님 숙종대왕을 모신 곳이다. 이 어른은 부인에게 사약을 내린 임금이시다.

사도 ….

영녕전, 경종의 신실 앞에 서는 두 사람.

영조 이분은 내 형님 경종대왕이시다. 사람들은 내가 형님을 죽이고 왕이 됐다고 한다. 너는 어찌 생각하느냐?

사도 자기 당파의 이익을 위해선 무슨 말인들 못 지어내겠습니까. 괘념치 마소서.

사도를 돌아보는 영조.

영조 이곳에는 형제와 조카까지 죽이고 종사를 지킨 임금들도 계시다. 왕가에서 자식을 원수처럼 기른다는 뜻을 이제 알겠느냐?

사도 ….

영조 네가 임금이 되면 알 것이다.

태조부터 경종까지 신실 문들이 일제히 닫힌다.

김상로(V.O.) 아니되옵니다~!

33. 인정전 안 / 밖 _ 낮 (과거)

영조 앞에 엎드려 전위교서 철회를 요청하는 중신들.

김상로 어찌 이런 감당할 수 없는 전교를 내리시옵니까?
영조 과인은 25년 동안 이날을 기다려 왔노라. 이제 세자가 성인이 되었으니 보위를 물려줄 때가 되었다.

뒤에 있던 홍인한이 홍봉한에게 속삭인다.

홍인한 형님, 빨리 말리세요. 주상이 또 마음에 없는 소릴 하고 있어요.
홍봉한 ….
이천보 세자께선 지금 공부가 부족한데 어찌 국사를 맡겨 공부를 방해하려 하시옵니까?
영조 나는 원래 임금 자리에 욕심이 없었다. 경들도 알다시피 나의 형님이신 경종대왕께서 후사가 없어 잠시 맡았을 뿐이다.
김상로 전하의 본뜻을 저희가 어찌 모르겠나이까. 소신들이 더욱 열심히 보필하겠사옵니다.

인정전 밖에서 석고대죄를 하고 있는 사도.

사도 전하, 전교를 거두어 주시옵소서!

일동 거두어 주시옵소서!

멀리 있는 사도를 힐끗 보는 영조.

영조 허허, 참…. 허면 대리청정은 어떠한가?

눈치를 주고받는 대신들.

영조 이 또한 불가한가?

민백상 이후와 눈을 맞추는 이천보.

이천보 삼가 성상의 뜻을 받들겠나이다.

일동 … 받들겠나이다.

이천보를 노려보는 김상로.

34. 세자시강원 _ 밤 (과거)

이천보 민백상 이후 등 시강원 관원들이 사도와 석강(夕講)을 하고 있다.

민백상 훈민정음 4군6진 측우기가 세종대왕의 업적으로 알려졌지만, 실은 아들 문종께서 세자 시절 대리청정하면서 이룬 것입니다.

이천보 그러기에 대리청정은 잘해야 본전이라는 말도 있소.

사도 스승님들, 대리청정은 아바마마를 위한 것이지 저를 위한 것이 아닙니다. 염려 마십시오.

35. 침전 안 / 앞 대청마루 _ 아침 (과거)

고추장, 굴비, 고사리나물, 물에 말은 보리밥. 정갈하고 검소한 아침 수라를 드는 영조.
수라를 마친 후, 물로 입을 헹구고 일어서는 영조.

고개를 숙인 채 영조가 나오기를 기다리고 있는 사도.
문이 열리면 침전에서 나와 사도에게 다가가는 영조.
살짝 비뚤어진 사도의 익선관을 바로잡아주는 영조.

영조 잘하자. 자식이 잘해야 애비가 산다.

36. 인정전 안 _ 낮 (과거)

영조의 용상 바로 밑에 앉아 대신들과 국사를 논하고 있는 사도.

호조판서 (박문수, 60대) 주상께서 하교하신 대로 1인당 2필이던 군포를 1필로 줄이면 국방예산 80만 냥이 부족하옵니다.
사도 호조에서 준비한 대안을 말해보라.
호조판서 지방관청의 판공비와 예비비를 전용하여 12만 냥, 군역기피자를 적발해 군포 1필씩 부과하여 5만 냥, 도합 17만 냥을 확보할 수 있사옵니다.

사도 나머지 63만 냥은?

일동 ….

고개를 끄덕하는 이천보와 눈빛을 교환하는 사도.

사도 양반들이 소유한 전국 토지 80만 결에서 결당 5전씩 토지세를 부과하여 40만 냥….

김상로 저하, 양반은 군역을 부담하지 않는 것이 국법이옵니다.

사도 그대들은 입만 열면 조선이 사대부의 나라라고 떠들면서 어찌 국방의 의무는 굶주린 백성들에게 떠넘기려 하는가?

김상로 ….

사도 왕실과 종친도 솔선수범하여 어장세 염전세 선박세 10만 냥을 내놓겠다.

돌아보는 사도에게 고개를 끄덕이며 흐뭇하게 웃는 영조.

일동 ….

사도 그래도 부족한 13만 냥은 방만한 오군영의 군사조직을 통폐합하여 절감하겠다. 어떠한가?

예상치 못했던 사도의 말에 자세를 고쳐 앉는 영조.

김상로 저하! 병권에 관한 문제만은 건드리시면 안 됩니다.

사도 어찌 그러한가?

김상로 전하께서 등극하실 때 저희들과 맺은 약조가 있습니다!

이천보 전하, 그 약조를 빌미로 25년간 저들이 병권을 독점한 결과, 폐단이 한두 가지가 아니옵니다.

김상로 뭐요?

불편한 표정의 영조를 쳐다보는 김상로.

영조 그 문제는 이쯤 하라.

민백상 저하, 차제에 일부 당파가 군대의 요직을 독점하는 폐단만은 반드시 혁파해야 하옵니다!

사도 어찌 군대 내에까지 당파를 용납할 수 있단 말인가!

김상로 전하! 그것은 당파가 아니라 오군영의 무관들이 친목을 도모하기 위한 모임일 뿐입니다.

사도 이 나라 군대가 당신들 친목을 도모하는 곳이오?

김상로 ….

사도 어찌 임금의 군대에 당파가 있을 수 있단 말인가! 오늘부로 수어청 어영청 총융청 금위영 훈련도감의 모든 당파를 남김없이 혁파하고, 주상전하와 병조판서 오군영 사이에 단 하나의 명령체계만 있게 하라!

카리스마 넘치는 사도의 처결에 만족한 눈빛을 보내는 이천보 민백상 이후 등 젊은 신하들.

일동 떳떳한 처분이시옵니다~!

얼굴이 일그러지는 김상로와 영조의 눈치를 살피는 홍봉한.
얼굴을 찡그리고 눈을 질끈 감고 있는 영조.

37. 인원왕후전 안 _ 밤 (과거)

호쾌하게 웃는 인원왕후(63세).
그 앞에 정성왕후(58세) 영빈(54세) 혜경궁(15세) 화완옹주(12세)가 앉아 있다.

정성왕후 그자들이 주상의 등극을 도왔답시고 병권을 쥐고 흔들더니 임자를 만났구먼. 제 속이 다 후련합니다, 대비마마.
인원왕후 인물로 보나 성품으로 보나 주상보다야 우리 세자가 당당하지.
화완옹주 (혜경궁에게) 올케는 좋겠수.
영빈 (화완옹주에게) 방정떨지 마라.

38. 편전 안 _ 밤 (과거)

영조와 독대하고 있는 김상로.

김상로 균역법 문제는 숙종대왕 때부터 숙원사업이라 받아들이겠습니다. 하오나….
영조 알았다니까.
김상로 병권은 전하와 저희의 의리가 달려 있는….
영조 그만 좀 하라고!

39. 침전 앞 대청마루 _ 아침 (과거)

고개를 숙이고 영조가 나오기를 기다리고 있는 사도와 박 내관.
문이 열리면 침전에서 나와 사도의 의관을 아래위로 훑어보는 영조.

영조 옷차림이 그게 뭐니? 일처리는 그렇게 딱 부러지게 하더니…. 그 대님 다시 매라.

지나쳐 가버리는 영조. 뒤따르는 홍 내관.
사도의 대님을 다시 매어주는 박 내관.

40. 인정전 마당 _ 낮 (과거)

잰걸음으로 영조를 따라잡는 사도.

영조 시원시원하게 처리하니까 좋더냐? 너는 그게 병이다.
사도 …?
영조 왜 조정을 네 편과 애비 편으로 분열시키니?
사도 병권과 인사권만은 바로잡아야….
영조 그걸 몰라서 그냥둔 줄 아니? 너는 이 애비가 조정의 화합을 위해 평생을 바쳐서 이룬 탕평을 단 하루 만에 무너뜨린 것이야.
사도 ….
영조 왕은 결정하는 자리가 아니다. 신하들의 결정을 윤허하고 책임을 묻는 자리다.

인정전 안으로 쓱 들어가는 영조.

41. 인정전 안 _ 낮 (과거)

한 장짜리 상소를 읽는 김상로.
영조 앞에 앉아 있는 사도.

김상로 함경도 관찰사의 상소이옵니다. 성진에 둔 방어영을 다시 길주로 옮기는 것이 좋겠다 하옵니다.

이천보 육진으로 통하는 길은 아홉 갈래인데 모두 길주로 통합니다. 하오나 성진은 세 갈래 길만 막을 수 있을 뿐입니다.

사도 방어영을 길주로 옮기면 성진은 어떻게 지킬 것인가?

이천보 일부 진졸을 남기면 됩니다.

사도 그렇다면 방어영을 길주로 옮기는 것이 좋겠는데 (영조를 의식하며) 병조에서 논의하여 시행하라.

신하들 하교대로 시행하겠나이다.

유심히 지켜보고 있던 영조.

영조 잠깐잠깐. 내가 성진으로 방어영을 옮긴 것은 다 이유가 있어서 한 일이 아니더냐. 그걸 네 맘대로 옮기면 내 입장이 뭐가 돼! (이천보를 보며) 너희들이 지금 세자를 앞세워 과인을 무시하는 것인가?

얼굴이 창백해지는 이천보.
깜짝 놀라 영조를 돌아보는 사도.

사도 ….

영조 네가 국방에 대해 뭘 알아? 함경도 가봤어? 방어영은 그대로 두고, 앞으로 중요한 일은 나에게 아뢴 뒤에 결정해.

얼굴이 붉어지며 고개를 돌리는 사도.

회심의 표정을 짓는 김상로.

호조판서 (박문수) 저하, 일전에 우리 호조에서 수어청으로부터 은을 빌렸고, 수어청은 쌀 300석을 세금으로 호조에 납부해야 합니다. 그런데 우리가 갚아야 할 은과 바꾼 셈 치자며 쌀을 내주지 않습니다.

수어사 호조판서의 말은 일방적 주장입니다. 우리 수어청이 변란을 대비하여 비축한 은은 돌려주지 않으면서, 세금으로 쌀을 보내라는 것이 말이 되겠습니까?

호조판서 어찌 국가에 납부해야 할 세금과 청나라사신 접대를 위해 임시변통한 은을 퉁 칠 수 있겠사옵니까. 저하께서 처결해 주시옵소서.

뒤가 불안하여 머뭇거리며 영조를 돌아보는 사도.

사도 … 어찌하오리까?

영조 쯧쯧, 그만한 일을 혼자 결단치 못하고 나를 번거롭게 하다니 대리시킨 보람이 없다. 수어청은 호조로 쌀을 보내고, 호조도 수어청에 은을 갚으라고 하면 되지 않느냐.

사도 그대로 시행하라.

당황하는 이천보 등을 흘깃 보며 여유롭게 상소를 펼쳐드는 김상로.

김상로 전라관찰사가 올린 상소이옵니다. 지금 호남지방에 4개월 째 비가 안 와 농사를 폐할 지경이라 하옵니다. 저하, 어찌하오리까?

걱정스런 눈으로 영조와 사도를 보는 홍봉한.

사도 ….

영조 임금인 내가 덕이 없어서 비가 안 오는 것인데, 그런 걸 왜 세자한테 묻는
가.

사도 아니다. 내가 대리청정한 뒤부터 비가 안 오니, 세자인 내가 덕이 없어서
그런 것이다.

사도의 말에 당황하여 얼어버리는 신하들.
싸늘한 표정으로 사도의 뒤통수를 노려보는 영조.

42. 동궁 밖 _ 낮 (과거)

동궁으로 들어가는 사도를 쫓아오는 홍봉한.

홍봉한 저하, 지금 동궁으로 드실 때가 아닙니다.

사도 장인, 대리청정이 원래 이런 것이오?

홍봉한 참으셔야 합니다. 빨리 전하가 계신 친국장으로 가십시오. 참관하셔야
됩니다.

사도 싫습니다. 앞에서는 화합을 말하면서 뒤로는 신하들 눈치나 보는 것이 탕
평입니까?

만류하는 홍봉한을 뒤로하고 가버리는 사도.

43. 동궁 마당 _ 낮 (과거)

몽이를 얼레빗으로 빗겨주고 있는 혜경궁.
얼굴이 붉어져 들어오는 사도를 보고 반가워서 짖는 몽이.

혜경궁 너 그만 좀 짖어라. 주상께서 너 때문에 잠을 못 주무신단다.
사도 왜 몽이한테 그래! 짖어, 짖어 괜찮아.

갑작스런 사도의 호통에 놀라는 혜경궁.

44. 친국장 _ 저녁 (과거)

나주벽서 역모사건 관련 국문을 주도하고 있는 영조.
고문을 받으며 영조에게 저주를 퍼붓는 죄인들.

죄인 1 경종대왕을 독살한 당신이 어찌 왕이란 말이오!
영조 아직도 독살 타령이냐? 그건 25년 전 내가 왕으로 등극할 때 이미 근거 없는 얘기로 판명된 것 아니냐!
죄인 1 그럼 이인좌가 왜 반란을 일으켰겠소! 당신을 왕으로 인정 못하기 때문 아니오?
영조 뭐야? 저놈의 주둥이를 찢어라!
죄인 2 당신같이 천한 무수리의 자식이 어찌 숙종대왕의 아들이란 말이오! 우리 나주 사람들만 그렇게 생각하는 거 같소? 남쪽 사람들은 다 그래!

벌떡 일어서는 영조.

영조 저놈도 찢어라.

45. 동궁 안 _ 밤 (과거)

몽이 주둥이를 두 손으로 감싸 쥐고 다정하게 얘기하는 사도. 멀리서 지켜보는 박 내관.

사도 청나라에서는 니가 개들의 왕일지 몰라도, 여긴 조선이야 이놈아. 너 자꾸 짖으면 똥개한테 장가보낸다.
혜경궁 ….
홍 내관 저하, 주상께서 찾으시옵니다.

긴장하는 혜경궁.

46. 편전 앞 대청마루 _ 밤 (과거)

머리를 옆으로 기울여 귀를 씻는 영조.
세숫대야를 들고 있는 내인(문소원)의 얼굴이 영조의 시야에 들어온다.

영조 어~ 독한 것들. 오늘도 차마 듣지 못할 말을 너무 많이 들었구나.

사도가 온다.

영조 별일 없지?

물로 입 안을 헹구는 영조.

사도 예, 전하.

물을 뱉으며,

영조 근데 친국장에 안 오고 뭐했니? 공부했니?
사도 ….
영조 애비는 밤늦도록 이 고생을 하는데, 자식이란 놈이… 가봐라.

내인(문소원)에게 눈길을 한 번 주고 돌아서는 영조.

47. 후원 빈터 _ 낮 (과거)

여러 개의 과녁 사이에서 거칠게 말을 모는 사도.
말을 탄 채 활시위를 당기는 사도. 그 뒤를 따라 달리는 몽이.
소리쳐 간청하는 이천보 민백상 이후.

민백상 저하, 어서 시강원으로 가서 공부하셔야 합니다.

말에서 내리는 사도. 거치대로 다가간다.

이후 서연의 진도가 많이 밀렸사옵니다.
사도 (지팡이를 들어올리며) 이것이 무엇인지 아시오?

칼을 뽑아 던져 과녁에 박아버리는 사도.
놀라는 이천보 민백상 이후. 부르르 떠는 암잠검.

이천보 숙종대왕 능행을 앞두고 전하께서 아실까 두렵사옵니다.

거치대에 놓인 칼들을 집어서 과녁에 힘껏 던지는 사도. 팍!팍!팍!

48. 숙종대왕릉 앞 _ 낮 (과거) :

비가 쏟아진다.
영조와 사도의 행렬이 홍살문이 보이는 숙종대왕릉 앞에 멈춘다.
어가에 앉아 말을 탄 사도를 손짓으로 부르는 영조.

영조 너, 전라도로 내려가는 이의경에게 독서가 가장 즐겁다는 시를 써줬다며?
사도 예.
영조 독서가 어찌 너의 즐거움이 될 수 있느냐. 너는 이의경을 속였을 뿐만 아니라, 그 시를 돌려 읽으며 너를 칭송할 호남사람 전부를 속인 것이다. 너는 말을 타고 개를 몰며 칼질하는 게 즐겁다고 써야 할 것이다.
사도 ….
영조 네가 그따위로 거짓말이나 하니, 가뭄에 시달리는 호남에 내려야 할 비가 이 거룩한 능행길에 내리지 않느냐. 너 이제부터 내 앞에서 솔직한 척 하지마라.
사도 ….
영조 너는 숙종대왕릉에 참배할 자격 없다. 궁으로 돌아가라.

빗속에 말을 탄 채 우두커니 서 있는 사도를 외면하며,

영조 자식이 하나만 더 있었어도 (별감에게) 가자.

떠나가는 어가를 한동안 바라보는 사도.

49. 인정전 마당 _ 낮

봉분처럼 뗏장을 올린 뒤주 위로 뜨거운 아지랑이가 피어오른다.
'하악하악' 신음소리가 들린다.

자막 넷째 날

뒤주 안에서 헉헉거리며 부채질을 하는 사도.
벽을 주먹으로 치며 고함치는 사도.

사도 물! 물을 가져오라!
내금위장 야! 뗏장 마른다, 물 뿌려라.

말 물통의 구정물을 들고 가 뗏장 위에 뿌리는 별감들.

50. 편전 안 _ 낮

조는지 생각에 잠겼는지 턱을 괸 채 눈을 감고 부채질하는 영조.
경연에서 〈유자신론〉을 읽는 김상로.

김상로 독립불참영이요 독침불괴금이라. 선비는 홀로 서 있어도 제 그림자에
부끄럽지 않고 홀로 잠들어도 제 이불에 미안하지 않아야 한다.

홍봉한 홍인한 김상로 김귀주 김한구 등이 영조의 눈치를 본다.
이 상황을 기록하던 승지 채제공, 붓을 멈춘다.

채제공 지금 한가롭게 유자신론이나 읊고 있을 땝니까?

멈추는 김상로.

영조 눈을 뜨며) 무엇을 할 때인가?

채제공 세자를 폐한 이상 사약을 내리시든 유배를 보내시는 것이 임금으로서 떳떳한 처분이옵고….

영조 내가 못하겠다면?

채제공 그러시다면 폐세자전교를 거두어 주시옵소서.

영조 내가 의금부 감옥에 가두지 않고 뒤주에 가둔 이유를 알고서도 그러는가?

채제공 ….

영조 이 일은 궁궐 담장을 넘을 수 없는 내 집안의 문제다. 신하가 임금의 가정사에도 관여하는가?

채제공 전하에게는 아들이지만 저희에게는 나라의 근본인 세자입니다.

영조 그래서?

채제공 소신은 실록의 사초가 될 승정원일기에 지난 3일간의 일과 차후 벌어질 모든 일들을 낱낱이 기록하겠습니다.

영조 그래봤자 내가 세초하라 명령하면 다 지워지는 기록이 아니더냐?

채제공 세초하라는 전하의 하교까지도 기록할 것이옵니다. 그것만은 임금도 지울 수 없사옵니다.

김상로 저런 발칙한! 전하, 저자를 당장 파직하고 절도로 유배 보내소서!

영조 승지 채제공. 너는 승정원일기에 이 일을 낱낱이 기록하라.

51. 인정전 마당 _ 낮

뗏장에 스며들어 뒤주 천장에 맺힌 물방울을 혀로 핥는 사도.
갈증을 해소하지 못한 사도, 부채를 구부려 자신의 오줌을 받는다.
두 손으로 부채를 받쳐 들고 오줌을 마시다 멈추는 사도.
오줌에 번진 부채의 용 그림을 멍하게 들여다보는 사도.

52. 동궁 안 _ 낮 (과거)

그림을 그리고 있는 사도(18세).
방바닥에 온통 그리다 만 용 그림들이 널려 있다.
마침내 그림을 들고 흡족한 표정을 짓는 사도, 부채에 있던 그 그림이다.

53. 빈궁전 안 _ 낮 (과거)

도끼가 그려진 병풍 안에서 천정에 매달린 말고삐를 잡고 산고를 치르고
있는 혜경궁(18세).
인원왕후(66세) 정성왕후(61세) 영빈(57세) 화완옹주(15세) 홍봉한 등이
산실 앞에 모여 있다.
사람들에게 달려와 용 그림을 내보이는 사도.

사도 아들입니다 아들! 어젯밤 꿈에 청룡을 봤다니까요, 청룡을. 세손이란 말입
니다!
정성왕후 정녕 세손이라면 3대의 왕통이 당당하게 서지 않겠습니까.

인원왕후　고맙소, 세자. 이제야 이 할미가 종묘의 조상님들 뵐 면목이 섰구려.

흐뭇한 표정으로 지켜보는 영빈.

홍봉한　저하, 그 그림은 부채로 만들어 두었다가 장차 세손이 보위에 오르는 날 바치도록 하겠나이다.

혜경궁의 마지막 몸부림 끝에 터져 나오는 세손 탄생의 울음소리.

54. 인정전 마당 _ 낮

뒤주 안, 오줌에 번진 용 그림에 떨어지는 사도의 눈물.
부채에 얼굴을 파묻고 오열하는 사도.

55. 편전 안 _ 낮 (과거)

세손을 안고 활짝 웃으며 합문을 지나 편전으로 들어가는 영빈.
그 뒤를 따르는 사도와 혜경궁.

세손을 안고 영조에게 다가가는 영빈.
부복하는 사도와 혜경궁.

영빈　세손이 백일을 맞아 문안드리옵니다.

세손을 영조(59세)에게 안기는 영빈.
한쪽에 배가 불룩해 앉아 있는 문소원(20대).
세손의 얼굴을 한번 보고 영빈에게 다시 넘기는 영조.

영조 됐다, 데려가라.

배에 손을 얹으며 화색이 도는 문소원.
얼굴이 굳어지는 사도.

영빈 중전의 회갑이 모렌데 전하께서 아무 말씀이 없으시니 준비를 못하고 있사옵니다.
영조 ….
문소원 영빈마마, 전하께서 하교가 없으실 때는 그만한 이유가 있지 않겠습니까.
영빈 (영조에게) 어찌하오리까.
영조 ….
영빈 저희들이 준비해도 되겠사옵니까?

사도를 힐끗 보는 문소원.

문소원 가뜩이나 격무에 시달리시는데 우리 후궁들까지 나서서 그런 일로 전하를 힘들게 해서야 되겠습니까.

문소원을 노려보는 사도.

영빈 문소원, 자네….

영조 시끄럽다, 다들 물러가라.

56. 인원왕후전 안 _ 낮 (과거)

세손을 안고 있는 인원왕후.

인원왕후 아무리 세자가 밉다고 세손까지 냉대해?
정성왕후 자식이 곧 나오는데 손자가 눈에 들어오겠습니까? 문소원 그것이 영
빈에게 대들 때는 다 믿는 구석이 있는 게지요.

정성왕후에게 손사래를 치는 영빈.

인원왕후 대들어?

57. 인원왕후전 안 / 문 밖 _ 낮 (과거)

정성왕후 영빈 혜경궁 화완옹주 등이 곡좌해 앉아 있다.
장죽을 물고 담배를 피우고 있는 인원왕후.
임신해 배가 부른 영조의 후궁 문소원의 종아리를 회초리로 치는 감찰 상
궁.

인원왕후 네가 주상의 총애를 믿고 감히 세자의 생모에게 대들어? 더 쳐라!

신음소리도 내지 않고 버티는 문소원.

감찰 상궁을 밀친 뒤, 들고 있던 장죽으로 문소원의 종아리를 호되게 때리는 인원왕후.

인원왕후 독한 년, 내 오늘 못된 버르장머리 뿌리를 뽑으리라!

문을 열고 들어오는 영조.

영조 지금 뭐하는 겁니까?

자리에서 일어나는 여인들.

영조 다 나가라.

팽팽하게 대치하고 있는 영조와 인원왕후.

인원왕후 주상이 아무리 중전에게 정이 없다 하나 낼모레가 중전의 환갑인데 아무런 하교가 없으니, 그게 주상의 뜻이요 문소원 저것의 뜻이요?

문 밖에서 듣고 있는 문소원.

영조 ….
인원왕후 중전의 환갑을 챙기자는 영빈의 뜻이 얼마나 아름답소. 저것이 같은 후궁의 처지로 그 마음을 배우지는 못할망정 방자하게도 영빈에게 대들었다기에 내가 내명부의 법도를 세웠소.

문 밖에서 세손을 안고 있는 영빈.

영조 대비께서 이러시면 저는 더 이상 임금노릇 못합니다.

인원왕후 뭐요? 저 천한 것 뱃속에 주상의 씨가 들었다 하여 지금 역성드는 거요?

영조 천해요? 그럼 천한 저를 임금으로 만든 분이 대비시니, 이참에 제 임금 자리를 거두십시오. 세자에게 보위를 넘길 테니 윤허하세요!

인원왕후 그래요? 그럽시다, 윤허하오.

벌떡 일어나 나가는 영조.

58. 인정전 마당_ 낮 (과거)

대신들 (V.O.) 거두어 주시옵소서!

인정전 월대를 내려오는 영조.
마당에 무릎을 꿇고 있는 사도.

사도 전하, 차마 감당할 수 없는 하교를 거두어 주옵소서.

사도를 보지도 않고 지나가버리는 영조.

59. 인정문 밖 _ 낮 (과거)

어가를 타고 있는 영조를 가로막고 있는 대신들.

김상로 세자에게 보위를 넘기신다는 전교를 거두어 주옵소서.

일동 거두어 주옵소서!

영조 내가 임금 자리에 연연치 않는다고 몇 번을 말해야 하느냐. 비켜라!

대신들 거두어 주시옵소서!

영조 내 이미 왕실의 최고 어른인 대비의 윤허를 받았다. 가자!

대신들 거두어 주시옵소서!

엎드려 있는 대신들 머리 위로 지나가는 어가.

문소원의 가마도 뒤따른다.

인정문 밖으로 나가는 영조의 어가를 우르르 따라 나가는 대신들.

그들을 바라보는 이천보 민백상 이후.

이후 사대부란 작자들이…. 세자께서 보위를 받으시면 우리가 새 세상 만듭시다.

민백상 태종이 임금 자리 내놓겠다고 했을 때, 덥석 그 뜻을 받았던 신하들 수십 명이 역적으로 몰려 3대가 몰살당했소.

이천보 신하들 충성경쟁 시켜 세자를 찍어 누르겠다는 거지.

피가 날 정도로 땅바닥에 이마를 찧으며 소리 지르는 사도.

사도 전하, 하교를 거두어 주시옵소서~!

사도의 고함을 외면하고 가버리는 영조.

60. 인정전 마당 _ 밤 (과거)

눈이 내리는 텅 빈 마당에 홀로 엎드려 있는 사도.
망건에 피가 엉겨 붙은 채 이를 악물고 있는 사도.

사도 (쉰 목소리) … 하교를 거두어 주소서….

사도에게 다가와 관복을 벗어 덮어주는 이천보 민백상 이후.
그 모습을 안타깝게 지켜보던 영빈.

영빈 세자, 주상께서 궁 밖 별궁으로 나가셨으니 그만 일어납시다.
사도 어머니, 돌아가세요…

61. 인원왕후전 안 _ 밤 (과거)

눈을 감고 앉아 있는 인원왕후 앞에 엎드린 정성왕후 영빈 혜경궁 화완옹
주.

정성왕후 대비마마, 이러다 세자가 잘못되면 어쩌려고 이러십니까. 윤허를 거
두어 주시옵소서.
인원왕후 (눈을 뜨며) 벌써 이게 몇 번째요? 다섯 번이야 다섯 번! 툭하면 임금
노릇 못하겠다고 세자를 괴롭히는 주상의 버르장머리, 내 뿌리를 뽑겠소.
정성왕후 세자를 오늘까지 지키신 분은 대비마마 아니시옵니까? 지금 세자를
살리실 분은 대비마마뿐이옵니다.
인원왕후 내 비록 아녀자지만 일국의 대왕대비요. 한번 내린 윤허를 어찌 거두
란 말이오!

눈물을 흘리며 애원하는 영빈.

영빈 하오나, 더 늦으면 세자가 죽습니다..

세손을 안은 채 눈물로 호소하는 혜경궁.

혜경궁 대비마마, 살려주소서.

혜경궁 품에서 울음을 터트리는 세손을 바라보는 인원왕후.

인원왕후 그럼, 내가 죽으면 되겠네. 오늘부터 수라 들이지 말게.

기가 다 빠져버린 듯한 인원왕후.

인원왕후 내가 늙고 귀가 어두워 주상의 말을 잘못 알아듣고, 실수로 윤허를 내렸다고 하시오.

62. 인정전 마당 _ 밤 (과거)

눈사람이 되어가고 있는 사도.
달려오는 박 내관.

박 내관 저하, 대비께서 윤허를 거두었사옵니다.
사도 ….

사도의 팔을 잡아 일으키려는 박 내관.
신하들이 덮어준 관복과 쌓인 눈이 흘러내린다.

박 내관 그만 일어나소서.

박 내관을 밀쳐버리고 바닥에 드러누워 씩씩거리는 사도의 눈에 핏발이
서 있다.

63. 휘령전 안 _ 낮 (과거)

인원왕후 신위 앞에 향이 피어오른다.
상복을 입은 영조(64세)와 사도(23세)가 4배를 하는 중간에 눈도 마주치
지 않은 채 대화를 나눈다.

영조 가만히 있었으면 네가 임금 되는 것 아니냐. 왜 윤허를 돌이키게 해서 대
비마마까지 돌아가시게 해.
사도 제 잘못입니다.
영조 가증스런 자식, 내 너의 오기를 모를 줄 아니?
사도 ….

분노에 찬 얼굴로 절을 끝내고 나가버리는 사도.

사도 예, 다 제 잘못입니다.

얼굴이 일그러지는 영조.

64. 궁궐 문 밖 _ 낮 (과거)

상기된 표정으로 별감들과 말을 달려 궁궐을 나가는 사도.
'징징징 챙챙챙' 징소리와 바라소리에 맞춰 옥추경 외우는 소리가 들린다.

65. 굿당 안 / 밖 _ 밤 (과거)

벽에는 옥추경 신장들의 그림과 부적, 다양한 칼들이 걸려 있다.
징과 북 등을 치며 옥추경을 외우는 소경박수와 보조박수들.

소경박수 삼산반락 청전에 거래하던 호산귀야 야반락선도개선 왕래하던 직사귀
야 촉수멸망이면 억만년을 불출세상 하리라.

한쪽 벽에는 인원왕후 초상화가 붙어 있고 향이 피어오른다.

굿당 앞, 말을 거칠게 멈추는 사도.

문을 박차고 들어와 보조 박수가 치고 있던 징을 빼앗아 징을 치기 시작하
는 사도.

소경박수 옴 급급여률령 사바하 대왕대비 인원왕후 옴 급급여률령 사바하 대왕
대비 인원왕후 옴 급급여률령 사바하 대왕대비 인원왕후….

(암자)
목탁소리에 맞춰 바라춤을 추는 2명의 비구니.
천수경을 독경하는 사도와 비구니들.

사도 (경전을 보며) 계수관음 대비주 원력홍심 상호신 속령만족 제희구 영사멸
제 제죄업 나무사만다 못다남 도로도로 지미사바하 왕생극락 왕생극락….

(계곡)
박수들 비구니들 기생들과 함께 술판을 벌이는 사도.
박수들의 연주에 맞춰 〈회심곡〉을 부르는 기생들.

기생 어머님전 살을 빌고 아버님전 뼈를 받고 일곱 칠성님전에 명을 받고 제석
님전에 복을 빌어 석 달 만에 피를 모으고 여섯 달 만에 육신이 생겨 열달십삭 고
이 채워 이내 육신이 탄생을 허니, 그 부모가 우릴 길러낼 제 어떤 공력 드렸을
까. 오뉴월이라 단야밤에 모기빈대 각다귀 뜯을세라 곤곤하신 잠을 못다 주무
시고 떨어진 세살부채를 손에 들고 왼갖 시름을 다 던지시고 금자동아 은자동
아….

구역질하면서도 연거푸 술을 마시는 사도.
술을 따르는 기생.

김 별감 그만 따라라. 술을 못 잡숫는 체질이시다.
사도 따르라.
김 별감 그러다 몸이라도 상하시면….

술잔을 탁 놓고 기생이 들고 있던 술병을 낚아채는 사도.

사도 너의 눈엔 이게 술로 보이는가! 내가 죽인 할머니의 피눈물이다.

술을 벌컥벌컥 마시고 김 별감을 보는 사도.

사도 너는 내가 지겹지 않냐.

김 별감 저는 저하 말고는 돌아갈 곳이 없습니다.
(별감들을 돌아보며) 다들 술잔을 들라!

술잔을 드는 별감들.

김 별감 오늘 이 자리에서 취하지 않는 자, 돌아가지 못하리. 불취!
일동 무귀!

술병째 들이키다 술을 뿜어내는 사도.

(후원 숲속)
〈회심곡〉 소리를 따라 궁궐 전각을 지나 후원 숲속으로 들어가는 카메라.
무덤을 파듯 깊이 땅을 파고 있는 12인의 별감들.
탕건과 두루마리를 벗은 상복 차림의 사도. 그 옆의 박 내관.

사도 더 깊이 파라.

다급히 달려오는 홍 내관.

홍 내관 저하, 주상께서 시강원에서 급히 찾으시옵니다.

구겨지는 사도의 얼굴.

66. 세자시강원 _ 낮 (과거)

빈틈없는 상복차림의 영조와 그 뒤에 서 있는 김상로 홍봉한 홍인한.
초췌하고 흐트러진 사도 뒤에 서 있는 시강원 관원들.

영조 대비마마 돌아가신 걸 핑계로 몇 달째 대리청정도 하지 않으니 내가 너한 테 문안드리러 왔다.

사도 ….

영조 너, 공부는 아예 포기했구나. 그 옷차림은 뭐냐? 탕건은 어따 말아먹고, 옷고름은 아예 춤을 추는구나. 너 술 마셨지?

사도 … 마셨습니다.

영조 세자란 작자가 상중에 술이나 퍼먹고. 지난달 함경도 병마절도사가 금주 령을 어겨 참수된 것을 모르느냐!

최 상궁 저하는 술을 못 잡숫는 체질이옵니다. 술내가 나는지 맡아보소서.

사도 내가 마셨노라 이미 아뢰었는데 자네가 감히 다른 말을 하는가. 물러가소.

영조 어른 앞에서는 개나 말도 꾸짖지 못하는데 어찌 내 앞에서 상궁을 꾸짖느 냐.

사도 감히 변명을 하기에 그리하였습니다.

영조 에이~ 귀 씻게 물 가져와라!

홍 내관이 가져온 물에 귀를 씻고 대야의 물을 세자에게 확 뿌리고 대야를 패대기치는 영조.

영조 내 탓이다. 너 같은 인간을 자식이랍시고 세자로 세운 내가 잘못이야!

사도와 영조를 번갈아 보는 김상로 홍봉한 홍인한.
돌아서 가버리는 영조.

물을 뒤집어쓴 사도, 대야를 집어 들어 시강원 관원들의 머리를 때린다.

사도 일개 아녀자도 목숨 걸고 나서는데, 단 한마디도 거드는 놈이 없어?

멀어지는 영조의 귀에 사도의 목소리가 들린다.

67. 인정전 마당 _ 밤

졸고 있는 별감들 사이로 환영처럼 들어와 뒤주로 다가가는 사도의 애견 몽이.

자막 다섯째 날

냄새를 맡으며 뒤주를 한 바퀴 도는 몽이.
탈진해 있는 사도.
앞발로 뒤주 벽을 긁는 몽이의 기척에 눈을 뜨는 사도.

사도 … 몽이냐….

낑낑거리며 꼬리를 흔드는 몽이.

사도 세손이 밥은 잘 챙겨주고… 빈궁이 털은 잘 빗겨주더냐….
몽이 ….
사도 … 어젯밤엔 왜 안 짖었니. 너도 주상이 무서우냐….

허공을 향해 컹컹 짖는 몽이.

68. 빈궁전 안 _ 밤

잠을 못 자 충혈 되어 있는 영빈 화완옹주 혜경궁 홍봉한 홍인한(혜경궁 숙부).
한쪽에서 자고 있는 세손.

영빈 내 본심은 임금도 살리고 세자도 살리자는 것인데… 내가 자결이라도 하면 주상이 마음을 돌리실까?
화완옹주 어머니, 수십 년 살을 섞고 살았으면서 아버지를 그렇게 몰라요? 오라버니는 틀렸어요.
홍인한 세자를 고변한 마마께서 자결해 버리시면, 주상은 국법을 적용해 세자를 역적으로 몰아 죽일 겁니다. 그럼 우리는? 다 죽는다고요!
홍봉한 함부로 입 놀리지 마라.

자는지 듣는지, 눈을 감고 누워 있는 세손.

혜경궁 어머니, 세손을 보호할 방도를 찾아야 하지 않겠습니까?
화완옹주 올케, 세손도 포기하세요.
혜경궁 뭐요?
화완옹주 여기 나 말고 세손을 왕 만들 수 있는 사람 있어요? 세손 문제는 나한테 일임하라니까요.
혜경궁 ….
화완옹주 내가 이 세치 혀로 주상의 거처를 경희궁으로 옮긴 사람 아니냐고. 아버지가 내 말은 듣는다니까.

화완옹주를 빤히 보는 혜경궁 홍봉한 영빈.
벌떡 일어나는 홍인한.

홍인한 아니 형님, 일개 옹주의 말을 믿고 가문의 생사를 걸 거요? 에잇~!

나가버리는 홍인한.

69. 정순왕후전 안 _ 밤

정순왕후(18세) 김상로(노론 영수, 61세) 김한구(정순왕후 아버지, 40
세) 김귀주(정순왕후 오빠, 23세)
홍인한(41세)이 앉아 있다.

홍인한 새 중전께서 오신 이후로 주상의 건강이 날로 좋아지고 있습니다. 이것
은 아마도….
김한구 당신 여기 와서 왜 이래?
홍인한 나도 살고 가문도 지켜야 되지 않겠소. 세손이 왕이 되면 그 아비 죽음
을 방관한 우리는 다 죽어요.
김귀주 그래서요?
홍인한 내가 무슨 수를 써서라도 세손의 등극을 막겠소.
김상로 그 다음엔?
홍인한 주상이 향후 10년은 짱짱할 것 같은데, 새 중전께서 왕자라도 생산하시
면 그걸로 상황은 끝이고….

눈치를 보는 홍인한을 외면하는 정순왕후.

홍인한 안 된다 하더라도 왕이 별 거요? 어리버리한 종친 하나 용상에 앉혀놓고 새 중전께서 수렴청정 하시면 될 거 아닙니까?
김한구 하기야 주상도 왕자시절 역모에 걸려 죽게 된 것을 우리 아버지들이 대신 사약을 마시고 만든 왕 아닌가.

알 수 없는 눈빛으로 김한구와 김귀주를 보는 정순왕후.

정순왕후 아버님 오라버니, 제가 주상의 뜻을 확인할 때까지는 경거망동 마세요.

70. 인정전 마당 _ 밤

호위를 하듯 뒤주 옆에 조용히 앉아 있는 몽이.
탈진하여 벽에 기대고 있는 사도의 귀에 앵앵거리는 모기 소리가 들린다.
사도의 팔뚝에 내려 앉아 피를 빠는 모기 한 마리.

사도 네 이놈… 무엄하다. 어디 감히 옥체에 대롱을 꽂느냐….
모기 ….
사도 몽아… 이놈에게 사약을 내리랴… 절도로 유배를 보내랴….
몽이 ….
사도 아니다, 너도 나의 백성 아니더냐. 내 너를 도승지로 임명하노라….

사도의 피로 부풀어 오른 모기의 몸통.

사도　너 이제 녹봉도 먹었으니 평생토록 과인을 보필하라….

모기　….

사도　몽아, 너에게는 영의정을 주랴 좌의정을 주랴… 이 안에서는 내가 왕이니라….

앵~ 날아가는 모기.

(편전 안 – 새벽)

홀로 덩그러니 앉아있는 영조.

뒤주 옆에 그 자세 그대로 미동도 없이 앉아 있는 몽이.
여명이 밝아 오면 일어나 사라지는 몽이.

71. 편전 안 _ 낮 (과거)

상복을 입은 영조(66세)와 대신들.

김상로　전하, 중전마마 3년 상이 곧 끝나옵니다. 하루라도 국모의 자리를 비워 둘 수 없으니 새 중전을 들이시옵소서.

영조　이 나이에 무슨 새장가란 말인가. 영빈을 중전으로 올리는 게 어떠한가.

김상로　후궁을 중전으로 올리는 것은 장희빈에게 사약을 내린 이후 숙종대왕께서 국법으로 금하신 일이옵니다.

영조　그럼 어쩌란 말인가?

김상로　신들이 간택을 준비하겠사오니, 윤허하여 주옵소서.

영조　허허, 참.

72. 대조전 안 _ 낮 (과거)

새 중전 후보 세 명(10대)이 앉아 있다.
영조 옆에는 영빈(64세) 혜경궁(25세) 화완옹주가(22세), 말석에 문소원과 어린 두 딸이 앉아 있다.
김상로가 지켜보는 가운데 새 중전을 간택 중인 영조.

영조 태산보다 높고 바다보다 깊은 것이 무엇이더냐?
후보 1 부모님 은혜이옵니다.
후보 2 (눈치 보며) 임금의 은혜이옵니다.
후보 3 (정순왕후) : 사람의 마음이옵니다.
영조 마음이라… 어찌 그러한고?
정순왕후 장부의 기개는 태산보다 높고 여인의 지조는 바다보다 깊다고 배웠사옵니다.

정순왕후(15세)를 빤히 보는 영조.

73. 대조전 침실 _ 밤 (과거)

첫날밤, 마주 앉아 있는 정순왕후와 영조.

영조 자네한테 미안하네.
정순왕후 ….
영조 나한테 청이 있으면 말해보시게.
정순왕후 제 집안사람들의 벼슬을 높이지 마옵소서.

감탄한 표정으로 정순왕후의 손을 잡는 영조.

영조 내 참으로 현명한 중전을 얻었노라.

74. 세자시강원 _ 낮 (과거)

세손(8세)의 회강(시험)을 치르고 있는 영조와 채제공을 비롯한 시강원 빈객들.
책상 위에는 회강의 결과를 평가하는 강경패들이 놓여 있다.

영조 신하가 많아야 좋은 정치를 행할 수 있는 것이냐?
세손 신하가 적어도 임금이 훌륭하면 할 수 있사옵니다.
영조 아녀자도 정치를 도울 수 있느냐?
세손 현명하면 할 수 있사옵니다.
영조 어진 이를 불러오는 게 쉽겠느냐?
세손 임금이 몸소 덕을 베풀면서 부르면 쉬울 것이옵니다.
영조 채 열 살도 안 된 아이의 견해가 이 정도 되기는 참으로 어렵도다. 허면, 요 임금과 순 임금의 덕은 하늘처럼 높은데 미칠 수 있겠느냐?
세손 비록 높다 해도 힘써 행하면 이룰 수 있사옵니다.

강경패 중 '통(通)'을 들어 책상에 땅! 치는 영조.

영조 통(通)! 통이야 통! 300년 종사의 명맥이 오직 세손에게 달렸도다! 어찌 그런 애비에게서 이런 자식이 나왔단 말인가. 아, 우리 3대에게는 부전자전이란 말이 다 헛소리구나.

75. 대조전 안 _ 낮 (과거)

어린 신부 정순왕후와 나란히 앉아 영빈에게 화를 내고 있는 영조.

영조 나한테 문안 오라는 게 아니야. 새어머니가 들어온 지 한 달이 다 되어 가는데 집안의 장자가 코빼기도 안 비쳐?

영빈 세자가 병치레하느라 바깥출입 못한 지 오래되었습니다.

정순왕후 병이 나으면 천천히 하도록 하시게.

영빈 예, 중전마마.

영조 무슨 소리야! 죽을병 걸렸어?

76. 후원 숲속 무덤방 안 / 밖 _ 밤 (과거)

붉은색 관 앞의 향로에서 향불이 피어오른다.
관의 좌우로 별감들이 앉아 있다.
보조박수들의 반주에 맞춰 '망자해원경'을 독경하는 소경박수, 바라춤을 추는 비구니.

소경박수 저 혼령 가련하다. 천음우습 구진 날에 홀로 앉아 탄식할 제 두견성이 서럽다. 젊은 청춘 내 몸 가련히도 되었구나.

문상객처럼 술상을 앞에 놓고 앉아 술을 마시며 추임새를 넣는 기생들.

기생1 얼씨구~.

(인서트)

소경박수의 독경소리를 들으며 등불을 든 나 내관을 앞세워 후원 숲속을
지나가는 혜경궁과 영빈.

소경박수 하루 이틀 한 달 두 달 아이였든 이 내 신세 어쩔고나….

기생2 잘헌다~.

(인서트)

뗏장이 덮여 있는 무덤방의 뚜껑을 여는 나 내관. 사다리가 보인다.
무덤방을 내려다보는 혜경궁과 영빈.

자욱한 향연 속에서 바라춤을 추는 비구니와 함께 춤을 추고 있는 기생들.

소경박수 청천에 뜬구름은 높기도 높으시고 저 구름을 잡아타고 옥황님전 원정
갈까….

참담한 표정으로 보고 있는 영빈과 혜경궁.

영빈 세자는 어디 계시냐.

일동 ….

관 뚜껑을 벌컥 열고 일어나는 사도(25세)를 보고 기겁하는 영빈과 혜경
궁.

사도 아이고~ 우리 어머니, 새파랗게 어린 중전 모시기가 얼마나 아니꼬웠으
면 여기까지 오셨을꼬.

혜경궁 저하, 이러실 때가 아닙니다. 새 중전께 문안을 드리셔야 합니다.

싸늘하게 혜경궁을 쏘아보는 사도.

사도 내가 내 어머니한테도 문안 안 드리는 불효자식인데 그 여자한테 왜 문안을 가?

혜경궁 이러시면 세손이 뭘 보고 배우겠습니까?

사도 세손, 세손, 세손! 입만 열면 세손이야! 자네 눈엔 내가 안 보이지?

영빈 (눈물을 글썽이며) 세자… 이 어미를 봐서라도….

사도 아이고~ 불쌍한 내 어머니… 그 늙은이가 새 색시 들이더니 조강지처 구박합디까?

영빈 (눈물을 주르륵 흘리며) 세자 제발….

영빈을 안는 사도.

사도 알아요, 알아! 내일 아침… 눈도장 찍으러 갈 테니 염려 마세요.

77. 동궁 안 _ 아침 (과거)

못마땅한 표정으로 박 내관과 나 내관 등 내인들의 도움을 받아 용포를 입고 있는 사도.
바닥엔 찢어진 옷들이 널려 있다.
겨우 다른 용포를 입히지만 목덜미를 불편해하며 고개를 움찔거리는 사도.

사도 안 맞잖아!

옷을 찢어발기는 사도.

사도 다른 옷 가져와!

내인이 들고 있던 다른 옷을 또 입히는 나 내관.
온몸을 비틀며 불편해하는 사도.

박 내관 저하, 서두르소서. 중전마마께서 아침수라도 못 잡숫고 기다리시옵니다.

대님을 묶고 있는 박 내관을 발로 차버리고 온몸을 부들부들 떠는 사도.

사도 이거 아냐, 이거 아냐!

미친 듯 발광하다 용포를 입은 채 찢어발겨 버리는 사도.

사도 옷! 옷 가져와!
박 내관 ….

바닥에 널브러져 있는 찢어진 옷을 들추는 사도.

사도 빨리 옷 가져와!

칼 걸이에 걸려 있던 찢어진 옷을 던져버리고 칼을 뽑아 나 내관에게 겨누는 사도.

사도 옷, 옷, 옷….

나 내관 저하… 더… 더 이상 용포가 없사옵니다.

나 내관의 목을 베어버리는 사도.

78. 빈궁전 밖 _ 낮 (과거)

문안 준비를 마치고 대기하고 있는 영빈 세손 혜경궁 화완옹주.
혜경궁과 영빈에게 호들갑 떠는 화완옹주.

화완옹주 그 여자, 맹한 건지 속이 깊은 건지 나는 알 수가 없더라.

영빈 중전한테 말버릇이 그게 뭐냐?

화완옹주 어머니는 속도 좋소. 그것이 무슨 조화를 부리길래 아버지가 홀딱 빠
져 계실꼬? 손만 잡고 잔다던데… 손에 금테를 둘렀나, 조청을 발랐나?

째려보는 영빈의 시선을 외면하는 화완옹주.

화완옹주 오라버니는 왜 이렇게 늦누?

이때, 전각문이 팍 열리며 들어오는 사도.
한 손엔 피 묻은 칼이, 한 손엔 나 내관의 머리가 들려 있다.
주저앉는 영빈, 세손의 눈을 가리는 혜경궁.
광기에 찬 눈으로 나 내관의 목을 내미는 사도.

사도 그 인간한테 사랑받는 것들 다 모였네.

피가 뚝뚝 떨어지는 머리를 들고 위협하는 사도.

사도 내 그 인간하고 도저히 한 궁궐에서 살 수가 없다.

혜경궁과 화완옹주의 목에 칼을 들이대며,

사도 그 늙은이 경희궁으로 옮기라 해. 안 그러면 다 죽여 버리겠어.

눈을 질끈 감아버리는 혜경궁. 두 손을 싹싹 비비는 화완옹주.

화완옹주 알았소, 알았소. 내 무슨 수를 써서라도 옮기게 하리다. 살려주시오 오라버니.

79. 인정전 마당 _ 낮

열기로 전각들이 일그러져 보이고 뒤주 위의 떗장들이 말라 비틀어져 있다.
뒤주를 흔드는 별감들.
뒤주 아래로 똥오줌물이 새어 나온다.

별감 하~ 냄새. 똥 싸고 오줌 싸고 난리 났구만.

자막 여섯째 날

뒤주 안, 몸이 흔들리는 사도.

사도 그만 좀 흔들어라 이놈들아… 어지러워 못 살겠다….

별감 아직 살아 있네.

한쪽에서 책상을 놓고 열심히 기록하고 있는 채제공.

80. 숙종대왕릉 _ 낮 (과거)

영조(68세)와 세손(10세)이 숙종릉 앞에 앉아 있다.

영조 여기 계신 숙종대왕께서는 어떤 분이시냐?

세손 제 증조부가 되시는 이 어른은, 조선 역사상 가장 긴 46년간 보위에 계셨던 임금이십니다. 할바마마께서는 더 오래 하셔야 합니다.

영조 어찌 그러한고?

세손 그것이 왕가의 효도라 배웠사옵니다.

흐뭇한 표정의 영조.

영조 왕이 무엇이냐?

세손 ….

영조 신하가 무엇이냐?

세손 ….

영조 이 할애비는 37년 동안 옥좌를 지켰지만, 이젠 왕이 무엇인지 신하가 무엇인지 잘 모르겠다.

세손 ….

영조 왕이라고 늘 칼자루 쥐는 것도 아니고, 신하라고 늘 칼끝 쥐는 것도 아니다. 공부 열심히 해라, 실력 모자라면 왕이라도 칼끝 쥔다.

눈물이 글썽하는 세손.

세손 명심하겠사옵니다.

영조 날씨 참 좋다.

81. 경희궁 후원 정자 _ 밤 (과거)

다과상을 앞에 놓고 마주 앉은 이천보(50대) 민백상(40대) 이후(40대)와
영조.

영조 보위를 세손에게 전하고자 한다. 그대들 중 누가 세자를 폐하라는 상소를
올리겠는가?

이천보 소신은 그 명을 받을 수 없사옵니다.

영조 지금 세자의 작태를 보고도 그 말이 나오는가? 내가 오죽하면 여기 경희궁
으로 옮겼겠어!

민백상 / 이후 소신들은 못하옵니다.

영조 그놈이 저리 망가진 것은 스승인 너희들의 책임이야! 폐세자 상소를 올려
라, 어명이다.

벌떡 일어나 가버리는 영조.

이천보 올 것이 왔구려. 주상이 우리를 정승으로 올린 의도가 이것이었소.

민백상 우리의 상소를 명분으로 주상이 세자를 폐한다면….

이후 세손이 보위에 오르는 날, 우린 역적이 되는 것 아니오.

민백상 영상, 어찌해야 합니까?

이천보 미안하오, 나는 가문을 보전하는 길을 택하겠소.

82. 이천보 집 _ 밤 (과거)

영조에게 유소를 쓰는 이천보.

이천보 (V.O.) 전하께서는 기뻐하심과 노여워하심이 변화무쌍하여 무엇이 진심인지 구분하기 어렵습니다. 엎드려 비옵건대 격노를 누르시고 세자에게 자애를 베푸시어 종사에 화기가 돌도록 하옵소서.

목을 매 자결하는 이천보.

83. 인정전 마당 _ 낮 (과거)

월대 계단에 흐트러진 용포를 입고 앉아있는 사도(27세).
주변에 별감들이 지키고 서있다.

민백상 저하, 부디 주상과 화해하소서.

이후 안 그러면 저하의 신하들은 다 죽사옵니다.

빤히 민백상과 이후를 쳐다보는 사도.

사도 나에게 신하가 있었소?

이후 자고로 권력은 부자간에도 나눌 수 없다 했사옵니다. 몇 년 만 더 견디시면 저 용상에 앉으실 것 아닙니까?

민백상 문안드리고 공부하는 척하는 게 뭐 그리 어려운 일입니까?

자리를 박차고 일어서는 사도.

사도 나는 그렇게 살기 싫소, 그렇게 살 수도 없고. 나는 내 식대로 하겠소.

84. 동궁 마당 _ 낮 (과거)

화려한 환갑 잔치상 앞에 어색하고 불편한 표정으로 왕비의 대례복을 입고 앉아 있는 영빈(66세).
별감들이 도열해 있는 가운데 혜경궁(27세) 세손(10세) 화완옹주(24세) 악공 등이 대기 중이다.

사도 어마마마, 6년이 지난 오늘에서야 이 환갑상을 차려드리는 소자의 불효를 용서해 주십시오.

영빈 ….

혜경궁과 함께 절을 하는 사도.

사도 만수무강하소서.

혜경궁은 2배만 올린 후 서 있고 사도는 4배를 올린다.

사도 세손은 4배를 올리라.

혜경궁 그런 법은 없습니다, 저하. 왕비의 대례복을 입으신 것만도 큰일인데 4배까지 올린 것을 주상께서 아시면….

사도 이 집안의 가장이 누구야? 오늘 하루만은 어마마마께서 중전이시다. 어서 절하지 않고 뭣들 하느냐!

4배를 올리는 세손.

사도 모두들 4배를 올리라!

일동 중전마마, 만수무강하시옵소서.

외면하고 있는 영빈.

악공들이 연주를 시작한다.

85. 후원 숲속 _ 낮 (과거)

왕비가 타는 가마인 대련을 타고 가는 영빈.

악공들이 음악을 연주하는 가운데 별감들이 대련을 호위하고 있다.

말을 타고 행렬을 이끄는 사도.

사도 물럿거라! 중전마마 행차시다!

(울부짖으며) 물럿거라! 중전마마 행차시다!

하얗게 앞을 가로막는 하루살이 떼를 칼집으로 휘젓는 사도.

영빈의 충혈된 눈에서 눈물이 흘러내린다.

사도 물럿거라! 중전마마 행차시다!

아무도 없는 텅 빈 숲속에 울려 퍼지는 사도의 외침.
행렬 뒤를 따라가다 우뚝 멈춰 서서 사도의 뒷모습을 바라보며 주르륵 눈
물을 흘리는 세손.

86. 인정문 밖 _ 낮

쟁반에 물이 담긴 놋대접을 받쳐 든 세손빈과 나란히 걸어오는 세손.
내금위장과 별감들이 가로 막는다.

내금위장 들어오시면 아니 되옵니다.
세손 비켜라!
내금위장 아니 되옵니다. 어명입니다.
세손 너, 이름과 직책이 무엇이냐?

입을 벌린 채 헉헉거리고 있던 사도, 눈을 뜬다.

내금위장 내금위장 김도수이옵니다.
세손 내 너의 이름을 기억하겠노라. 비켜라.

세손의 기세에 밀려 길을 열어주는 내금위장.
뒤주 앞에 도착해 세손빈으로부터 놋대접을 받아드는 세손.

세손 아바마마, 아버님의 며느리가 물을 가지고 왔사옵니다..

기록하고 있는 채제공.

뒤주를 묶어 놓은 동아줄을 풀어보려 하지만 아이의 힘으론 어찌할 수 없다.

웅얼거려보지만 말이 되어 나오지 않는 사도.

물을 전달할 방법이 없자 안타까워 눈물을 뚝뚝 흘리는 세손.

영조의 호통소리가 들려온다.

홍봉한 홍인한 김상로 김귀주 등이 영조를 뒤따른다.

영조 내 아무도 들이지 말라 하지 않았더냐!

세손 자식이 아비한테 물 한잔 드릴 수 없사옵니까?

뒤주 벽을 '퉁 퉁 퉁' 치는 사도.

그 소리에 뒤주 쪽으로 고개를 돌리는 세손.

세손의 손이 떨리며 놋대접의 물에 파장이 인다.

영조 세손은 별도의 하교가 있을 때까지 외가에 가서 처분을 기다리라.

87. 후원 활터 _ 낮 (과거)

화살이 과녁 중심에 꽂히며 부르르 떤다. 그 옆에 이미 7발의 화살이 꽂혀 있다.

팽팽하게 활시위를 당겨 쏘는 사도(28세), 융복을 입고 있다.

붉은 깃발을 돌리며 '명중이오!'를 외치는 별감.

다시 활을 먹여 시위를 당기는 사도.

사도 주상께서 허락하지 않아 너희 가례에 참석하지 못했다. 아비로서 미안하구나.

날아가는 화살, 과녁에 적중한다. 멀리서 '명중이오~!' 소리가 들린다.
사도 뒤에 나란히 서 있는 세손(11세)과 세손빈(10세). 의젓하게 앉아 있는 몽이.

사도 너 할아버지 따라 숙종대왕릉에 갔다지?
세손 … 예.
사도 너는 공부가 그렇게 좋으냐?
세손 예.

화살을 먹인 활을 겨눈 채 세손을 향해 확 돌아서는 사도.
놀라 눈을 질끈 감는 세손빈, 사도의 눈을 바라보는 세손.

사도 왜 좋으냐?
세손 할바마마께서… 기뻐하시니까요.

다시 돌아서는 사도.

사도 … 그러냐.

세손을 겨누던 활을 들어 하늘로 화살을 날리는 사도.
벌떡 일어나 화살을 쫓아 뛰어가는 몽이.

세손 저도… 그런 제가 싫사옵니다.

습기가 어리는 사도의 눈.

사도 허공으로 날아간 저 화살이 얼마나 떳떳하냐.

세손 ….

사도 아가, 부부란 서로의 실수를 덮어주고 사소한 예법에 얽매이지 않으며… 사랑하고, 사랑하고 끝없이 사랑하는 것이니라.

눈물을 글썽하는 세손과 세손빈.

세손 … 명심하겠사옵니다.

88. 정순왕후전 _ 낮 (과거)

정순왕후(18세) 김상로(61세) 김한구(40세) 김귀주(23세)가 앉아 있다.

김귀주 폐세자 상소를 거부하고 목을 맨 이천보에 이어 민백상 이후까지 자결했습니다.

김상로 순진한 것들이 개혁이니 명분이니 떠들다 세상 감당할 자신 없으니 도망가는 거지. 주상의 고민이 깊으시겠어.

김한구 우리가 풀어드리면 되지 않습니까?

김상로 주상의 의지만 확고하다면야….

정순왕후를 보는 일동.

정순왕후 (단호하게) 문안 한번 올리지 않는 세자에게 무슨 정이 남아 있겠습니까.

정순왕후를 빤히 쳐다보는 김상로.

89. 김상로 집 _ 밤 (과거)

창호문이 열려 있는 사랑채에 앉아 있는 김상로.
문 밖에 무릎 꿇고 있는 나경언(30대).

김상로 죽을 수도 있다.
나경언 각오하고 있습니다.
김상로 식솔 걱정은 마라.

나경언 앞에 툭 떨어지는 고변서.

90. 친국장 _ 밤 (과거)

나경언의 고변서를 읽으며 몸을 부들부들 떠는 영조(69세).
김상로 김한구 김귀주 홍인한 채제공 등 중신들이 지켜보고 있다.

영조 세자가 비구니와 기생을 궁으로 들여 음란과 패악을 일삼았고, 내관과 내인을 수없이 죽였으며, 동궁 후원에 토굴을 파 무기를 숨겨놓고⋯ 임금을 죽이려고 작당하였다.

고변서를 구겨버리고 나경언을 내려다보는 영조.

영조 치가 떨려 더 이상 볼 수가 없다. 태워라.

채제공 아니 되옵니다! 그토록 중요한 증거를 어찌 태운단 말입니까.

영조에게 고변서를 받아 화롯불에 던져 태워버리는 김상로.

채제공 전하, 하찮은 신분으로 감히 세자를 고변한다는 것은 결코 혼자 할 수 있는 일이 아니옵니다. 청컨대 저자의 배후를 캐소서.

낯빛이 변하는 김상로.

영조 네가 어찌 구중궁궐에서 벌어진 일을 알고 고변하느냐?

나경언 세자의 칼에 죽은 동궁 내관이 제 동생이옵니다.

초조한 표정으로 친국장 입구 쪽을 바라보는 홍인한.

친국장 뒤

별감들의 호위 속에 홍봉한과 다급히 걸어오는 사도.

친국장 앞

채제공 나경언의 배후를 캐내야 하옵니다!

젊은 신하들 캐내야 하옵니다!

친국장 뒤

친국장 입구에서 별감들에 막혀 들어가지 못하는 사도.

사도 전하, 저놈과 대질시켜 주십시오! 역모란 당치 않습니다!

김상로와 시선을 교환하는 영조.
계속해서 나경언을 향해 소리치는 사도.

사도 네 이놈! 누가 시켜서 날조된 고변을 하는 것이냐! 네놈의 배후는 누구냐!
나경언 당신 손에 죽은 내 동생이 배후야! 당신은 역적질 하고도 남을 인간이야!
사도 네 이놈! 지금 무슨 근거로 역모를 운운하느냐!
나경언 전하, 제가 역모라 한 것은 동생의 억울함을 주상께 직접 고하고자 꾸며
낸 말이오나, 저자의 패악 무도한 비행은 모두 사실이옵니다.

웅성거리는 대신들과 당황한 표정의 김상로.

채제공 전하, 세자를 모함하였다는 자백이 나왔으니, 그 배후를 캐내야 하옵니
다. 저자가 역모 운운한 것은 결코 넘어갈 수 없는 일이옵니다!

나경언과 김상로를 번갈아 보는 영조.

영조 이런 호로자식들아! 저자처럼 하찮은 인간도 나라를 걱정하면서 세자의 비
행을 고발하는데, 너희는 녹봉을 먹으면서 단 한 놈도 내게 고하지 않았으니 이
러고도 나라가 망하지 않겠는가! 내 눈에는 네놈들이 역적이야!
채제공 전하, 반드시 저자를 세자저하와 대질케 하여 그 배후를 캐내야 하옵니
다!
젊은 **신하들** 캐내야 하옵니다!

자신을 쳐다보는 나경언을 외면하는 김상로.

김상로 전하, 소신들의 불충과 나경언의 억울한 사연을 감안한다 하더라도, 저 자가 감히 주상을 기만하였으니 극형에 처함이 마땅한 줄 아옵니다.

당황하는 나경언.

채제공 아니 되옵니다.

영조가 노려보자 고개를 숙이는 김상로.

영조 너의 뜻이 가상하고 사정 또한 딱하다. 네가 고하지 않았다면 내 어찌 세 자의 비행을 알았겠느냐. 허나, 역모 운운하여 임금을 놀라게 한 죄 작지 않다. 여봐라, 나경언을 참수하라.

쳐다보는 나경언을 외면하는 김상로.

<u>친국장 뒤</u>

사도 나경언을 참수하기 전에 배후를 캐주소서!

들은 척도 않고 친국장을 나가버리는 영조.

91. 경희궁 침전 안 / 밖 _ 밤 (과거)

무릎 꿇고 앉아 있는 사도.

사도 전하, 자식을 역적으로까지 만들어야 속이 시원하겠습니까?

창문을 벌컥 여는 영조.

영조 너는 존재 자체가 역모야! 빈궁과 옹주에게까지 칼을 들이대고… 네가 백정이냐?

사도 모든 것은 저의 울화 때문입니다.

영조 울화? 차라리 미쳐서 발광을 해라 이 자식아!

사도 ….

영조 꼴도 보기 싫다. 금천교에 가서 대죄해!

창문을 꽝 닫아버리는 영조.
분을 이기지 못해 신음을 삼키는 사도.

사도 … 으으….

92. 금천교 _ 낮 / 밤 (과거)

빗속에 맨발로 석고대죄 하고 있는 사도.
(낮에서 밤으로 시간경과)
억수같이 비가 내리는 밤, 여전히 엎드려 있는 사도.
'징징챙챙' 옥추경 경문 읽는 소리가 들린다.
뇌성벽력이 치자 상체를 들고 하늘을 우러러 절규하는 사도.

사도 으아아아아악~!

'징징챙챙' 옥추경 경문 읽는 소리가 점점 고조된다.

93. 후원 숲속 무덤방 안 / 밖 _ 밤 (과거)

뇌성벽력 소리에 관 속에서 눈을 번쩍 뜨는 사도.

뗏장이 입혀진 무덤방의 문이 열리면 사도가 나온다.
빗속에서 무장하고 대기 중인 12인의 별감들.
칼을 뽑아 칼집을 던져 버리고 성큼성큼 나아가는 사도. 그 뒤를 따르는
별감들.
사도와 12인의 별감들을 바라보는 박 내관.

94. 동궁 밖 _ 밤 (과거)

사도와 별감들을 가로막는 혜경궁.

사도 비켜.

무릎을 꿇고 사도의 다리를 붙드는 혜경궁.

혜경궁 저하, 거둥을 멈추소서. 이것만은 안 됩니다.
사도 존재 자체가 역모라잖아. 보여줘야지.

혜경궁을 확 밀쳐버리고 앞서가는 사도.

혜경궁 저하! 저하!

95. 창덕궁 수구 _ 밤 (과거)

수구 쇠창살을 열어젖히고 빠져나가는 사도 일행.

96. 청계천 _ 밤 (과거)

첨벙첨벙 물길을 따라 경희궁 쪽으로 전진하는 사도 일행.
'징징챙챙채재재채엥~챙' 옥추경 소리가 증폭된다.

97. 경희궁 금천 수구 _ 밤 (과거)

수구문을 열고 경희궁으로 진입하는 사도 일행.

98. 경희궁 침전 안 / 밖 _ 밤 (과거)

침전을 지키던 영조의 별감들, 다가오는 사도 일행을 보고 멈칫한다.
이들을 순식간에 제압하는 사도의 별감들.
개의치 않고 영조의 침소 앞까지 저벅저벅 전진하는 사도.

영조 (V.O.) 으하하하, 과연 내 손자로다!

창호문에 비치는 두 사람의 그림자.
쏟아지는 빗속에 충혈된 눈으로 우뚝 서는 사도.

영조 그건 그렇고, 지난번 네 아비가 영빈의 회갑연을 치러줬다지?
세손 그러하옵니다.
영조 그때 네 어미는 2배를 올렸는데 너는 4배를 올렸다지?
세손 그러하옵니다.
영조 네 할미는 일개 후궁인데 어찌하여 왕과 왕비에게만 올리는 4배를 올렸느냐. 그건 예법에 어긋나는 일 아니더냐.
세손 ….

칼을 움켜쥔 손에 힘이 들어가는 사도.

영조 세손은 대답해보라.
세손 소손은 할바마마가 왕이 아니어도 100배 1000배를 올릴 수 있사옵니다.
영조 어찌하여 그러하냐.
세손 사람이 있고 예법이 있는 것이지 어떻게 예법이 있고 사람이 있겠습니까. 공자께서도 예법의 말단을 보지 말고 그 마음을 보라 했습니다.
사도 ….
세손 (V.O.) 그날 소손은… 제 아비의 마음을 보았나이다.

퍼붓는 빗속으로 '우르릉' 뇌성벽력이 울린다.
쥐고 있던 칼을 툭 놓는 사도.
하늘을 우러러보는 사도의 얼굴에 쏟아지는 빗물.

99. 인정전 마당 _ 낮

어두운 하늘에서 뒤주를 덮은 떳장 위로 쏟아지는 비.

자막 일곱째 날

뒤주 뚜껑으로 스며든 빗방울이 사도의 얼굴에 떨어진다.
혀를 내밀어 보지만, 고개 돌릴 힘조차 없어 받아먹을 수 없는 사도.
뇌성벽력이 친다.
무덤이 무너지듯 떳장이 허물어지자 빗물이 뒤주 뚜껑 틈새로 줄줄 쏟아
져 내린다.

인정전 문이 열리고 나오는 영조.
월대 위에 서서 뒤주를 내려다보는 영조.

영조 (V.O.) 너의 형 효장세자가 죽고, 내 나이 마흔이 넘어 네가 태어났을 때
얼마나 기뻤으면 핏덩이인 너를 세자로 책봉하고 두 살 때부터 제왕의 교육을 시
켰겠느냐.

멀찌감치 떨어져 비를 맞으며 인정전을 호위하고 있는 별감들.
비를 맞으며 천천히 월대를 내려오는 영조. 급히 우산을 펼쳐들고 따르는
홍 내관.

영조 (V.O.) 그때 네가 보여준 총명과 슬기를 나는 잊을 수 없다. 그랬던 네가
칼 장난 하고 개 그림이나 그리며 공부를 게을리 할 때, 나는 하늘이 무너지는
줄 알았다.

회랑 한쪽에 책상을 놓고 기록하는 채제공.

뒤주 옆에 서 있는 영조.

사도 (V.O.) 그래서 신하들 앞에 허수아비처럼 앉혀 놓고 병신 만들었소?

영조 너 제대로 된 임금 만들려고 그런 것 아니더냐. 네가 실수할 때마다 내 얼마나 가슴 졸였는지 아니?

뒤주 안에서 눈을 뜨는 사도.

사도 그게 어찌 내 실수 때문이겠소. 아버지가 왕이 되는 과정에서 신하들에게 약점을 잡혀 전전긍긍한 것이지.

영조 너는 왕이 되지 못한 왕자의 운명을 모르느냐? 저들의 도움을 받아서라도 왕이 되지 못했다면 나는 그때 죽었다. 내가 죽었으면 너도 없는 거야.

사도 그것을 알기에 아버지를 이해하려고 무던히 노력했소. 하지만 당신이 강요하는 방식은 숨이 막혀 견딜 수 없었소. 공부가 그리 중한 것이오? 옷차림이 그리 중한 것이오?

영조 임금이 공부 모자라고 대님 하나만 삐딱해도 멸시하는 것이 신하다. 이 나라는 공부가 국시고 예법이 국시야.

사도 내가 왜 그날 밤 당신을 죽이지 않고 돌아왔는지 아시오?

영조 ….

사도 사람이 있고 공부와 예법이 있는 것이지, 어떻게 공부와 예법이 사람을 옥죄는 국시가 될 수 있단 말입니까.

뇌성벽력이 친다.

영조 ….

사도 나는 임금도 싫고 권력도 싫었소. 내가 바란 것은 아버지의 따뜻한 눈길 한 번, 다정한 말 한마디였소….

영조 아, 어찌하여 너와 나는 이승과 저승의 갈림길에 와서야 이런 이야기를 할 수밖에 없단 말이냐.

처연히 비를 맞고 있는 뒤주.

영조 나는 아들을 죽인 아비로 기록될 것이다. 너는 임금을 죽이려 한 역적이 아니라, 미쳐서 아비를 죽이려 한 광인으로 기록될 것이다.

사도 ….

영조 … 그래야 네 아들이 산다.

눈물을 흘리며 바닥에 떨어져 있는 부채를 향해 손을 뻗는 사도.

사도 ….

영조 내가 임금이 아니고 네가 임금의 아들이 아니라면 어찌 이런 일이 있겠느냐. 이것이 우리의 운명이다.

처연하게 비를 맞고 있는 영조와 뒤주.
부채 위에 축 늘어진 사도의 손등으로 쏟아지는 빗물.

100. 인정전 마당 _ 저녁

'쿵쿵' 큰 쇠망치로 뒤주 벽을 치는 별감.
뒤주 벽에 구멍이 뚫리자 물러나는 별감.

천천히 뒤주에 다가가는 융복 차림의 영조.

순간, 마당으로 뛰어들어 뒤주 앞에 버티고 서서 영조에게 이빨을 드러내고 으르렁거리는 몽이.

칼을 빼들고 영조를 감싸는 별감들.

내금위장 없애라!

별감 1 황제께서 하사하신….

내금위장 (낮은 목소리로) 황제가 책봉한 세자도 죽이는데, 비켜!

별감1을 젖히고 단칼에 몽이를 베어버리는 내금위장.

뒤주 구멍 안으로 손을 집어넣는 영조.

사도의 콧숨을 떨리는 손으로 확인하고 가슴 위에 머무는 영조의 손.

사도의 죽음을 확인하고 팔을 빼는 영조.

영조 너는 어찌하여 늙은 애비가 이런 지경에 이르도록 하느냐….

사도의 손 아래 깔린 부채를 바라보는 홍봉한.

101. 빈궁전 안 _ 밤

붉은 눈에서 눈물을 줄줄 흘리는 영빈.

영빈 자식 잡아먹은 에미가 살아서 뭐해…. 내 무덤에는 풀도 안 날 거야.

혜경궁 어찌 어머니의 잘못이겠습니까? 애통은 애통이고 의리는 의리입니다.

가슴을 부여잡고 쓰러지는 영빈을 붙잡는 혜경궁.

혜경궁 어머니!

혜경궁의 멱살을 부여잡고 오열하는 영빈.

영빈 내 아들⋯ 내 새끼! 내가 죽인 거 아니지? 내가⋯ 죽인 거 아니지⋯.

혜경궁의 멱살을 잡은 채 실성한 영빈의 충혈된 눈.
멱살을 움켜쥔 영빈의 손을 떼어 내려는 혜경궁.
절명하여 바닥에 쓰러지는 영빈을 멍하니 내려다보는 혜경궁.

(플래시백 – 동궁 마당)
칼을 들고 빗속으로 멀어지는 사도와 별감들을 엎드린 채 바라보는 혜경궁.

혜경궁 (V.O.) : 이 일을 방치하면 언제 주상께서 화를 당할지 모릅니다.

(플래시백 – 영빈처소 툇마루)
비에 흠뻑 젖은 채 영빈을 몰아붙이는 혜경궁.

영빈 ⋯.
혜경궁 저쪽에서 알고 먼저 고변하면 세자에, 세손까지 죽습니다.

은장도를 빼들어 자기 목에 대며,

혜경궁 어머니가 나서지 않으면 제가 죽겠습니다.

영빈 ….

102. 인정전 마당 _ 밤

해체된 뒤주 안에 횃불을 비추면 두 무릎을 웅크린 채 굳어 있는 사도의 시신.

앵앵거리며 날아다니는 파리 떼를 쫓으며 사도의 굳은 시신을 들어내는 별감들.

뒤주 바닥에 떨어져 있는 부채를 바라보다 집어 드는 홍봉한.

103. 인정전 마당 _ 밤

충혈된 눈으로 어가에 올라타는 영조.

영조 경희궁으로 환궁한다. 개선가를 울려라!

도승지 전하, 개선가는 너무 지나치시옵니다. 거두어 주소서!

일동 거두어 주소서!

영조 울리라니까.

조심스럽게 태평소 소리가 흘러나오자 그제야 '둥둥' 북소리가 따른다.

개선가를 울리며 나아가는 영조의 어가.

어가에 앉은 채 눈을 감고 있는 영조.

떠나가는 어가를 바라보는 김한구, 김상로, 김귀주, 홍인한.

김한구 아들 죽이고 개선가라…. 이건 또 뭐지?
김상로 울려야지, 당연히 울려야지. 그게 주상과 우리의 의리야!
홍인한 그 의리가 얼마나 갈 것 같습니까?

104. 금천교 _ 밤

칠흑 같은 밤, 등불을 든 별감들의 호위를 받으며 전진하는 영조의 어가.
마치 저승사자 따라가는 망자의 상여처럼 보인다.
금천교 위에 엎드려 있는 사도의 환영.
개선가 음률을 타고 지나가는 영조의 어가가 사도의 환영을 통과한다.

'우두둑' 뼈 부러지는 소리.

105. 세자시강원(빈전) _ 낮

구부린 채 굳어버린 사도의 오른다리를 '우두둑!' 눌러 펴는 염관들.

자막 여덟째 날

사도의 시신을 염습하는 염관들.
얼음을 채운 평상 위에 사도의 시신을 모시고 쌀뜨물로 상체를 씻은 후 향나무 달인 물로 하체를 씻는다.

새 옷을 입힌 사도의 입에 쌀을 넣고 진주를 올리는 염관.

염관 (쌀을 입에 넣으며) 천 석이오! 이천 석이오! 삼천 석이오!

손톱 발톱 머리카락을 잘라 4개의 주머니에 나눠 담아 넣고 시신을 솜이 불로 감싼다.

(경희궁 침전)
열린 창호문으로 사도가 칼을 들고 서 있던 자리가 보인다.
충혈된 눈으로 뽕나무 판에 사도의 신주를 쓰는 영조의 손끝이 미세하게 떨린다.

영조 (V.O.) 세손의 마음을 생각하고 신하들의 뜻을 헤아려 세자의 지위를 회복하고, 그 시호를 생각할 사, 슬퍼할 도, 사도세자(思悼世子)라 하라.

솜이불에 싸여진 사도의 시신을 입관하고, 손톱 발톱 머리카락을 잘라 넣은 4개의 주머니를 관 네 귀퉁이에 놓는 염관들. 시신 위로 용포를 덮는다.
옆에서 그 과정을 지켜보는 홍봉한. 한쪽에서 기록하고 있는 채제공.

영조 (V.O.) … 또한 세손을 35년 전에 죽은 효장세자의 양자로 입적하여 즉시 동궁으로 책봉하노라.

상복을 입고 사도의 시신 앞에 엎드려 있는 세손.

106. 차일암 계곡 _ 낮

계곡물이 흐르는 너럭바위 위에 차일을 치고 바라보는 폭삭 늙은 영조(83
세)와 정조(25세).
그 뒤에 서있는 김상로, 홍봉한, 김귀주, 김한구 그리고 홍 내관.
사도세자의 기록이 담긴 승정원일기의 해당 장들을 흐르는 계곡물에 담그
는 채제공(40대).

채제공 저하… 그날의 일은 제 뼛속에 새겨두겠나이다.

눈물을 흘리는 채제공. 그 모습을 바라보는 김상로.
종이에서 풀려나와 흘러가는 먹물을 묵묵히 지켜보는 정조.

영조 내가 네 애비의 기록을 지워주는 것은 너와 이 나라의 미래를 위함이다.
정조 ….
영조 누구든, 네 애비를 왕으로 추숭하겠다는 자는 이 나라 종사의 역적이다.
이것이 너와 나의 의리다.
정조 명심하겠사옵니다.

뒤에 서 가만히 지켜보는 김상로.

영조 오늘부터 네 애비의 일은 입에 담지도 마라. 애통은 애통이고 의리는 의리
다.
정조 ….

눈을 스르륵 감는 영조의 눈에서 한줄기 눈물이 흐른다.

107. 인정전 용마루 위 _ 밤

삼장법사 손오공을 비롯한 잡석들이 보이는 지붕 위.
죽은 영조의 용포 어깻죽지와 허리자락을 잡고 휘날리며 고복하는 홍 내관.

홍 내관 상~위~복(上位復)! 상~위~복! 상~위~복! 조선국 영조대왕, 이금(李衿)은 돌아오시오~!

용포를 공중으로 던지는 홍 내관.

108. 인정전 안 / 밖 _ 낮

인정전 마당에 신하들이 상복을 입고 도열해 있다.
인정전 월대 옆 팔각장막에서 상복을 면복으로 갈아입는 정조.

인정전 안에 상복을 입은 채제공, 김상로, 김귀주, 홍인한 등 대신들이 도열해 있고
칼을 찬 별감들이 서있는 용상으로 올라가는 정조.

정조 (정면으로 돌아서서) 과인은 사도세자의 아들이다.

허걱! 하는 김상로와 홍인한 김귀주를 바라보는 채제공.
용상에 앉아 신하들을 굽어보는 정조.

정조 그러나 불령한 무리가 나의 애통을 빙자하여 내 아버지를 왕으로 추숭하고자 한다면, 내 그들을 마땅히 역률로 다스릴 것이다.

안도하는 김상로, 홍인한, 김귀주.

대신들 천세! 천세! 천천세~!

신하들을 굽어보는 정조.

(플래시백)
사도세자 빈소 안.
상복을 입고 있는 세손(11세), 혜경궁, 화완옹주.

화완옹주 세손은 이제 사도세자의 아들이 아닙니다.
세손 ….
화완옹주 빨리 세손을 경희궁 주상 곁으로 보내야 한다니까요.
혜경궁 어서 상복을 벗어라.
세손 싫습니다.

혜경궁이 달려들어 강제로 상복을 벗기려 하자 온몸으로 저항하는 세손.

세손 소자는 싫습니다! 싫습니다!

순간, 세손의 뺨을 때리고 울면서 세손의 상복을 북북 찢어 내리는 혜경궁.

혜경궁 네가 보위를 이어받아야 아버지 한을 풀 것 아니냐!

하염없이 눈물을 흘리는 세손.

109. 돈화문 앞 _ 낮

붉은색 보자기에 싼 커다란 궤짝을 들고 와 돈화문 앞에 '쿵' 내려놓는 영
남 유생들.
그 옆에 도끼를 내려놓고 엎드리는 수백 명의 유생들.
돈화문을 지키고 있는 수문장과 군졸들.

유생대표 전하, 사도세자의 억울함을 풀고 왕으로 추숭하소서. 아니면, 이 도
끼로 저희들 모두의 목을 치소서~!
일동 목을 치소서~!

110. 인정전 마당 _ 낮

용상에 앉아 붉은색 보자기에 싸인 궤짝을 내려다보는 정조(41세).

김상로 전하! (엎드리며) 저 상소를 열어보시는 순간 선대왕과의 의리를 저버리
는 것입니다.
채제공 (엎드리며) 목숨을 걸고 상소를 올린 일만 선비의 뜻은 백성들의 공론이
요 하늘의 뜻이옵니다! 가납하여 주시옵소서!
김상로 선대왕의 뜻을 거역하는 저 역적들을 참수하지 못하시겠다면 차라리 저
희들의 목을 치십시오!

떨리는 손으로 관모를 벗어들고 목을 내미는 김상로.
김상로와 채제공을 번갈아보며

정조 나는 너희들을 죽일 수 있고… 너희들도 죽일 수 있다. 그러나… 그렇게 하지 않을 것이다….

용상에서 일어나 김상로와 채제공을 지나쳐 궤짝 앞에 서는 정조.

정조 개봉하라.

별감들이 보자기를 풀면 더 붉은 궤짝이 드러난다. 엎드려 있는 유생대표들.
궤짝 뚜껑을 열고 만인소를 꺼내 펼치기 시작하는 별감들.

채제공이 만인소를 읽기 시작한다.

채제공 아, 사도세자께서 억울하게 돌아가신 지 30년이 되었사옵니다. 저희 영남 유생들은 낙동강을 건너고 문경새재를 넘어와 피를 토하는 심정으로 감히 부르짖나이다!

인정전 문턱과 품계석을 지나 펼쳐지는 만인소.
만인소를 보며 천천히 걷는 정조.

채제공 (V.O.) 신들이 어찌 하찮은 목숨과 가문을 염려하여 이 나라 종묘사직의 피맺힌 한을 외면할 수 있겠나이까!

충혈된 눈으로 만인소를 보며 조정 뜰을 걸어가는 정조.

채제공 (V.O.) 과거의 의리에 붙들려 오늘의 더 큰 의리를 세우지 않는다면 조선의 장래가 어디에 있겠나이까? 사도세자의 억울함을 풀고 왕으로 추숭하는 일이 단연코 제1의 의리가 되어야 할 것이옵니다!

눈물을 참는 정조의 눈이 벌겋게 충혈된다.

채제공 이에 저희 영남 유생 1만57명은 이 상소를 올리나이다.

채제공 옆에 엎드려 있던 유생대표들이 차례로 상소자의 이름을 보며 호명하기 시작한다.

유생대표 유학(幼學)신(臣) 이후, 유학 신 이여한, 유학 신 김시찬, 유학 신 김종화, 유학 신 류태조, 유학 신 박한사, 유학 신 김희택, 유학 신 조거신….

고개를 들어 정조를 보며 울부짖는 채제공.

채제공 전하! 애통과 의리가 따로 놀아 부모에 대한 효도와 나라에 대한 충성이 엇갈리는 세상에 무슨 희망이 있겠습니까!

우뚝 서는 정조, 인정전 쪽으로 돌아선다.

정조 영의정 채제공은 들으라. 이들의 이름을 단 한명도 빠짐없이 승정원일기에 기록하라!

다시 돌아서서 만인소를 따라 걸어가는 정조.
만인소에 적힌 유생들의 이름이 흘러 지나간다.

유생대표 (V.O.) 진사 신 류회문, 생원 신 김희주, 생원 신 이태순, 생원 신 권취도, 생원 신 권의도, 생원 신 정필규….

만인소가 펼쳐진 인정전 마당의 품계석을 따라 걷는 정조의 발.
찢어진 상복을 입은 어린 세손(11세)으로 모습이 바뀌어 끝없이 펼쳐진 만인소를 따라 인정문 밖으로 걸어 나간다.

유생대표 (V.O.) 유학 신 이경운, 유학 신 성종로, 유학 신 이검행, 유학 신 강세로, 유학 신 이경유, 유학 신 손석, 유학 신 이엄행, 유학 신 김로범….

돈화문이 열리면, 갓 쓰고 도포 입은 수천의 선비들이 엎드려 자신의 이름을 외친다.

유생들 공릉참봉 신 이인행, 유학 신 신치곤, 유학 신 이학주, 유학 신 송지헌, 유학 신 전광제, 유학 신 백두옥….

충혈된 눈으로 그들을 바라보는 정조.

111. 현륭원 (사도세자릉) _ 낮

개선가 소리가 흐르는 가운데 멈추는 어가 행렬.
어가에서 내리는 혜경궁(61세)을 부축하는 정조(44세).

현륭원 홍살문을 지나 재실을 향해 걸어가는 혜경궁과 정조.

112. 현륭원 봉분 _ 낮

정조가 세손 시절 사도에게 들고 갔던 놋대접에 담긴 물이 봉분 혼유석에 놓여 있다.
봉분에 두 손을 얹고 오열하는 정조.
봉분 앞에 무릎을 꿇고 흐느끼는 혜경궁.

혜경궁 저하, 이 여편네를 용서하소서. 환갑이 되어서야 허연 머리를 이고 지아비 앞에 왔사옵니다…. 이 떳떳한 아드님을 보소서. 이제 다리를 쭉 펴고 편히 잠드소서….

봉분의 풀과 흙을 꽉 움켜쥐는 정조.

정조 아버님은 소자가 죽였습니다…. 소자가 태어나지 않았다면 어찌 그날의 일이 있었겠습니까….

손톱 끝에서 피가 배어 나온 손으로 놋대접을 들어 사도세자의 봉분에 붓는 정조.

정조 아버님… 물 드시옵소서….

113. 화성행궁 봉수당 _ 낮

음악이 흐르고 혜경궁의 회갑연이 펼쳐진다.

정조 경들도 회갑을 맞으신 나의 어머니에게 대비의 예를 갖춰 4배를 올리도록 하라.

아들 순조(6세), 화완옹주(58세) 등과 함께 혜경궁에게 4배를 올리는 정조.
모든 사람들이 4배를 올린다.
돌아서서 신하들을 둘러보는 정조.

정조 과인은 사도세자의 묘를 왕릉으로 만들기 위해 이곳 화성행궁을 지었노라. 그러나 과인은 내 할아버지와의 의리를 지켜 내 아버지를 왕으로 추숭하지 않겠다. 하지만 내 아들이 15세가 되면 왕위를 넘겨 그가 내 아버지를 왕으로 추숭하도록 할 것이다.

대신들 천세! 천세! 천천세~!

술잔을 드는 정조.

정조 내 아버지와 어머니의 회갑을 맞은 기쁨을 그대들과 나누려 하노라. 모두 잔을 들라!

잔을 드는 일동.

정조 오늘 이 자리에서 취해 쓰러지지 않는 자, 결코 한양으로 돌아가지 못하리라!

잔을 높이 드는 정조.

정조 불취!

신하들 무귀!

술잔을 비우고 좌중을 둘러보는 정조.

정조 (무대 중앙으로 걸어가며) 내 어린 시절 참혹한 일이 너무나 많아 어머니 앞에서 차마… 재롱 한번 피우지 못했노라.

중앙에 서서 돌아서며 혜경궁을 올려다보는 정조.

정조 내 오늘 제대로 한 번 놀아보겠노라.

정조가 부채를 들어 올리자 "짝"하고 박을 치는 집박.

화완옹주 (혜경궁을 향해) 올케는 좋겠수~!

진고가 "쿵" 울리자 활시위를 당기는 모습의 춤사위를 잡는 정조.
뒤이어 따르는 음악에 맞춰 춤을 추기 시작하는 정조.
미소를 머금고 혜경궁을 보며 음률에 맞춰 너울너울 춤을 춘다.
음률 속에 생황의 소리가 들리기 시작하자 눈을 감고 춤을 추며 혜경궁 앞에서 돌아서는 정조.
멀리 생황을 보고 춤을 추며 애통한 감정에 휩싸이는 정조.
이내 뜨거운 눈물이 흐른다. 낡은 부채를 펼쳐 얼굴을 가리는 정조.
끊어질 듯 이어지는 정조의 춤사위.
정조의 춤사위와 사도의 일생이 파노라마처럼 흘러간다.
'사치' – '손가락 빨고 자는 사도' – '가례' – '용그림' – '눈사람 석고대죄'

– '영빈 환갑잔치' – '퉁!' – '오줌 받아먹던 부채에 얼굴을 묻고 흐느끼는 사도' – '허공에 활을 쏘는 사도'

사도 허공으로 날아간 저 화살이 얼마나 떳떳하냐.

영조 정조 시대의 화려한 의궤들이 펼쳐지면 그 위로 만인소처럼 흘러가는 엔딩 크레딧.

fin

사도(思悼)

Q & A - 최종현 & 오승현 작가

최종현 어떤 계기로 영화계에 입문하게 되었습니까?

오승현 90년대 중반 대학을 갓 졸업하고 영화에 관심이 많아서 비디오를 제작하는 회사에 취업을 하게 되었습니다. 그곳에서 〈왕의 남자〉를 집필하게 되는 최석환 작가를 만난 것을 시작으로 자연스럽게 영화계로 넘어오면서 이준익 감독, 조철현 대표, 故정승혜 대표와 인연을 맺고 현재에 이르게 되었습니다.

그러고 보니 나는 참 복 받은 사람이라는 생각이 듭니다. 왜냐하면 잠자는 거 빼고는 영화에 미친 중증환자들과 인생을 걸고 운명적 영화 공동체에서 함께하고 있으니 말입니다. 〈사도〉 개봉 후에 이준익 감독님이 모 인터뷰에서 이런 말씀을 하신 게 아직도 선명하게 기억에 남

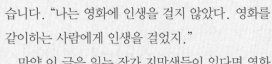
최종현

습니다. "나는 영화에 인생을 걸지 않았다. 영화를 같이하는 사람에게 인생을 걸었지."

만약 이 글을 읽는 작가 지망생들이 있다면 영화 중증환자들과 친분을 쌓기를 당부하고 싶습니다. 그리고 그들과 함께 인생을 걸어보시기를.

최종현 영화사 대표라는 직함과 더불어 시나리오작가라는 두개의 이름을 가지고 있습니다. 글을 직접 쓰게 된 사연이 있으십니까?

오승현 출중한 능력이 있어서라면 얼마나 좋을까요?^^

회사 사정상 경제적으로 절박했기에 전 직원의 작가화를 시도했던 거 같습니다. 요즘 축구나 야구에서도 멀티포지션을 소화하는 선수가 대세이듯이 말입니다. 〈평양성〉을 시발점으로 해서 우리 회사는 대체적으로 공동 창작시스템으로 작업을 진행한다고 봐도 무방할 것입니다. 좀 더 구체적으로 말씀드리자면 한 작품을 가지고 3명 정도의 작가들이 합숙을 하면서 대형모니터에 노트북을 연결해서 바로 타이핑을 하며 작업을 진행합니다. 물론 그 과정에서 격한 토론으로 한 페이지를 넘기지 못하고 날밤을 새기도 하지만 말입니다.

최종현 이 시스템을 헐리웃 공동 창작시스템의 한국적 변형으로 봐도 되겠습니까?

오승현 해석하기 나름이겠지만 숫자나 역할분담에서의 전문성 등 우리가 그들과 비교가 되겠습니까? 그냥 서양식 뷔페와 한국식 비빔밥으로 이해해주시면 좋겠습니다. 우린 우리가 처한 환경에 맞게 최선의 작업 방식을 찾았다고 생각합니다. 물론 상호이해와 존중 즉 사람에 대한 신뢰가 바탕이 되어 있기에 가능했다는 자부심은 헐리웃과 비교할 수 없는 저희만의 장점이겠지요. 그래서 누구를 만나고 누구와 함께 하는가는 작가에게도 정말 중요하다는 것을 말하고 싶습니다.

최종현 사도라는 소재는 어떤 과정을 통해서 나오게 되었습니까?

오승현 〈왕의 남자〉의 성공 이후에 지속적으로 사극에 관심을 기울이던 조철현 작가의 아이템이었습니다. 2005년부터 준비했던 이야기니까 정확히 십년 만에 세상 밖으로 나온 거라고 생각하시면 됩니다.

최종현 사도의 공동작업 멤버 구성은 어떻게 됩니까?

오승현 〈사도〉 시나리오 집필에 참여한 작가는 나 그리고 조철현 작가, 이송원 작가 포함 총 3명입니다. 좀 전 얘기한 우리 회사의 집필 방식대로 작업한 시나리오이며 본격적인 작업과 동시에 석 달 만에 책이 나왔고, 수정 고는 횟수를 헤아려 보지는 않았지만 아마도 디테일한 부분을 모두 합친다는 가정 하에 60고 정도는 될 것입니다.

최종현 짧은 시간에 수준 높은 완성고를 만들어 낸 비결이 있습니까?

오승현 〈사도〉는 숙성의 시간이 무척 길었습니다. 그 의미는 시나리오 작업에서의 프리단계를 충분히 가졌다는 의미입니다. 이 작품의 장르가 사극인 관계로 작가 3명이 〈사도〉에 대한 모든 사료를 몇 달에 걸쳐 쥐 잡듯이 다 뒤졌습니다. 『조선왕조실록』 『승정원일기』 『한중록』

을 비롯해 각종 문헌, 논문자료 등을 섭렵했다는 말입니다.

또한 함께 쓰는 작가들의 팀워크가 좋았습니다. 예를 들면 우리는 인물도 서로 쪼개서 맨투맨 작전을 수행했습니다. 내가 사도였다면 조철현 작가는 영조를, 참고로 공동 작업은 쓰는 순간 함께 혼연일치가 되는 것이 중요합니다. 물론 불협화음이 없을 수는 없습니다. 그럴 때는 다수결이 최고 아니겠습니까? 그리고 키보드를 잡은 자가 칼자루를 쥐게 됩니다. (오승현 작가 본인이 잡았다고 함.)

또한 우리는 이준익 감독님이 직접 시나리오 개발 단계부터 회의에 참여합니다. 그리고 시나리오의 윤곽이 보이면 작품 전체 리딩을 해봅니다. 이 과정 속에서 시나리오를 첫씬부터 엔딩씬까지 몇 차례 돌면서 반복 작업하다보면 자연스럽게 부족했던 부분이 채워지는 것을 발견하게 됩니다.

최종현 사도를 쓰면서 가장 힘들었던 점은 무엇이었습니까?

오승현 우리가 알고 있는 역사의 비극적 사건과 인물을 다루는데 구조적 문제에 대한 고민이 있었습니다. 결국은 현재와 과거와 미래를 오가는 복합적 구조를 잡고 가는데 합의점을 찾았지만 문제는 복잡하다는 것이었습니다. 그래서 우리는 사도가 죽음을 맞기까지의 8일에만 집중하기로 했습니다. 이 일수에 우리가 항상 작업에서 사용하는 8개의 시퀀스를 대입해보니 딱 맞아 떨어지는 것이었습니다. 이렇게 해서 우리는 그 난관을 극복할 수가 있었습니다.

최종현 사도가 다른 사극과 차별화되는 점은 무엇이라고 말할 수 있겠습니까?

오승현 일단 우리는 시나리오 집필 단계부터 이 작품을 '감정액션드라마'라 명명하였습니다. 이 말은 두 인물 즉 영조와 아들 사도의 감정이 변화하는 액션을 가장 중요하게 그리고자 했다는 것입니다.

물론 다른 사극들 또한 인물간의 갈등을 부각시킨다는 점에서는 대동소이하다고 할 수 있겠습니다. 하지만 이 작품은 아버지와 아들이라는 1차적 혈연관계를 바탕으로 피가 튀는 액션도 없이 가장 비극적인 결말로 귀결된다는 점에서 분명 차별성을 가지고 있습니다. 그래서 우리는 현실을 토대로 두 인물간의 섬세한 감정 액션 변화에 주안점을 두었습니다.

최종현 제목이 사도입니다. 그렇다면 사도세자라는 인물은 어떤 캐릭터로 정의할 수 있을까요?

오승현 우리는 이 작품을 쓰면서 90%의 역사적 사실을 바탕으로 10%의 작가적 재해석을 가미하기로 의중을 모았습니다. 사도세자는 어려서 굉장히 뚱뚱했다고 역사서에 기록되어 있습니다. 아버지 영조가 40이 넘어서 낳은 사도세자는 제왕적 교육을 받았으나 잡기를 비롯한 다방면에 소질이 있다 보니 공부에는 소홀했던 거 같습니다. 우리는 이 몇 줄 안 되는 기록을 최대한 동시대의 우리 현실 속으로 가져오려 노력했습니다. 이 영화를 통해 사도세자는 왜 사이코패스처럼 행동했는지, 그 이유를 설득력 있게 보여드릴 것입니다. 그리고 아버지의 정을 그리워했던 본능적인 자식의 마음을 통해 측은지심 또한 느껴지는 인물로 형상화 할 것입니다.

최종현 영화계에 이슈 중 하나가 시나리오작가 표준계약서입니다. 작가이자 제작자로써 어떤 생각을 가지고 계십니까?

오승현 지금까지 작가들에겐 의무만 있고, 권리는 없었는데 본인들의 가장 기본적인 것을 찾는 것은 당연하다고 생각합니다. 오히려 늦은 감이 없지 않습니다. 하지만 내 생각에 현재의 표준계약서는 시작에 불과합니다. 사견을 전제로 우리 회사는 앞으로 신인작가에게도 작품에 걸맞은 개런티와 더불어 인센티브를 지불할 생각입니다. 시나리오작가는 한국영화의 미래이며 그에 걸맞은 권리를 찾는 일에 일조하고자 하는 것이 저의 생각입니다.

최종현 작가를 꿈꾸는 지망생들에게 해주고 싶은 말이나 추천해주고 싶은 책이 있으신지요?

오승현 마음대로 주저 없이 쓰라는 말을 해주고 싶습니다. 여러분 자유롭게 상상하고 마음대로 써보시길 바랍니다. 그리고 두려워하지 말고 책을 세상에 보여준다면 분명 그 값어치를 알아볼 사람들이 있을 거라고 생각합니다.

추천해주고 싶은 책은 예전에는 한글판이 없어서 꾸역꾸역 사전을 찾아가며 원서로 읽었던 『Save the cat』이라는 책이 떠오릅니다. 지금은 한글판이 나와 있고 쉬우면서 읽기 편한 책이니 한번 정독해보시길 권합니다.

최종현 어리석은 질문 하나 하겠습니다. 작가 개인적으로 역사 속의 인물 중에서 뒤주에 가둬놓고 싶은 사람이 있습니까?

오승현 뒤주에 가두고 싶은 사람이 어디 한두 명이겠습니까? 하지만 사도 시나리오를 쓰면서 내 스스로 그 안을 골백번 들어갔다 나오다 해보니 도저히 사람을 그 안에 가두어 넣을 수 없겠다는 생각이 듭니다.

최종현 사도를 한 문장으로 정의해주시면요?

오승현 사도는 누구나 알지만, 그러나 아무도 몰랐던 이야기입니다.

작가의 해설

영화 〈사도〉는 조선왕조 최대의 비극으로 알려진 사도세자의 죽음을 정면으로 다룬 사극입니다. 다양한 영화와 TV드라마가 18세기 영, 정조 시대를 배경으로 제작되었지만, 사도세자를 주인공으로 삼아 본격적으로 조명한 작품은 매우 드문 실정입니다.

한국 사람이라면 누구나 사도세자가 아버지 영조에 의해 뒤주에 갇혀죽은 사실을 알고 있지만, 그가 어떤 인물이었으며 왜 그토록 참혹한 죽음을 당해야 했는지에 관해 제대로 아는 사람은 의외로 적습니다. 더구나 할아버지에 대한 의리와 아버지에 대한 애통 사이에서 피고름을 흘릴 정도로 고뇌했던 정조의 딜레마가 만인소와 수원 화성, 오회연교로 이어졌다는 사실을 아는 사람은 극소수입니다.

영화 〈사도〉는 이처럼 '누구나 잘 아는 것 같지만 실은 잘 모르는' 사도세자 이야기를 모티프로 삼고 있습니다.

군주인 아버지가 왕세자인 아들을 좁은 공간에 가둬 죽였다는 것은 그리스 비극이나 셰익스피어 비극을 비롯한 서양의 비극들을 통틀어서도 찾아보기 힘든 설정입니다. 중국이나 일본에도 비슷한 사례가 없는 이야기인 듯합니다. 자식을 살리겠다는 명분으로 아내가 부추기고 어머니가 고변하여 아버지에 의해 죽임을 당한다는 이야기는 아마도 인류역사상 전무후무한 이야기일 것입니다. 영화 〈사도〉의 제작진은 이처럼 독특한 비극성을 극한의 드라마로 승화시켜 국내 관객뿐만 아니라 해외 관객의 심금도 울릴 수 있는 영화를 만들고자 합니다.

또한 영화 〈사도〉는 역사에 대한 허무맹랑한 날조로 오락성을 추구하는 이른바 '팩션 사극'과는 정반대 지점에서 영화의 비극성을 극대화하고자 합니다. 사도세자의 죽음을 둘러싼 인물들과 역사적 사실 그 자체가 엄청난 비극성을 함축하고 있기 때문에 가능한 일이었습니다.

시나리오 구성

이 시나리오의 1차 사료 중 하나인 『한중록』에 따르면, 사도세자는 1762년 윤 5월 13일(양력 7월 4일)에 뒤주에 들어가 같은 달 20일에 죽었습니다. 영화 〈사도〉는 사도세자가 뒤주에 갇혀 있었던 8일간의 이야기와, 영조 사도세자 정조 3대에 걸친 60여 년의 이야기가 동시에 진행되는 복합적인 구성을 취하고 있습니다.

예를 들자면 영조가 사도세자를 뒤주에 가두는 첫째 날 에피소드를 보여준 뒤, 어린 사도세자가 영조의 기대와 사랑을 받는 장면들을 보여줍니다. 더위와 갈증을 견디다 못한 사도세자가 뒤주를 박차고 나오는 셋째 날 에피소드 다음에는 성년이 된 사도세자가 대리청정을 하며 영조와 갈등을 겪는 장면들이 이어집니다. 어느 지점에 이르면 그 순서가 역전되기도 합니다.

기존 사극에서는 볼 수 없었던 참신한 방식으로 두 개의 시간 축을 병치하고 충돌시킴으로써 현재와 과거 사이의 미묘한 극적 긴장을 유발하고자 했습니다. 사도세자가 죽었다는 결과보다는 그 과정에서 어떤 일이 벌어졌는지, 그리고 아버지와 아들은 어쩌다 그 지경에 이르렀는지에 초점을 맞추고자 했습니다.

Filmography

| 오승현 |

Producer 및 제작

달마야 놀자, 2001

황산벌, 2003

달마야 서울가자, 2004

날아라 허동구, 2007

님은 먼 곳에, 2008

구르믈 버서난 달처럼, 2010

평양성, 2011

시나리오
구르믈 버서난 달처럼, 2010
평양성, 2011

| 최종현 |

감독

어린왕자, 2008

시나리오
나의 결혼 원정기, 2005
그랑프리, 2010
더 테너, 2014

개봉 : 2016. 1. 27
주연 : 이성민, 이희준, 이하늬
감독 : 이호재

※ 본 이미지는 시나리오 책자의 표지 이미지입니다.

| 이소영 |

서울예대 극작과 졸업.

주요작품
〈화성으로 간 사나이〉〈흑심모녀〉 원안.
〈여고괴담3〉〈아파트〉〈미확인동영상〉〈로봇, 소리〉 각본.

시놉시스

10년 전 실종된 딸, 포기하려는 순간 녀석이 나타났다!

2003년 대구, 해관(이성민)의 하나뿐인 딸 유주가 실종되는 사건이 벌어진다. 아무런 증거도 단서도 없이 사라진 딸의 흔적을 찾기 위해 해관은 10년 동안 전국을 찾아 헤맨다.

모두가 이제 그만 포기하라며 해관을 말리던 그때, 세상의 모든 소리를 기억하는 로봇 '소리'를 만난다.

"미친 소리 같겠지만, 이 녀석이 내 딸을 찾아줄 것 같습니다."

해관은 목소리를 통해 대상의 위치를 추적할 수 있는 로봇의 특별한 능력을 감지하고 딸 유주를 찾기 위해 동행에 나선다. 사라진 딸을 찾을 수 있다는 마지막 희망을 안고 '소리'가 기억해내는 유주의 흔적에 한 걸음씩 가까워지는 둘.

한편, 사라진 로봇을 찾기 위해 해관과 '소리'를 향한 무리들의 감시망 역시 빠르게 조여오기 시작하는데….

과연 그들은 사라진 딸 유주를 찾을 수 있을까?

집필기

▪ 마음은 아무리 거대한 이야기라도 움직인다. 〈로봇, 소리〉

영화 〈로봇, 소리〉의 아이디어부터 집필 과정을 써달라는 제안을 받았을 때, 부담스러운 마음이 먼저 생겼다. 영화 시나리오 작업은 계약을 하는 그 순간 여러 사람의 뇌 활동이 함께 역동하는 과정의 작업이다. 때문에 나 혼자 이러쿵저러쿵하며 개인의 기억으로 쓰는 것이 부담이었다.

나는 '개인의 기억'에 대해 별로 신뢰하지 않는다. 그 중엔 나의 기억도 포함된다. 한 편의 영화가 개봉하면, 다양한 사람들의 '기억'이 한 영화에 공존하게 되어 있다. 이 글을 읽으시는 분들에게 이 원고는 한 영화의 시나리오 작업에서 일어난 지극히 개인적인 기록이라는 전제로 읽어 달라고 부탁드리고 싶다.

■ **아무도 불러주지 않는 시간에 만난 한 줄 – 누군가 내 말을 들어줬으면 좋겠다.**

2006년은 동네 도서관으로 출퇴근을 하며 글을 썼다.

시나리오 작가만이 아니라 프리랜서에게는 주기적으로 그런 시간이 오게 되는 거 같다. '아무도 불러주지 않는 시간' 당시 내 감정을 비유하자면 이랬다. 충무로라는 야구장에 만년 후보 선수로 앉아 있었는데, 이제는 후보 선수로도 자격이 없으니 너 좀 나가줄래? 이런. 뭐라도 써야 하는데 그것이 꼭 시나리오는 아니어도 되는 순간이었다. 그래서 끼적끼적 소설을 쓰기 시작했다. 그때는 외로워서 '누가 내 말 좀 들어 주었으면 좋겠다.' 싶었다. 그러다가 – 세상에 모든 말을 듣고 있는 존재가 있다면 – 이라는 가설. 이어서 그런 로봇이라면, 아마 우주에 있는 전지전능한 존재 같겠지, 그러다 보니 인공지능인 인공위성이 생각났고, 이어 소년과 로봇의 만남으로 전개가 나아갔다.

뚜벅뚜벅, 꾸역꾸역. 그렇게 소설을 썼다. 출간이 목표거나 그런 건 아니었다. 그러니까 밥을 먹고 아침에 일어나고, 밤에는 잠을 자는 존재인데, 생산적인 뭐라도 해야 하는 상황이었다. 그러다보니 그해 그

도서관에서 첫 소설 초고가 끝났다. 그것이 영화 〈로봇, 소리〉의 시작이 될 거라고는, 그때는 알지 못했다.

그 소설을 몇몇 지인을 읽히고는 문장이 왜 이 모양이냐는 의견을 상당수 들었다. 좌절했고 쪽팔렸다. 그래서 책상 서랍에 그냥 넣어두었다.

그리고 2011년. 어느 날 뉴스에서 러시아 인공위성 파편이 추락할 거라는 보도를 보았다. 그날 문득 그 소설이 떠올랐다. 다시 소설을 꺼내었고 시나리오 초고를 쓰기 시작했다.

그 기간에 병상에 오래 누워 계셨던 외할아버지가 돌아가셨다. 마지막으로 외할아버지를 본 것은 병실 철제 침대에서 가지처럼 말라 있는 몸이었다. 외할아버지의 장례식을 마치고 며칠 후 다시 책상에 앉았을 때는 시나리오 전반에 죽음의 이미지가 짙게 들어와 있었다. 그리고 이야기의 흐름은 누군가의 죽음, 그리고 남겨진 사람들의 이야기가 완결된 시나리오 초고 전반에 깔렸다.

2006년과 2011년에는 큰 차이가 있었다. 나에게는 좋은 동료들이 있었다. 「좋은 날」 영화사 멤버들이다. 그들에게 여러 조언을 받으며 다시 초고 시나리오를 고쳤고, 드디어 2012년 4월 DCG플러스를 만나 시나리오 계약을 할 수 있게 되었다.

〈로봇, 소리〉의 초창기 시나리오는 로봇과 소년의 우정 이야기였다. 영화화된 아버지와 로봇이라는 설정과는 큰 차이가 있다. 이 과정 사이에 어떤 일이 있었던 것이냐는 질문을 받곤 한다. '상업성을 추구한 영화사의 선택 혹은 압박이냐'고 단도직입적인 질문도 받아봤다. 그런 결과론적인 문제가 아니었다. 그리고 이 과정이야 말로 상업 '영화화' 과정의 여행이라 할 수 있겠다.

■ 도덕적 딜레마 - 소년

이 글을 읽으실 분들의 이해를 돕고자, 〈로봇, 소리〉의 초창기 버전인 로봇과 소년이 주인공인 줄거리를 짤막하게 요약하고 넘어가겠다.

세상의 모든 소리를 듣는 인공위성 로봇이 추락했고, 하필(?) 대한민국 굴업도 섬에서 열일곱 소년을 만난다. 이 소년은 소년원에서 막 퇴원했고 사람들이 이 소년을 '살인자'라고 부르기도 한다. 이 소년의 죄목은 꽤 센 거 같다. 로봇을 발견한 소년은 서로 공감해 간다.

국정원과 나사가 위성을 찾기 위해 추적극이 시작될 무렵. 이 소년이 식물인간 상태인 아버지의 산소 호흡기를 스스로 뺀 사건의 비하인드가 밝혀진다. 하지만 로봇 소리는 모든 소리를 들을 수 있기에 소년의 아버지의 죽음은, 아버지가 소년에게 부탁했던 일이었음을 로봇은 알고 있다. 로봇은 국정원과 나사에게 붙잡히고 싶지 않다. 그들이 '자신 속에 내재된 정보를 가지고 사람들을 해친다는 걸' 인지하기 때문이다. 그들에게 잡혀 그런 도구로 이용될 바에는 소년에게 자신을 죽여 달라는 로봇. 아버지와 같은 딜레마에 봉착한 소년. 그럼으로 소년은, 로봇을 끝까지 책임지고 싶어 보호한다.

2012년 시나리오 각색이 시작되자, 첫 번째로 봉착한 문제가 소년의 도덕적 딜레마에 관한 것이었다.

'아버지의 산소 호흡기를 뺀 소년, 그것이 그 죽음이 아버지가 원했던 것이라도' 이 부분을 어떻게 풀 것이냐가 관건이었다.

주인공이 이런 묵직한 도덕적 딜레마를 가지고 있으면 이야기의 톤앤 매너(tone&manner)를 밝게 끌어 올리는 것은 어렵다. 당연지사로 '상업영화'가 가지는 '이야기를 밝게 돌리는 덕목'과도 괴리가 생기게 된다.

'소년보다 부성애가 상업적이다.' 라는 건 그 다음 문제였다. 이 소년이 가지는 도덕적 딜레마는, 관객에게 단순하게 동정과 연민을 주며 포근하게 다가가는 캐릭터가 아닌, 도덕적 질문을 던질 수 있는 캐릭터였다.

코믹요소를 넣어 이야기를 방방 뛰어 보기도 하고, 동료들과 시나리오 회의를 하며 고치기도 했지만, 결과적으로 그 딜레마의 무게는 피해갈 수 있는 것이 아니었다. 정면으로 풀어내거나 혹은 뛰어난 테크닉이 있었다면 가능했을까. 그 방향의 각색 과정의 끝까지 가서 풀어보지 못했기에 지금도 나는 모르겠다.

이런 각색 과정 중 이호재 감독님이 합류하셨고, 남겨진 딜레마를 감독님과 제작자 분들이 '대구지하철 참사'와 '부성애'를 가지고 들어오시면서 다른 방향으로 넘어갔다. 바로 이 각색 방향이 완성된 영화의 형태로 다가가는 결정적 지점이었다.

그렇게 감독님의 각색고를 거치면서 다시 나에게 각색이 돌아왔을 때는 2013년이 되었다. 다시 각색을 해야 했을 때 소년은 사라지고, 참사를 겪은 가족의 중년의 아버지가 남았다. 물론, 이 아버지 캐릭터는 당시 나에게 낯선 존재였다. 실종된 딸을 찾는 아버지를 세상에 모든 소리를 듣는 로봇이 돕는다고 설정을 바꾸고 각색을 다시 해나갔다.

각색 자체의 노동도 막강하지만, 무엇보다 참사라는 현실의 비극성이 커서 괴로웠다. 참사 관련 자료들을 볼수록 내가 감히 이 이야기를 써도 되는 것인가, 라는 의문과 의심에 휩싸이기도 했다. 혹여 참사를 눈물의 도구로 이용하는 것이 아니냐는 스스로를 향한 질문이 계속됐다. 그런 생각에 집중되자 이야기에 집중이 되지 않았다. 기술적인 각색만 한다는 심정으로 주인공 캐릭터에 거리감을 두고 각색을 해가던 중, 이 불쌍한 아버지와 마음이 닿는 날이 왔다.

영화 속에는 없는 장면이지만, 내가 그 마음으로부터 어느 정도 해방될 수 있었던 시나리오 속 장면이 있다.

주인공 해관이 바다에서 떠밀려온 죽은 상괭이나 물고기들을 땅에 묻어주는 행동을 한다. 후에 그 행동에 대한 해관의 대사는 이랬다. "만약, 내 손으로 내 딸의 시체라도 묻어 줄 수만 있었다면 이렇게까진 하지 않았을 거야."라고. 그러니까 주인공 해관이는 어쩌면 딸이 이미 죽었다는 것을 예상했을 수도 있었다. 다만, 시체조차 만질 수 없었던 아이러니한 현실을 인정할 수가 없었고, 믿을 수도 없었다. 이상하게도 그 대사를 쓸 때 눈물이 쾅쾅 났다. 아마도, 그런 참사를 겪은 가족의 입장을 상상하며 할 수 있는 나의 최선의 말이 아니었을까 싶다. 겨우 그 최선이라도 뱉어내자 내 선에선 각색을 마칠 수가 있었고, 소년과는 전혀 다른 중년 아버지인 해관에게 다가갈 수 있었다.

이 경험은 나에게 '각색'에 대한 생각을 바꾸게 만들었다. 시나리오 작업을 하다보면, '나의 생각'이라 고집하던 것을 바꿔야 하는 지점에 오게 될 때가 많다. 내가 가장 고통을 느끼는 글 작업이 이 부분이었다. 하지만 만약, 혼자만의 것을 고집하기만 한다면, 그런 아픈 아버지의 마음에 닿아 보려는 노력조차 해보지 못했을 것이다. 각색을 한다는 건, 내가 알지 못했던 인물을 타자를 통해 새롭게 만나고, 그 인물에 닿아보려고 노력하는 과정 자체가 아닐까.

■ SF인가, 판타지인가. 장르 고민의 과정

〈로봇, 소리〉의 장르는 SF인가? 판타지인가?

2012년 시나리오 각색 회의가 본격화될 때 이 질문에 바로 대답하지 못했다.

판타지나 SF장르를 좋아하는 글 쓰는 사람들은 모두 같은 고민을 할 것이다. SF건 판타지건 이 장르들의 특징엔 이런 물음이 있다. 어떻게 하면 이야기를 땅에 붙일 것인가.

SF와 판타지의 방향성을 정하는 것이 무척 중요했다. '지금 알고 있는 걸 그때도 알았더라면'이라는 어느 시의 대목처럼. 〈로봇, 소리〉를 각색하던 때에 그것을 머리로만 알고 체감으로 느끼진 못했던 거 같다. 하지만 돌아보니, 그 둘은 명백히 달랐다.

SF는 말 그대로 SCIENCE FICTION이다. 여기에는 아직 증명되지 않았지만, '가설'로 존재하는 과학의 논리들이 있다. 판타지는 세계 질서를 새롭게 창조하는 거대한 작업이다. 그 둘은 '땅에 붙여서 말 되게 만드는 이야기'로는 같지만, 다르다. 그렇기 때문에 장르 구분을 다르게 해뒀을 것이다.

〈로봇, 소리〉에도 장르 선택의 딜레마가 있었다. 세상에 모든 소리를 듣는 인공위성 로봇은, 로봇이기 때문에 과학 베이스를 가지고 있지만, 동시에 세상에 모든 소리를 들을 수 있는 능력이 있기 때문에 판타지한 존재가 된다. 이 둘 중 어디에 무게를 실을 것인가가 장르적 경계를 결정하게 되고, 톤 앤 매너를 바꾸게 된다.

초고 시나리오를 쓸 때만 해도 〈로봇, 소리〉의 장르를 'HARD SF'(단단한 과학적 사실 기반의 스토리)는 무리가 있을 거라는 걸 알고 있었다. 그래서 당연히 'SOFT SF'(과학적 엄격함으로부터 좀 더 자유로운 스토리)라고 판을 깔아 놓고 작업하였다. 하지만 〈로봇, 소리〉가 가진 그 능력 자체를 소프트하게 설명한다고 해도 다소 무리가 있었다. AI 인공위성과 딥러닝이라는 과학적 논리를 무장하고는 있지만, 과학적으로 완전히 설명하지 못했던 부분들은 판타지에 맡겨 버렸다. 그 결과, 시나리오는 '판타지, 드라마'기도 하고, 동시에 'SF, 드라마' 같기도 했다. 그래서 SF가 가지는 과학적 지식이 주는 쾌감의 맛이나 판타지가 가지는 새로운 세상을 보여주는 신선함을 선명하게 대본에서 가져오지 못하고, 강력한 드라마에 많은 무게가 실리게 된 면이 없지 않나 싶다.

만약 내가 각색고를 거듭할수록 그 부분을 냉정히 '복기'해 보며 그 경계에 대해 정교하게 질문하고, 결단하듯 답하고 성실하게 고칠 수 있었다면 어땠을까?

아쉬움이 남는다.

■ 마치며

나의 최종 작업은 2014년 1월에 종료되었다.

〈로봇, 소리〉 시나리오 작업을 하는 과정 속에서 '이게 가능하겠어?'라는 의문이 내 마음 속에 내내 있었다. '로봇이 나오는 한국 영화'라는 말 자체가 가지는 여러 편견에 대해서도 알고 있었다. 하지만 이 과정 속에서 신앙처럼 믿는 말이 있었다.

'마음은 아무리 거대한 이야기라도 움직인다.'라는 것.

소리가 그 믿음을 극장에서 보여줘서 고맙다.

개봉 : 2016. 4. 13
주연 : 임수정, 조정석, 이진욱
감독 : 곽재용

※ 본 이미지는 시나리오 책자의 표지 이미지입니다.

| 고정운 |

주요작품
〈4월의 일기〉〈시간이탈자〉 각본

시놉시스

1983년 1월 1일, 고등학교 교사 지환(조정석)은 같은 학교 동료이자 연인인 윤정(임수정)에게 청혼을 하던 중 강도를 만나 칼에 찔려 의식을 잃는다. 2015년 1월 1일, 강력계 형사 건우(이진욱) 역시 뒤쫓던 범인의 총에 맞아 쓰러진다. 30여 년의 간격을 두고 같은 날, 같은 시간, 같은 병원으로 실려 간 지환과 건우는 생사를 오가는 상황에서 가까스로 살아나게 되고, 그 날 이후 두 사람은 꿈을 통해 서로의 일상을 보기 시작한다.

두 남자는 처음엔 믿지 않았지만, 서로가 다른 시간대에 실제 존재하는 사람이라는 것을 알게 된다. 건우는 꿈속에서 본 지환의 약혼녀 윤정과 놀랍도록 닮은 소은(임수정)을 만나게 되면서 운명처럼 그녀에게 마음이 끌린다. 어느 날, 건우는 1980년대 미제 살인사건을 조사하던 중, 윤정이 30년 전에 살해당했다는 기록을 발견하고, 사건을 파헤치기 시작한다. 지환 역시 건우를 통해 약혼녀 윤정이 곧 죽을 운명에 처해있다는 사실을 알게 된다. 두 남자는 윤정의 예정된 죽음을 막기 위해 시간을 뛰어넘는 추적을 함께 시작하는데……

"사랑해. 내가 꼭 지켜줄게."
서로 다른 시대, 하나의 살인사건.
사랑하는 그녀를 구하기 위한 두 남자의 간절한 사투가 시작된다!

집필기

중학생 시절, 친구 집에서 빌려 본 〈빽투더퓨쳐〉는 그야말로 충격이었다. 시간여행을 통해 과거를 바꾸고 그로 인해 미래가 바뀌는 이야기 구성은 까까머리 중학생 시절의 나를 단번에 사로잡았다. 누구나 과거의 실수를 후회하기 마련이고, 할 수만 있다면 되돌리고 싶어 한다. 그 시절의 나 또한 과거에 대한 후회가 있었던 거 같다. 만약 그때, 이랬다면 어땠을까, 과거로 갈 수 있다면 어떨까. 머릿속에서 공상으로만 꿈꾸던 그런 생각들이 눈앞에서 영상으로 펼쳐지니 빠져들 수밖에 없었던 거 같다. 물론, 이야기의 재미가 탁월한 것도 한몫을 했을 것이다.

영화에 본격적으로 빠져든 것도 그때부터가 아니었을까 싶다. 현실에서 이뤄질 수 없는 일들이 브라운관을 통해, 스크린을 통해 눈앞에 펼쳐졌다. 2시간이라는 시간 동안 현실을 잠시 잊고, 판타지의 세계로 빠져드는 경험은 현실의 무력감과 무료함을 달래주기에 충분했다. 그러면서 나도 그런 이야기를 만들고 싶다는 생각이 들었다.

〈빽투더퓨처〉의 영향 때문일까. 대학시절 처음 쓴 내 습작품은 시간여행이었다. 이야기를 구성하면서 어떤 매개체를 통해 과거로 가느냐가 관건이었다. 〈빽투더퓨처〉에서는 자동차였고, 〈엑설런트 어드벤처〉에서는 공중전화박스였다. 고민 끝에 생각해낸 건 거울이었다. 어느 날 신비로운 거울을 구입하게 된 주인공이 그 거울 속으로 빨려 들어가 1년 전 과거로 가게 되고, 죽을 운명의 여자 친구를 살려내면서 벌어지는 이야기였다. 1회 씨네21 공모전에 냈고, 보기 좋게 떨어졌다. 처음 쓴 습작품이 당선될 리 만무했고, 지금 생각하면 이야기 또한 뻔하디 뻔했다. 다시 시간여행을 제대로 써보고 싶은 생각은 늘 있었지만, 한동안 다른 소재들로 습작하며 시간여행 소재는 잠시 묻어두어야 했다.

그러던 어느 날, 흥미로운 컨셉의 영화를 한 편 보게 되었다. 2000년대 초반 즈음이었던 거 같다. 데미 무어 주연의 〈패션 오브 마인드〉라는 영화였는데, 장르는 드라마에 가까웠고, 아이템에 비해 이야기의 재미는 싱거웠지만, 콘셉트 하나만은 흥미로웠다. 영화에는 두 명의 데미 무어가 등장한다. 한 명은 뉴욕에 살고, 또 다른 한 명은 파리에 살고 있다. 뉴욕의 데미 무어가 잠들면, 파리의 데미 무어가 깨어나고, 다시 그녀가 잠들면, 뉴욕의 데미 무어가 깨어나는 식이었다. 두 사람은 꿈을 통해 서로의 일상을 훔쳐봤다. 동시간대를 살고 있는 두 사람이기에 영화 후반부에는 뉴욕의 데미 무어가 파리의 데미 무어를 보러 가는 장면도 나온다.

　난 이 영화를 보고 오랜만에 시간여행을 떠올렸다. 만약, 동시간대 다른 지역이 아니라, 다른 시간대 같은 지역이면 어떨까 하고. 80년대 남자와 2000년대 남자가 꿈을 통해 서로의 일상을 보게 되고, 2000년대 남자의 도움으로 80년대 남자가 과거를 바꿀 수 있으면 어떨까 하고. 그런데 두 남자가 서로 꿈으로 연결된 데에는 어떤 사연이 있다면, 예를 들면 환생 같은. 서양적인 소재인 시간여행과 동양적인 소재인 환생이 들어가면 독특한 이야기가 나올 것 같았다.

　하지만 이야기가 무르익는 데는 오랜 시간이 걸렸다. 그 사이에 약간의 오리지널 시나리오와 영화사 기획 작품들을 쓰면서 한동안 떨어져 있어야만 했다. 2009년 이 이야기를 써야겠다고 맘먹은 건 언제까지 영화사 기획 작품만 쓸 수만은 없다는 생각에서였다. 그리고 한국에서 한동안 시간여행 소재가 나오지 않아 해볼만 하다는 생각도 들었다.

좋은 아이템을 떠올리면, 그 다음으로 고민하게 되는 게 장르다. 어떤 장르로 푸느냐에 따라 같은 아이템이라 하더라도 캐릭터, 스토리, 메시지가 달라지기 때문이다. 물론, 선택의 기준에 있어서 제일 우선시 되는 건 이야기의 재미다. 그래서 집필에 앞서 어떤 장르로 풀어야 이야기가 가장 흥미로울지 늘 고민하게 된다.

〈시간이탈자〉 또한 그랬다. 스릴러와 성장드라마를 두고 고민했다. 장르에 따라 캐릭터, 스토리, 메시지가 무척이나 달랐다. 둘 다 쓰고 싶었지만, 한 아이템으로 두 이야기를 쓸 순 없는 노릇이었다. 둘 다 시간여행과 환생이 들어가기 때문이었다. 한동안은 성장드라마에 마음이 더 기울었다. 충무로 영상작가교육원 시절, 한 선생님은 영화 시작과 끝을 비교했을 때 캐릭터가 달라져 있어야 한다고 늘 강조하셨다. 경험에 비춰보면, 2시간이라는 시간 동안 변화 성장하는 캐릭터를 만들기는 녹록치 않다. 그러나 성장드라마는 이야기 안에서 캐릭터의 변화와 성장이 자연스럽게 드러나기 때문에 애쓰지 않아도 캐릭터의 변화를 충분히 보여줄 수 있었다. 또한 변화를 통해 메시지도 자연스럽게 드러나기 때문에 고민되지 않을 수 없었다. 결국, 장고 끝에 스릴러를 선택했다. 감정의 변화를 세심하게 그려야 하는 성장드라마보다는 장르에 맞춰 쓰는 스릴러가 더 빨리 나올 수 있겠다는 생각도 들었지만, 2009년만 해도 드라마보다는 스릴러에 더 매료돼 있었기 때문이다.

하지만 스릴러가 더 빨리 나올 수 있겠다는 생각은 나의 오산이었다. 80년대와 2000년대를 오가는 이야기 구성은 머리를 복잡하게 할 뿐만 아니라, 이야기를 따라가기 급급해 캐릭터를 놓치기 일쑤였다. 하루에도 몇 번씩 중도에 포기하고 장르를 틀어볼까 하는 생각도 들었지만, 한편으로는 끝을 보고 싶었다. 오기로 시나리오를 마무리 짓고 친한 피디님한테 모니터를 부탁하며 시나리오를 보냈다. 2시간 뒤에 만난 피디님은 만나자마자 시나리오가 흥미롭다고 했다. 그런데 얘기를 듣다 보니 내가 의도한 것과 다르게 읽었다는 걸 알게 됐다. 캐릭터가 많고, 이야기가 복잡하다 보니 피디님이 이야기를 추측해 나름의 이야기를 만든 듯 보였다. 그래서 곧바로 이야기의 복잡함을 덜어내는 작업에 들어갔다.

다행히 2010년 3월 말에 시나리오마켓에 등록한 〈시간이탈자〉는 6월쯤 1분기 최우수상을 받고, 몇 군데 영화사에서 러브콜이 들어왔다. 그중 가장 먼저 제안이 들어온 곳은 씨제이였다. 다행히 그곳 피디님은 내 의도대로 시나리오를 읽으셨고, 계약을 하고 싶어 했다. 마침 씨제이에서 시간여행 시나리오를 찾고 있던 터라 운도 좋았다. 몇 번의 미팅으로 9월쯤 계약하게 되었다.

오리지널 시나리오는 당장 계약금을 받을 순 없지만, 영화사의 간섭 없이 작가 마음 가는 대로 쓸 수 있다는 게 가장 큰 장점일 것이다. 하지만 영화사와 계약해 수정 작업에 들어가면 애기는 달라진다. 계약서에 도장을 찍는 순간, 영화사의 입김이 작용하고, 타협점을 찾아야 하는 과정이 뒤따를 수밖에 없다. 분명 더 많은 의견을 들을 수 있고, 좋은 아이디어를 얻을 수도 있기에 그 과정을 스트레스로 받아들이지 않는다면, 얼마든지 더 좋은 시나리오를 얻기 위한 유익한 작업이 될 수 있다.

〈시간이탈자〉는 첫 회의에서 장르에 대한 고민을 나눴다. 영화사의 입장은 정통 스릴러는 시장이 작기 때문에 멜로를 강화해 복합장르로 가야 한다는 거였다. 나 또한 복합장르를 좋아하기에 쉽게 수긍했다. 더군다나 내가 〈엑스맨〉이나 〈스파이더맨〉 시리즈를 좋아하는 건 액션의 재미뿐만 아니라 캐릭터들이 정서적으로도 마음을 움직였기에 〈시간이탈자〉도 멜로를 통해 감정을 강화하는 걸 반대할 이유가 없었다.

  하지만 주인공을 누구로 하느냐에 있어서는 의견이 갈렸다. 80년대와 2000년대 두 남자가 나오다 보니 둘 중 하나에 비중을 더 둬야 한다는 게 영화사의 의견이었다. 하지만 내 의견은 달랐다. 어차피 1인 2역으로 한 배우가 연기하는데, 굳이 한쪽을 주인공으로 만들 필요가 있느냐였다. 그런데 회사에서 뜻밖의 제안이 들어왔다. 여자는 1인 2역으로 그대로 가되, 남자는 과거의 남자와 현재의 남자를 다른 배우로 하면 어떻겠냐는 거였다. 괜찮은 제안이었다. 그렇게 하면 마지막까지 숨기고 갈 게 생기고, 회사의 뜻대로 한쪽에 초점을 맞출 수밖에 없기 때문이었다. 결국 과거의 남자를 주인공으로 만들고, 현재의 남자를 조력자로 만들어 시나리오를 수정해 갔다.

  영화는 프롤로그가 중요한데, 영화사와 계약하기 전 시나리오의 프롤로그는 강렬하지 못했다. 그리고 과거의 남자와 현재의 남자가 왜 꿈으로 연결되는지 설명할 필요도 있었다. 전에 섬에서 벌어지는 판타지호러를 쓴 적 있는데, 그때도 투자사에서 항상 들려오는 말은 "왜?"였다. 왜 그 섬에선 그런 초현실적인 일이 벌어지느냐를 무척 중요하게 여겼다. 할리우드영화는 어떤 현상을 던져두고 그 과정에 집중하는 반면, 그 당시만 해도 한국영화는 그런 현상이 벌어지는 이유에 더 관심이 많은 듯했다.

〈시간이탈자〉도 과거의 남자와 현재의 남자가 꿈으로 연결되는 이유를 앞에 설명해줘야 했다. 프롤로그를 강화할 필요가 있는데다 초반 볼거리를 위해 타종행사를 집어넣었다. 과거와 현재에서 똑같은 타종행사가 벌어지고, 그 안에서 두 남자가 비슷한 사고를 당하고, 같은 병원에서 심장제세동기를 쓰게 된다. 그런데 이상한 일이 벌어진다. 과거의 남자에게 심장제세동기를 쓰는데 현재의 남자 몸이 튀어 오르고, 현재의 남자에게 심장제세동기를 쓰는데 과거의 남자 몸이 튀어 오르는 것이다. 그렇게 이야기를 만들면, 그 초자연적인 현상 이후에 둘이 꿈으로 연결되는 게 자연스러울 거란 생각이 들었다. 이렇듯 프롤로그에서 볼거리와 이유를 설명해주는 장면은 수정 초반 작업에 이뤄졌고, 감독님이 각색하신 마지막고까지 큰 변화가 없었다.

쉽지 않은 과정이었지만, 오리지널 시나리오는 영화사와 의견을 조율해 가며 점점 상업적인 시나리오 형태를 갖춰 갔다. 그런데 모니터 결과가 나오고 뜻밖의 벽에 부딪혔다. 현재의 범죄자가 아무리 자신의 목적을 위해 물불 안 가리는 캐릭터라 할지라도 영화 전체의 안타고니스트도 아닌데, 여자 캐릭터를 죽이는 건 너무 잔인한 거 아니냐는 의견이 나왔다. 그의 사연과 정서가 나쁘지 않기에 거부감이 드는 캐릭터가 되는 걸 걱정하는 의견이 많아 결국, 여자 캐릭터를 직접적으로 죽이는 장면을 빼고 납치로 바꿨다. 납치로 바꾸면서 그녀가 탈출하는 상황이 들어가게 되고, 생각지도 못한 추격씬이 펼쳐졌다. 모니터 결과가 좋지 않다고 무작정 걱정할 일은 아니었다. 그런 모니터가 아니었으면, 납치와 추격씬이 나오지 못했을 것이고, 현재의 범죄자에 대한 정서적인 몰입도 또한 많이 떨어졌을 것이다.

시나리오가 어느 정도 마무리되었지만, 스스로 만족 못하는 부분이 있었다. 현재의 남자와 현재의 여자가 호감을 느끼고 가까워지는 과정이었다. 아무리 시나리오가 과거의 남자에 초점이 맞춰져 있다 하더라도, 현재의 남자가 과거의 남자를 돕기 위해서는 과거의 여자와 똑같이 닮은 현재의 여자에게 애정을 느껴야 했다. 하지만 쉬운 일은 아니었다. 스릴러에, 과거 남녀의 멜로를 보여주는 것도 벅찬 상황인데, 현재 남자가 사랑을 키워가는 과정까지 보여주면 분량이 늘 수밖에 없었다. 하지만 현재의 남자가 현재의 여자에게 호감을 느끼는 과정이 없으면 그녀를 살리기 위해 과거의 남자를 돕는 이유가 설득력을 잃을 거 같았다. 그래서 분량이 좀 늘더라도 현재 남자의 상황을 좀 더 그려 넣었다. 하지만 안타깝게도 역시 분량 때문인지 현재 남녀의 사랑은 많은 부분이 생략될 수밖에 없었다.

2012년 시나리오를 탈고하고, 곽재용 감독님이 시나리오에 관심을 갖는다는 소식이 들려왔다. 스릴러가 중심이지만, 멜로가 가미돼 있기에 멜로영화를 주로 연출하신 감독님이 메가폰을 잡는다면, 큰 울림을 줄 수 있는 영화가 나올 수 있겠다는 생각이 들었다. 뒤이어 2014년 조정석, 임수정, 이진욱 이렇게 세 배우의 캐스팅 소식이 들려왔다. 평소에 좋아하던 배우들이라 이보다 더 좋을 수 없었다.

고사 때 시나리오를 책으로 받았다. 시간이탈을 표현한 신비로운 표지디자인이 맘에 들었다. 각본에 내 이름 석 자가 새겨져 있는 걸 보니 괜히 뭉클해졌다. 어릴 적 동경하던 시간여행 소재의 영화가 내가 쓴 시나리오로 만들어진다는 게, 책을 눈앞에 두고 있으면서도 믿어지지 않았다.

2000년 초반에 영감을 얻어 첫 시나리오가 나오기까지 8년, 영화가 첫 삽을 뜨기까지 다시 5년의 시간이 걸렸다. 영화 한 편이 나오기까지 정말 많은 시간이 걸린 것이다. 또 다른 한 편이 나오기까지 이 고된 시간을 견뎌야 한다는 게 좀 끔찍할 때도 있지만, 머릿속에서 상상만으로 떠올리던 내 이야기가 큰 스크린에 펼쳐질 생각을 하면, 다시 노트북 앞에 앉게 만든다. 이제 다시 시작이다.

개봉 : 2016. 3. 31
주연 : 맹세창, 공명, 이태환, 이진성
감독 : 최승연

"야야. 왜 거기서 차고 그래? 춥대 가자."

수색역

맹세창 | 공명 | 이태환 | 이진성

2016.03.31

"상우야. 니가 뭐라고
말을 좀 해야 되는 거 아니야."

| 최승연 |

중앙대학교 영화학과 졸업. 한국영화아카데미 졸업.

주요작품
2013년 〈기절 3D〉 3D. HD. 11분. 각본/연출/편집.
– 부천판타스틱국제영화제 특별전.
2016년 〈수색역〉 HD. 113분. 각본/연출/편집.
– 한국영화시나리오마켓 우수상.
– 영화진흥위원회 독립영화제작지원.
– 몬트리올국제영화제 포커스 온 월드시네마.

시놉시스

서울의 끝자락, 수색동에 살고 있는 네 명의 친구가 있다.

윤석, 원선, 상우, 호영.

친구들은 아주 가깝게 지내며, 초등학교부터 고등학교를 졸업할 때까지 늘 함께하며 같이 다녔다.

이들이 생각하는 우정이란 친구가 도둑질을 하면 같이 도둑질을 하는 것이고, 싸움을 하면 같이 싸움을 하고, 돈을 뺏으면 옆에서 겁을 주고 하는 것들이다.

이들이 사는 동네는 난지도의 쓰레기 냄새가 심했고, 경사가 급했다. 아이들의 교육문제는 안중에도 없는 낙후된 동네였고, 좋은 교육시설들은 없었다.

이 동네에는 10대, 20대들의 지저분한 문제들이 참 많았지만, 동네의 순경들과 동네 어른들도 그저 그러려니 하고 넘어가는 것이 전부였다.

고등학교를 졸업하고, 네 명의 친구들은 모두 특별한 직업이 없었다.

윤석은 집안의 야채가게 일을 했고, 상우는 고물상을 하는 집안일을 도왔다. 호영이는 고등학교 시절 취업을 나갔던 공장에 취직을 했다. 이때가 1997년 IMF로 대한민국이 허덕이기 시작하던 시절이다.

당시에, 은평구 수색동은 2002년 월드컵을 앞두고 상암동에 월드컵 경기장을 건설하는 것이 결정이 되면서 재개발에 대한 기대감으로 많은 주목을 받은 동네였다. 1998년 대통령선거를 앞두고, 김대중과 이회창, 이인제 등등 대권 주자들은 은평구의 난지도 주변의 상암동과 수색동을 월드컵을 계기로 좋은 개발을 공약했다.

"88서울올림픽으로 잠실이 떴다면, 2002년 월드컵으로 수색이 뜹니다."라는 문구의 신문광고가 주요일간지를 장식했고, 수색으로 많은 재개발관련 건설사와 부동산업자들이 들어왔다.

싸움을 잘하고 늠름했던 원선이는 동네에 재개발 일을 하러 들어온 김원이라는 사람의 밑에서 일을 시작했다. 김원이라는 사람은 말이 재개발 부동산업자였지, 돈을 노리고 들어온 양아치 정도 밖에 안 되는 껄렁껄렁한 건달이었다.

어느 날, 재개발 일로 바빠서 친구들과 잘 못 보고 지냈던 원선이가 오랜만에 친구들과 술을 한잔하기로 했다. 이 술자리에서 문제가 발생했다. 문제는 상우가 일으켰다.

상우는 집안에서도, 친구들 사이에서도 관심을 받는 친구가 아니었다. 원선이처럼 주목을 받고 싶었지만 그러지 못했다. 상우는 원선이에 대한 질투가 강했고, 생각이 단순했다.

상우는 우발적으로 원선이의 머리를 소주병으로 내려치고 원선이는 동네 개천의 밑바닥으로 떨어졌다. 친구들은 별일이 아니라고 생각했지만, 병원에서 만난 원선의 상태는 많이 심각했다. 원선이는 하반신이 마비가 되었다. 이 일로 상우는 죄책감에 시달리지만, 윤석과 호영, 주변사람들은 전혀 알아주지 않았다. 상우는 자신의 마음을 알아주지 않는 친구들이 미웠다. 그리고 그들은 서로 감정적으로 멀어져 갔다.

원선이가 다치자, 재개발을 하던 김원은 상우를 찾았다. 지역에 살고 있는 말 잘 듣는 친구가 필요했기 때문이다. 상우는 원선이를 대신할 수 있다는 생각과 김원이 나를 위로하며 찾아준 것도 고마웠다. 그래서 상우는 돈을 벌어서 다친 원선이에게 도움을 주고 싶다는 생각에 김원과 같이 일을 시작했다. 그렇지만 상우의 생각과 다르게 주변에서는 상우를 보는 시선이 고울 수가 없다.

그 와중에 상우는 원선이가 돈이 없어서 치료를 받지 못한다는 소식

을 듣는다. 상우는 원선이에게 조금의 도움을 주고자 원선이의 아버지
로부터 집계약서를 받고, 계약금을 좀 더 챙겨주기도 한다.

상우는 마음이 조금 전달된 것 같기도 하고 원선이도 자신의 마음을
알아줄 것 같기도 했지만, 다른 사람들에게는 상우가 거들먹거리는 것
으로만 보인다.

병원에서 퇴원을 한 원선이는 휠체어를 타고, 불편한 몸으로 상우를
찾아왔다. 원선이는 자신의 아버지가 상우에게 준 집계약서를 달라고
했다.

상우는 기분이 나빴다. 좋은 일을 해주려던 자신의 마음을 몰라주는
것 같아, 하반신 마비인 원선이에게 분풀이라도 하듯이 두들겨 준다.
원선이는 힘 한번 써보지 못하고, 맞고 있는 자신의 모습에 자괴감이
생겨난다. 이제는 원선이까지 자신의 신세를 한탄하며 친구들과 어긋
나기 시작한다.

그러던 중, 재개발의 분위기가 무르익던 수색은 재개발이 이뤄지지
않는다. 월드컵을 앞두고, 월드컵 경기장 주변은 급하게 꾸며졌다. 날
고 허름한 판자촌의 수색동의 모습과 월드컵 경기장 주변은 어울리지
않았다. 사무실의 김원도 상우에게 사무실을 정리하자는 이야기를 했
다.

상우는 자신의 마음과 다르게 모든 것이 틀어진 것에 화가 나고, 김
원이 자신과 주변사람들을 비아냥거리는 것을 참지 못했다. 상우는 사
무실의 바닥에 있던 송곳을 들고 우발적으로 김원을 죽여 버린다.

상우는 앞이 깜깜했다.

상우는 가족들, 친구들을 찾아가 위로 받으려 하지만 다들 반응은
냉담했다. 상우의 주변사람들 모두가 상우의 행동을 받아들이기 힘들
어 했다.

자신을 알아주고, 마음을 받아주는 사람이 한 사람도 없는 것에 상

우는 괴롭기만 하다. 상우는 자신의 곁에 부모님도, 친구들도, 돈도 없는 현실에 자살을 선택한다.

상우의 자살로 경찰서에 친구들과 상우의 가족들이 모이게 된다. 상우에 대한 생각과 멀어질 대로 멀어진 상우의 주변 사람들. 남아있는 자신들의 처지에 감정이 복잡해져 간다.

집필기

■ 서두

〈수색역〉이 2016년 3월 31일 개봉했다.

그리고 〈수색역〉은 많은 개봉관과 상영회차를 배정 받지 못했다.

독립영화로써 개봉을 하는 것이라, 예상은 했었지만 아쉬운 마음은 어쩔 수 없는 것 같다.

언론시사회를 하고, 영화관계자들의 반응이 제법 괜찮았기에 아쉬움은 컸고, 영화유통의 구조적인 현실도 조금은 알아가는 과정이 되고 말았다.

하지만, 후회가 있었다고 말하는 것은 아니다.

예상하지 못했던 TV, 잡지 등등의 영화관련 프로그램과 매체의 인터뷰 요청이 나를 비롯한 배우들에게 쏟아졌고, 예술영화관의 GV 요청과 영화관계자들의 관심은 오히려 나를 당혹스럽게까지 했다.

이번 주에도 소리 소문 없이 개봉을 했다가, 종영을 하는 독립영화가 여러 편 있을 것이다. 그러한 영화와 비교를 한다면 운 좋은 편에 속하는 영화일 것이다.

〈수색역〉은 아직 개봉이 한 달도 되지 않은 시간이지만… 〈수색역〉이라는 영화가 사람들의 기억 속에 오랫동안 남아있는 영화가 되었으면 하는 바람을 가져보며, 이 글을 시작한다.

■ 전화 한 통

2016년 4월 중순

개봉을 하고 2, 3주가 지난 평일이었다.

개봉을 전후로 예상하지 못했던 여러 매체의 인터뷰 요청과 예술영화관 GV를 진행하며, 조금은 바쁘게 보내던 시간들이 지나간 오후였다.

나는 여유가 있어진 시간에 수색에서 초등학교를 함께 다닌 친구와 커피숍에서 커피를 마시며, 〈수색역〉에 관한 이야기를 하고 있었다.

그때, 모르는 번호로 전화가 왔다.

전화는 〈한국시나리오작가협회〉였고, 〈수색역〉의 집필후기를 받아보고 싶다는 문의였다. 상업영화로 만들어진 시나리오는 아니지만, 독립영화와 다양성 영화의 시나리오에도 관심과 애정을 갖고 있다고 말했다. 그리고 〈수색역〉이 맘에 드신다니….

나는 흔쾌히 〈수색역〉의 집필과정과 후기를 쓰기로 했다.

이렇게 작은 영화에 관심을 주고, 좋게 본 사람들이 있다는 사실은 나뿐만이 아니라, 영화를 하는 사람들에게 큰 힘이 되는 것 같다.

■ 〈수색역〉 시나리오의 시작

2010년 12월

시나리오를 쓰는 사람들은 잘 알겠지만, 쓰는 시나리오가 모두 영화로 만들어지는 것은 아니다. 그리고 만들어진다고 하더라도, 1년 전에 쓴 시나리오가 영화로 만들어질 수도 있고 아니면, 10년 전에 써 놓은 시나리오가 마음에 맞는 제작자, 감독을 거치며 만들어지는 과정을 거치기도 한다.

〈수색역〉도 마찬가지다.

지금이 2016년이니까, 2010년 12월로 거슬러 올라가야 한다. 나는 당시 '한국영화아카데미' 졸업을 앞 둔 학생이었다. 학교에서 영화를 공부하며, 졸업 후를 위해 시나리오를 쓰는 과정을 거쳐야 했다.

지금 와서 하는 이야기지만, 나는 입학하기 힘들다는 영화학교에 들어왔지만, 졸업을 앞둔 시점에는 영화를 그만해야겠다는 생각을 하고 있었다. 가장 큰 이유는 나보다 재능이 넘치는 동기들과 선배들이 너무 많았고 영화라는 것으로 관객과 소통을 함에 있어서 큰 두려움을 가지고 있었다. 짧게 요약을 하면, 누군가 내 시나리오나 영화를 보고 재미없다고 하는 것을 버틸 만한 멘탈을 가지고 있지 않았다.

그래서 졸업을 앞둔 시기에 장편시나리오를 쓰는데, 그냥 막 썼다. 어차피, 나는 영화를 하지 않을 것이고, 이 시나리오는 영화로 만들어지지도 않을 것이니, 내가 어린 시절 살던 동네에 나와 친구들의 이야기를 쓰고 싶은 대로 쓰기 시작했다.

그런데, 정말 신기한 일이 일어났다.

누군가에게 보여줘야 한다는 두려움과 잘 써야 한다는 압박감에서 벗어나니 시나리오를 쓰는 것이 무엇보다 편하고 즐거웠다. 그리고 이 시나리오를 영화로 만들고 싶어졌고, 다시 누구보다 강렬하게 영화를 하고 싶어졌다.

나도 지금은 다음 시나리오를 쓸 때면, 항상 하는 것이 이러한 압박과 사람들의 평가의 시선에서 잠시 벗어나려 노력을 해본다. 그런다고, 꼭 좋은 아이디어나 시나리오로 잘 써지는 것은 아니지만, 한결 편안한 마음으로 글을 써 내려 갈 수 있는 것은 분명한 것 같다.

지금도 시나리오를 쓰는 누군가가 있다면 평가받는 것에서 잠시 멀리 떨어져서 쓰고 싶은 이야기를 써 보는 것이 적지 않은 도움이 된다는 말을 전해주고 싶다.

■ 시나리오의 초고 완성

시나리오의 배경과 캐릭터 같은 외부구조를 만드는 일은 쉬운 일이었다. 왜냐하면 내가 알고 있는 인물과 배경들을 가지고 오는 것이었기 때문일 것이다.

〈수색역〉 속에 나오는 시대적인 배경은 90년 후반의 수도권 쓰레기 매립지였던 난지도 인근에서 일어난 일을 다루고 있다. 이 당시의 나는 난지도 인근의 수색에서 자란 고등학생이었고, 영화 속의 인물들도 그대로 수색에서 자란 고등학생이다. 이 영화 속의 인물들은 모두 나와 내 친구들을 모티브로 하고 있다.

영화 속의 일들은 당시에 실제 수색에서 일어났던 일이었고, 영화 속의 등장인물들은 실존하는 캐릭터는 아니지만, 이런 성격의 친구들이 주변에 있는 것은 누구에게나 흔히 있다고 생각한다.

내가 시나리오를 쓰거나, 영화를 만들면서 고통스러웠던 적이 많은데 그때를 생각하면, 내가 잘 알지도 못하는 인물의 이야기, 잘 알지 못하는 배경지식 등등을 쓰려고 하다 보니 벌어졌던 일이었던 것 같다.

그렇다고 꼭 알고 있는 이야기를 시나리오로 쓸 필요는 없다고 생각한다. 대신 잘 알지 못하는 이야기를 쓴다면, 반드시 쓰려는 이야기의 배경지식은 철저하게 자료조사를 하고 쓰는 것이 좋겠다고 생각한다.

그래서 나온 것이 캐릭터의 변화과정에 대한 고민이었다.

초반의 성격은 흔히 볼 수 있는 친구들의 성격을 가지고 왔다고 해도 변해가는 과정까지 가지고 올 수는 없는 것이다.

이때, 문제를 일으키는 상우의 캐릭터는 좀 더 극적으로 보이기 위해 절대 타협하지 않고, 예상되는 것에 무조건 반대로 가는 캐릭터를 만들려고 했다. 그 이유는 상우가 누군가의 도움이 아니라, 혼자서 책임감이나 죄책감을 극복할 수 있고, 도움을 주려고 노력하는, 혼자만의 세계에 있는 사람으로 보이고 싶었기 때문이다.

이렇게 시나리오에 대한 윤곽이 나왔고 2011년 2월에는 〈수색역〉의 초고가 나왔다.

이 정도의 시나리오라면, 누군가에게 보여줘도 되겠다는 구조를 가지고 있었다.

이쯤에 캐릭터와 함께 가장 크게 자료를 조사했던 것은 현재의 수색동 주변의 모습이었다.

영화 속에는 변화된 현재의 수색동 모습이 나오지는 않지만 변화가 있는 동네라도 그곳을 찾아가 보는 것은 중요하다고 생각한다.

시간이 지나 변화가 있기는 하지만, 예전의 흔적들을 찾을 수 있기 때문이다.

〈수색역〉 속의 이야기는 90년대 후반, 2000년대 초반의 분위기를 하고 있지만 30, 40년의 시간이 흘러 너무 많은 변화가 있는 공간은 아니었다. 많아야 10년에서 15년 정도의 변화가 있는 공간이었기에 충분히 그곳에 가서 다시 분위기를 느낄 수 있었다.

시나리오를 쓰는 틈틈이 영화의 배경으로 등장하는 공간을 찾았다. 역시 큰 변화는 없었다. 윤석의 야채가게를 찾아서 그 동네의 앞길을 살펴보고 불광천을 찾아서 예전과 지금의 달라진 풍경을 느껴보기도 했다.

그리고 학교를 다니고 있는 학생들의 말투와 행동을 찾아보기도 했다. 내가 살고 있는 동네는 신촌이었지만, 신촌의 학생들이 쓰는 말투와 행동을 보는 것은 〈수색역〉 시나리오를 쓰는 일에 큰 도움이 되지 못했다.

나는 뭔가 막힐 때면 수색으로 향했다. 그리고 학생들의 말투와 행동을 살펴보았다. 하지만 이 학생들을 미행 할 수도 없고 모든 학생을 일일이 찾아다닐 수는 없는 것이었다. 그래서 내가 가장 많이 한 일은 버스를 타는 일과 밤에 골목길을 돌아다니는 일이었다.

버스는 주로 학생들이 학교를 끝나는 시각에 맞춰 탔고 밤에 동네의 골목길을 돌아다니는 일은 이미, 예전부터 알고 있던 동네의 지리라 학생들의 일탈행동 같은 것은 쉽지 않게 살펴볼 수 있었다.

내가 시나리오 초고를 완성하며, 조사를 했던 풍경과 학생들의 모습은 분명 어느 하나의 일부분일 것이다. 하지만 그 작은 일부분의 모습이 시나리오가 막히는 부분을 확실하게 뚫어주는 역할을 하기도 한다.

■ 시나리오의 수정작업

2012년 1월

시나리오의 수정작업은 정말 지루한 작업 중에 하나다.

지루한 이유 중에 하나는 시나리오가 언제 영화로 만들어질지 모르기 때문에 만들어지기 전까진 홀로 죽기 아니면 살기로 붙잡고 있어야 하기 때문이다. 특히 내가 하는 작업은 독립영화, 독립군 정신으로 싸워야 했으니 말이다.

여하튼 독립 작업은 1년 뒤에 만들어지면 1년이고, 10년 뒤에 만들어지면 10년인 셈이다. 오로지 하나의 시나리오만 가지고 있다고 전제를 할 수는 없지만 수정작업의 예를 들면 그러한 것이다. 그래서 작업을 하면서 스스로 꼭 다짐을 해야 하는 것이 있었다. 수정의 기간을 정해놔야 했다.

수정기간을 끝도 없이 10년, 20년을 기다리며 영화가 만들어지기를 기다릴 수도 없었다.

자신만의 수정기간 3개월, 6개월 딱 이렇게 정해놓는 것이 필요한 것 같다. 그래야 시나리오를 보며 장점과 단점을 분별할 수 있는 눈이 생기는 것 같다. 아무리 재미있는 시나리오라도 10년 동안 보고 있으면 어떻게 될까? 재미가 있는지, 없는지 분별을 하는 것이 쉽지 않을 것이다.

나 역시, 기간을 결정했다.

그것은 2012년 1월이었다.

실제로 수정작업을 마친 것은 2011년 여름쯤일 것이다. 하지만 기간을 조금 더 둔 이유는 1월까지만 수정을 하고 '한국영화시나리오마켓'에 올리겠다는 결정을 했기 때문이다.

그 후의 수정은 영화제작이 결정된 후에 해도 늦지 않겠다는 생각을 했다.

수정기간 동안에는 많은 모니터링을 받았다. 많은 모니터링을 받은 가장 큰 이유는 〈수색역〉은 나와 친구들 내가 살던 동네에서 있었던 일 등등 나만 알고 있는 이야기에서 출발을 했기 때문이다.

나만 알고 있는 이야기의 단점은 나만 재미가 있을 수 있다는 것이다. 하지만 나만이 할 수 있는 이야기라는 장점을 동시에 가지고 있다는 것은 또한 아이러니라 아니할 수 없다.

몇 번의 모니터링을 거치며, 나는 큰 틀에서 작은 부분만을 수정을 했고 〈한국영화시나리오마켓〉에 시나리오를 등록하고, 우수상을 받게 되었다.

■ 촬영 전의 시나리오

2013년 10월

시나리오마켓에서 우수상을 받기는 했지만, 그렇다고 영화로 바로 만들어질 수 있는 것은 아니었다.

나는 작가지만, 감독을 같이 하고 있기에 신인감독에게 마음에 맞는 제작사와 투자사를 만나는 일은 쉬운 일이 아니었다.

그렇게 시간을 보내고, '영화진흥위원회'의 독립영화제작지원을 받게 되었다. 그것이 2013년 10월이다.

〈수색역〉의 시나리오는 상업영화 시나리오 공모전에서 우수상을 차지하며, 상업적인 마인드로 준비를 했지만, 독립영화의 예산을 지원받으면서 시나리오의 대폭적인 수정이 필요했다.

작가는 영화의 예산에 따라 상상력을 제한 받는다. 어떠한 영화는 예산이 100억이니까 전투씬과 폭탄 등등 예산이 많이 들어가는 상상력을 펼쳐야 하고, 〈수색역〉은 1억 원의 예산이기에 영화 속의 많은 부분들을 줄여 나가야 했다. 여기서 중요한 것은 영화의 스토리에 지장을 주지 않으면서, 예산을 줄일 수 있는 방향으로 수정을 하는 것이다.

〈수색역〉의 시나리오에서 크게 예산을 줄였던 부분들이다.

윤석이가 공고로 전학을 오고, 상우, 원선, 호영이와 축구를 하는 부분이 있다. 이 축구씬을 위해서는 많은 엑스트라와 장소섭외가 필요했다. 하지만 이것을 교실에서 도시락을 먹으며 이야기를 하는 부분으로 수정을 한다고 해도 느낌에는 별 다른 지장이 없었다.

또 하나는 친구들의 졸업식 장면이 있었다. 이 부분 역시 윤석, 상우, 원선, 호영이가 졸업을 하고, 각자의 일을 하며 지내는 모습으로 수정을 하는 것에 느낌이 달라지는 것이 없었다. 오히려 다른 느낌을 불러오는 분위기를 자아냈다.

이런 식이었지만 수정이 머리가 아픈 이유는 이전의 버전에서 주는 느낌과 수정 버전에서 주는 느낌이 비슷하면서 다른 분위기가 날 수 있기 때문인 것 같다.

하지만 촬영을 하고 편집을 진행하며 느낀 것은 결국은 선택사항이라는 것이다. 만약에 내가 수정을 한 부분이 마음에 들지 않았다면 나는 축구 장면과 졸업식 장면을 찍었을 것이다. 실제로 비용이 많이 들어가지만 수정을 하지 않고 찍은 장면도 있다.

단지, 예산 때문에 수정을 하는 것이 아니라 수정을 하면서 좋은 분위기가 나는 방향으로 수정이 되었다면 선택을 하라는 것이다.

■ 영화의 개봉

2016년 3월

이렇게 3월 31일이 되고 영화가 개봉을 했다.

2010년 12월 첫 글을 시작하고 만 6년의 시간이 지난 것이다. 오로지 〈수색역〉만을 위한 시간을 보낸 것은 아니지만 〈수색역〉이 세상에 나오기를 바라며 시간을 보낸 것은 맞다.

시나리오작가라는 일이 혼자서 할 수 있는 부분이 참 적다. 혼자서 할 수 있는 일은 좋은 글을 쓰는 것뿐이다. 그리고 그 글로 사람들을 즐겁게 하고 영화로 만들어지는 것을 기다리는 것뿐이다.

혹시라도 누군가가 글을 쓰면서 지금 내가 쓰고 있는 글이 재미가 없다는 생각이 든다면 어차피 시간이 오래 걸리는 작업이라는 것을 말해주고 싶다. 특히 나 같은 신인감독, 신인작가들의 경우에는 많은 시간이 걸릴 것이다. 그러니 그 시간을 꿋꿋하게 좋은 글을 쓰는 시간으로 보냈으면 좋겠다.

나처럼 신인감독, 신인작가를 준비하고 있는 예비 작가님들께 조금의 도움이라도 되었으면 하는 마음으로 글을 마친다.

개봉 : 2016.
주연 : 수애, 오연서, 오달수
감독 : 김종현

SCENARIO

국가대표2

제작 KM컬쳐㈜ 지급/배급 메가박스㈜플러스엠 감독 김종현

※ 본 이미지는 시나리오 책자의 표지 이미지입니다.

| 정 철 |

중앙대학교 첨단영상대학원 졸업

장편영화 작품
〈국가대표2〉 시나리오
〈타짜3 원아이드잭〉 〈햇빛 속으로(가제)〉 각색
〈타짜4 벨제붐의 노래〉 〈인파이터(가제)〉 〈엄마는 저격수〉 시나리오

집필기

소가 뒷걸음질 치다 쥐를 잡다.

내 기억엔 그때 낙엽이 서너 개쯤 바닥에 뒹굴고 있었다. 그러니 아마도 겨울이 오기 전, 늦은 가을의 일일 것이다. 연도는 정확하지 않지만, 아마 월드컵에서 대한민국이 4강에 들었던 해인 것 같다. 난 수업을 마치고 학교를 빠져나가는 길을 걷고 있었다. 내 머릿속엔 흐릿한 장면들뿐이지만, 이것만은 확실히 기억하고 있다. 그때 분명히 난 옆에 걷고 있는 동아리 선배에게 "이거 영화로 만들면 진짜 재밌겠죠?"라고 말했었다. 그것은 며칠 전 우연히 TV에서 보게 된 '여자 아이스하키 국가대표 팀'에 대한 다큐멘터리 내용이었다.

제대를 하고 학교생활을 다시 시작한 복학생. 그때 나는 내가 '작가'라는 직업을 가지게 될 것이라고 상상조차 하지 못했다. 다만 '영화'를 너무 좋아해서 직업으로 영화를 하며 살게 된다면 좋겠다는 상상을 가끔 했을 뿐이었다. 나는 IMF 이전 대학생들과 IMF 이후 대학생들 사이의 끼인 세대였고, 복학한 후 대학은 '취업준비'가 학생의 본분(?)이된 상황이었다. 열심히 공부하여 입대 전 처참했던 성적을 복구하고자하는 노력을 잠시 기울였지만 작심삼일이었고, 결국 나는 '하고 싶은일을 하며 조금 가난하게 살기로' 결정하게 되었다. 본격적인 영화 공부를 하기 위해 대학원에 진학했다. '본격적'이라고 하니 뭔가 거창해보이기도 하는데, 사실 그때는 '영화일'을 하기 위해 뭘 어떻게 배우고준비해야 하는지도 몰랐다. 그저 아는 선배를 따라 학교에 진학했고, '영화공부'라는 것을 하게 된 것이다.

그 사이 나는 '다큐멘터리'의 내용을 잊고 있었다. 영화는 생각보다 어려운 분야였고, 나는 내 머릿속에 담긴 지식들을 처음부터 다시 배치시키고 있었다. 그렇게 공부를 하고, 단편을 만들고, 대본을 쓰는 연습을 하다가, 어느 날 〈국가대표〉라는 영화가 개봉하게 되었다. 극장에서 영화를 보고 나오며 수년 전 보았던 다큐멘터리가 떠올랐다. 처음 든 생각은 '아깝다.'였다. 너무 비슷한 '아이템'이었다. 동계올림픽 유치를 위해 급조된 대표 팀 그래서 모인 사회적 약자들의 이야기. '스키점프'와 '여자 아이스하키 팀'은 현실에서 그 탄생과정이 비슷했기 때문에 여러모로 비슷한 이야기가 될 수밖에 없었다. 너무 비슷한 이야기. 결국 이 이야기는 영화로 만들지 못할 것이란 생각이 들었다. 조금은 원망스러웠다. 내가 조금 일찍 태어났다면, 혹은 내가 좀 일찍 영화공부를 시작했다면 내가 만든 이야기가 될 수도 있었을 텐데.

사실 이런 생각이 처음은 아니었다. 영화화 하지 못한 머릿속 이야기들이 누군가에 의해 먼저 만들어지는 경우는 항상 있는 일이었다. 이때 보다 몇 해 전엔, 미셸 공드리의 〈이터널 선샤인〉을 보고 충격을 받은 적도 있었다. 기억을 지워주는 사람과, 기억이 지워진 연인이 다시 만나게 되는 이야기를 써서 단편으로 만들었던 적이 있었기 때문이었다. (이건 허풍이 아니라 진짜다. 거의 같은 콘셉트의 영화였다. 물론 내 단편은 형편없는 완성도였지만.) 예전에 베르나르 베르베르가 어떤 책에서 쓴 글귀가 떠올랐다. 아이디어란 것은 인공위성처럼 지구 위를 떠다니는데, 결국 누가 먼저 잡아내느냐가 성공과 실패를 가른다고. 어찌되었건 이글을 읽는 여러분들도 비슷한 경험이 있을 것이다. 아이디어가 떠오른다면 일단 저지르고 봐야한다. 머릿속에 아무리 좋은 것들을 채워놓아도 들여다봐주는 사람은 없다. 아차! 이야기가 딴 길로 새고 말았다. 결국 나는 〈국가대표〉를 보고 '여자 아이스하키 팀'에 대한 이야기는 머릿속 더 깊은 곳에 넣어둘 수밖에 없었다.

시간은 흘러 나는 대학원을 졸업하게 되었고 30대 초반의 백수가 될 위기에 처해 있었다. 몇 년을 공부한 끝에 나는 내가 예술적 재능이 없다는 사실을 깨닫게 되었고, 다른 직업을 찾아야 하는가에 대해 심각하게 고민하고 있었다. 하지만 취업은 점점 어려워지는 세상이었고, 내가 할 수 있는 일은 별로 없었다. 비슷한 나이의 친구들은 모두 취업을 하고 자기 몫을 해내고 있는 듯 보였다. 무능력해 보이는 내 모습은 나를 괴롭혔고, 과연 영화가 직업이 될 수 있을지 혼란스러웠다. 누군가 말하지 않았던가! 잘할 수 있는 일을 직업으로 하고, 좋아하는 일은 취미로 해야 한다고! 하지만 나는 반대로 하고 있었다. 좋아하는 일을 직업으로 삼는 것은 너무 어려운 일이 아니었을까 하는 생각이 머릿속에 가득 찼었다.

졸업을 앞둔 찰라, 불쌍한 중생들을 구제해 보려는 시도로 교수님께서 시나리오 창작그룹을 만들어주셨다. 나의 고민은 더 깊어졌다. 과연 이 그룹에 들어가는 것이 옳은 일일까? 나는 다른 직업을 찾아야 하는 것이 아닐까? 다른 일을 시작하려면 결단이 필요했다. 시나리오 창작그룹에 들어가 봐야 경제적으로 나아지는 것은 없을 것이었다. 학생 신분을 조금 연장하여 시간을 벌어주는 역할밖에 하지 못할 것이란 생각도 들었다. 서른은 넘었고, 난 내 밥값을 해야만 했다. 시나리오 창작그룹이라니… 너무 사치스러운 것 아닌가? 하지만 그 순간 너무 아깝다는 생각이 들었다. 비싼 수업료, 머리 싸매며 고생해 공부했던 기억들, 보잘 것 없는 단편영화를 만들겠다고 동분서주하던 기억들이 자꾸 내 의지를 붙잡았다. 결국 나는 포기하지 못하고 타협점을 찾기로 했다. 내가 찾은 타협점은 기간을 정하는 것이었다. 딱 1년만, 딱 1년만 시나리오를 써보고 결과가 나오지 않으면 영화를 그만두기로. 나는 나 자신과 굳은 약속을 했다.

칸막이가 놓인 사무실에서 동료들과 아이템을 짜고, 시나리오를 쓰는 과정은 지지부진했다. 1년은커녕, 6개월을 버틸 수 있을지도 확신하지 못했다. 미래가 보이지 않는 작업은 모두를 너무 힘들게 만들었다. 그러던 중, 교수님의 소개로 현직 프로듀서 몇 분을 만날 기회가 주어졌다. '좋은 아이템이란 무엇인지'를 배우라는 취지의 미팅이었다. 우리는 분주해졌다. 그들은 우리를 이 수렁에서 건져줄 구원자들일 수도 있기 때문이었다. 우리가 만든 이야기들을 들려주자! 우리는 구원 받을 수 있다! 하지만 미팅이 진행되며 기대감은 점점 사그라졌다. 그들의 책상에는 매일같이 수십 편의 시나리오들이 올라오고 있었고, 우리의 평범한 이야기들은 그들의 시선을 끌지 못했다. 결국 이 미팅은 원래 교수님의 계획대로 프로듀서들이 '좋은 아이템'에 대해 설명해주는 강연으로 흘러가기 시작했다. 실망감 때문인지 '좋은 아이템'에 대한 그들의 설명은 귀에 잘 들어오지 않았다. 그러던 중 잠시 쉬는 시간, 일상적인 이야기를 나누던 중, 너무도 우연히! 나는 KM픽쳐스의 한 프로듀서로부터 〈국가대표〉의 속편을 준비 중이라는 이야기를 들었다. 순간, 머릿속 깊숙이 숨겨두었던 '여자 아이스하키 팀' 이야기가 떠올랐다. 〈국가대표〉와 너무 비슷해서 포기했던 아이디어. 속편이라면 비슷해도 문제가 되지 않을 것이었다. 오히려 비슷하다는 점이 더 시선을 끌 수도 있다는 생각이 머릿속을 때렸다. 잠시 머뭇거리다가 나는 입을 열기 시작했다. 오래된 기억이었지만 이상하게 선명했다. 다큐멘터리에 등장했던 내용들을 조리 있게 설명하며 '여자 아이스하키 팀'에 대한 이야기를 〈국가대표〉의 속편으로 만들어보면 어떻겠냐고 제안했다. 프로듀서는 호기심 어린 얼굴로 바라보고 있었고, 그 모습은 2002년에 우연히 봤던 TV프로그램이 2011년의 백수 상태인 나를 구원하는 모습이었다.

'아이디어'와 '아이템'은 다르다. '아이디어'는 이야기를 만들 수 있는 남다른 소재, '아이템'은 인물과 구조를 갖춘 이야기의 골격이다. 내가 제안했던 '여자 아이스하키 팀' 이야기는 '아이템'이 아닌 '아이디어'에 불과했다. 호기심을 갖던 프로듀서를 설득하고, 제작자의 '싸인'을 받아내기 위해서는 '아이디어'가 아닌 '아이템'이 필요했다. 프로듀서는 글로 쓰인 '아이템'을 보고 싶어 했고, 나는 그들의 호기심이 떨어지기 전에 '여자 아이스하키 팀'이란 '아이디어'를 '아이템'으로 만들어야 했다. 이제와 고백하는 것이지만, 사실 그 당시 나는 장편 시나리오를 써본 적이 없었다. (물론 상업영화를 기준으로 했을 때 말이다.) 시놉시스는 어떻게 써야 하는지 트리트먼트는 또 어떻게 작성하는 것인지 무지했던 시절이었다. 만약 작가교육의 산실인 충무로 영상작가교육원을 그 당시 알았더라면 곧바로 수강 신청이라도 했을 것이다. 아무튼 프로듀서에게 줄거리를 곧 보여드리겠다고 말해놓은 터라 마음이 급했다. 그동안 시나리오 쓰는 연습을 게을리했던 자신이 원망스러웠다. 나는 단편영화를 만드는 데 열중했었고, 정작 다음 단계로의 도약(?)은 전혀 준비하지 않았던 것이다.

 줄거리를 구성하기 위해 머리를 굴려보았다. 일단 출발점은 명확했다. 대한민국에 단 하나밖에 없는 여자 아이스하키 팀. 그 시작은 현실이 워낙 드라마틱했기에 고민의 여지도 없었다. 하지만 이후의 이야기들은 어찌해야 하나. 고민을 거듭하다 내린 결론은 '베끼자'였다. 오해하지 마시라. 대놓고 표절을 했다는 고백은 아니다. 나의 '베끼기'는 '장르'에 대한 고민에서 시작된 것이었다. 요사이 '장르'라는 단어를 이상하게 사용하는 미디어들이 많지만, '장르'의 원 뜻은 '상업적인 목적을 가지고 비슷한 구성과 스타일의 영화를 반복해서 만드는 상태, 혹은 그 결과물'을 말한다. 쉽게 말하면 어떤 영화가 대박이 났다. 그 후 그 영화와 비슷한 구조나 스타일의 영화들이 지속적으로 만들어지면 그게 '장르'라는 말이다. 그렇다면 결국 '장르'는 '베끼기'에서 시작하는 것 아닌가. 그래서 나는 당당히 베끼기 시작했다. '스포츠 영화'라는 장르를 가진 모든 영화들을 베껴보기 시작했다. '베끼기'의 가장 좋은 방법은 영화를 보고 시나리오를 그대로 써보는 것이지만, 당시 난 시간이 없었다. 그래서 대안으로 '씬리스트'를 만들기 시작했다. 영화를 보고 각 씬의 내용, 인물, 길이를 체크해 표를 만들었다. 가장 중요한 항목은 '씬의 목적'이었다. 왜 이 씬이 이 자리에 있는지 이해해야만 이야기의 구조를 내 것으로 만들 수 있었다. 수많은 영화를 베끼고 나자 드디어 어떤 일정한 패턴을 발견하게 되었다. 어쩌면 여러분은 이런 작업을 한 나를 바보 같다고 생각할지도 모른다. 내가 발견한 패턴은 시나리오 책 몇 권만 공부하면 쉽게 알 수 있는 것이었기 때문이다. 하지만 단언하건데, 이 무식한 방법으로 체득한 이야기의 구조는 난 죽을 때까지 잊지 않을 것이다. 이제는 당장 눈앞에 어떤 '아이디어'가 나타난다면, 나는 실시간으로 그 '아이디어'를 '아이템'으로 만들 수 있다. 이때 시작한 '씬리스트 만들기'를 아직까지도 틈날 때마다 하고 있기 때문이다. 또 이야기가 딴 곳으로 빠졌다. 다시 그때로 돌아가 보자, 나는 당시에 발견한 패턴에 따른 이야기를 만들기 시작했다.

문제는 이 이야기가 실화에서 시작되었다는 점이었다. 현실은 영화와 너무나 다르다. 이야기를 쓰기 위해 현실에서 벌어진 일들을 열심히 조사했지만 현실은 현실일 뿐이었다. 크게 드라마틱한 일이 일어난 것도 아니었고, 매력적인 캐릭터들이 난무하지도 않았다. 나를 괴롭힌 가장 큰 문제는 '씬리스트 만들기'를 통해 발견한 패턴과 현실의 이야기가 너무 맞지 않는다는 것이었다. 나는 과감히 현실을 포기했다. 장르의 규격에 맞추어보려는 이유도 있었지만, 그 보다 '영화가 갖는 사실성은 결국 허구일 뿐'이라는 판단이 크게 작용한 것 같다. 나는 그것이 무엇이든 사각형의 프레임 안에 찍히면 그 순간 사실성을 잃는다고 생각한다. 관객이 절대 프레임 밖을 볼 수 없기 때문이다. 옳던 그르던 내가 가진 이런 관념 때문에 나는 쉽게 현실을 포기하고 장르를 선택할 수 있었다. 실제 사건을 조사했던 기록과 연표들은 무시해버렸다. (실제 상황을 아는 분이 영화를 보시면 실제와 너무 다른 이야기에 놀랄 수도 있다.) 영화는 결국 허구라는 생각이 머릿속에 깔리자 마음이 편해지고 쉬워졌다. 다소 과장된 캐릭터들도 집어넣을 수 있었고, 이야기의 속도감도 빨라졌다. 그렇게 만들어진 줄거리가 16페이지짜리 첫 시놉시스였다. (사실 당시에 시놉시스와 트리트먼트를 구분하지 못해서 만들어진 분량이라고 생각한다. 시놉이라면 더 짧아야 하고 트리트먼트는 더 길어지는 게 맞았다.) 하여튼 나는 시놉시스를 완성했고, 프로듀서에게 보냈다. 답변을 기다리는 며칠이 정말 길게 느껴졌었다. 그리고 며칠 뒤, 나는 생애 첫 시나리오 계약에 성공했다. 당시엔 뭘 잘 몰라서 그게 얼마나 대단한 일이었는지도 몰랐다. 대본이 없이 줄거리만으로 정식계약을 하는 경우는 거의 없는 일이다. 그것도 아무 경력이 없는 초짜 시나리오 작가가 말이다. 나중에 알게 된 일이지만, 당시 제작사는 여러 아이템으로 국가대표의 속편을 기획 중이었고 성과가 별로 없어서 고민이 많았던 상황이었다. 단순히 내 글이 좋아서가 아니라 타이밍이 절묘했기 때문에 정식계약을 할 수 있었던 것이다.

시나리오 계약을 하고, 나는 대본을 쓰기 위해 회사로 출근을 했다. 당연한 일은 아니었지만, 딱히 사무실을 갖고 있는 것도 아니었고, 집에서 작업을 한다면 게을러질 것이 뻔했기 때문이었다. 10시에 사무실에 도착, 당일 작업할 내용을 구상하고, 직원들과 점심 식사를 하고, 오후엔 본격적으로 대본을 쓰기 시작했다. 저녁은 도시락으로 해결하고, 밤 10시까지 작업을 했다. 왜 도시락을 싸가지고 다녔는지는 명확하지 않다. 경제적으로 여유가 없었던 이유도 있지만, 당시 나에게 도시락은 '성실함'의 상징이었던 것 같다. 열심히 하지 않으면 안 될 것 같았다. 책상에 오래 앉아있다고 좋은 시나리오가 나오는 것은 아니다. 하지만 나는 그냥 오래 앉아있었다. 나는 내 자신과 1년이라는 기간을 약속했었고, 제대로 된 결과물을 만들어내야만 나 자신과 한 약속을 지킬 수 있다고 생각했다. 사람들은 나를 공무원 같다고 놀리기도 했다. 크게 개의치 않았다. 공무원이면 어떠랴, 나는 영화를 포기하려고 했던 사람이었고, 그때 나는 이순간이 마지막 기회라는 것을 알고 있었다. 아무도 없는 사무실에서 차가워진 밥을 씹으며 모니터를 노려보았다. 내 인생에서 가장 치열했던 3개월이 지나고 드디어 첫 번째 시나리오가 나왔다.

　하지만 결과가 노력을 배신하는 경우는 허다하다. 내 첫 번째 시나리오는 융단폭격을 맞고 초토화되었다. (심지어 '초고'라고 부를 수 없다는 말도 들었다.) 지금 생각해보면 그건 너무나 당연한 일이었다. 대본 길이는 120페이지에 가까웠고, 불필요한 대사와 지문들이 넘쳐났으며, 타인은 이해하지 못할 나만의 표현들도 들어가 있었다. 당시엔 처참한 심정에 내 잘못을 잘 이해하지도 못했다. 지금 생각해보면, 당시의 나는 스스로 연출할 대본만을 써왔기 때문에 타인의 시점에서 대본을 살피는 능력이 부족했던 것 같다. 폭격으로 무너진 시나리오를 다시 복구해야만 했다. 지금도 그렇지만, 내가 쓴 글을 다시 고치는 일이 가장 어렵다. 시나리오를 써본 사람이라면 누구나 머릿속에 이미 그린 그림을 지워내는 것이 얼마나 어려운지 알고 있을 것이다. 나는 '도시락'을 다시 싸기 시작했다. 캐릭터를 새롭게 만들어 넣기도 했고,

이야기 구조를 처음부터 다시 짜서 새로운 이야기를 구성해보기도 했다. 그 과정에서 사라진 인물들도 있고, 새롭게 탄생된 인물들도 있으며, 몇몇 사건들은 통째로 사라지기도 했다. 그렇게 7개월을 다시 작업했다. 큰 틀이 바뀐 버전은 '3고'까지, 그 사이 무수히 수정한 작은 버전들은 수십 개가 될 것이다. 다행히 나는 마지막 버전을 끝으로 작업한 내용을 회사에 넘기고 시나리오 쓰기를 끝낼 수 있었다.

1년에 가까운 기간 동안, 나는 많은 것을 배웠다. 창피할 정도로 무식하고 무능력했던 내가 〈국가대표2〉 시나리오 작업을 통해 작가로서 최소한의 구실은 할 수 있을 정도로 성장했다. 그중 가장 크게 깨달은 것은 작가가 쓰는 '시나리오'에는 여러 가지 목적이 있다는 것이다. 과거 나에게 시나리오는 영화를 촬영하기 위한 설계도에 불과했다. 하지만 현실(산업)에서 시나리오는 감독의 호기심을 끌어당기는 용도로 쓰이기도 하고, 배우를 설득하고, 투자자를 설득하는 역할을 하기도 한다. 결국 작가가 쓰는 '시나리오'는 프레젠테이션의 목적을 수행해야 하는 것이다. 이 말은 시나리오에 쓰인 내용만 중요한 것이 아니라, 그 내용을 표현하는 말투, 즉 문체가 굉장히 중요하다는 뜻이다. 〈국가대표2〉 작업을 하며, 한 프로듀서는 나에게 '초등학생이 읽는다고 생각하고 써보라.'는 말을 한 적이 있다. 당시에는 무슨 말인지 잘 이해하지 못했지만, 지금 생각해보면 프레젠테이션의 목적을 수행할 수 있는 글을 써야한다는 뜻이었던 것 같다. 지금 시나리오를 써서 작가가 되고자 하는 사람이 있다면 이 부분은 꼭 기억했으면 좋겠다. 여러분이 쓰는 시나리오를 읽을 사람들 중 대부분은 직접 영화를 만들어본 적이 없는 사람들이다. 시나리오를 효과적으로 시각화하며 읽지 못한다는 뜻이다. 투자자나 배우들을 무시해서 하는 말이 아니다. 대본을 쓰는 작가들은 대부분 시각적 상상을 글로 옮기는 데 익숙하다. 하지만 읽는 사람은 그렇지 않을 수 있다는 것을 고려해야 한다는 말이다. 나는 이 부분을 제대로 인지하지 못해서 상당한 기간 동안 시나리오 수정에 어려움을 겪었다. 결국 타인의 입장에서 글을 쓸 수 있는 능력이 상업영화를 하는 작가의 가장 기본적인 덕목이 아닐까 싶다. 시나리오를 쓸 때 항상 읽을 사람을 생각하며 써야 한다는 것이 내가 〈국가대표2〉 시나리오 작업을 하여 배운 가장 큰 교훈이다.

나는 아직 내가 만들어낸 '그녀들'의 모습을 눈으로 확인하지 못했다. 영화는 아직 편집중이고, 개봉일도 정해지지 않았다. 내가 좋아했던 대사, 혹은 장면들이 편집되어 사라질 수도 있고, 내가 상상했던 연기가 아닌 전혀 다른 느낌의 인물이 만들어질 수도 있다. 하지만 영화가 어떻게 나오는지와 상관없이 나는 내가 만들었던 '그녀들'의 모습을 끝까지 기억할 것이다. 〈국가대표2〉는 내가 처음으로 쓴 장편 시나리오이자, 처음으로 극장에 걸리는 상업영화 작품이다. 남들 눈엔 어떻게 보일지 모르지만, 내 영화 인생에선 가장 중요한 작품이자 가장 사랑스러운 작품이다. 〈국가대표2〉 시나리오 작업을 끝내고 많은 시간이 흘렀다. 그 사이 나는 5편 정도의 상업영화 시나리오 작업에 참여했다. '그녀들'을 잠시 잊고 수많은 인물들과 씨름해왔다. 이번 기고를 통해 오랜만에 기억 속 그녀들과 다시 마주하게 되어 감회가 새롭다. '작가'라는 직업을 시작하게 되었던 울퉁불퉁했던 과거를 기억하며 쓴웃음을 짓기도 했다. 앞에서 밝힌 바와 같이, 나는 소가 뒷걸음질 치다 쥐를 잡은 것처럼 우연과 행운이 겹쳐져 작가의 길을 가게 되었다. 하지만 그 소의 작은 뒷걸음질이 무의미한 행동이 되지 않기 위해 수많은 시간을 불태웠다는 것을 나는 잊지 않을 것이다.

개봉 : 2016.
주연 : 손예진, 박해일, 윤제문
감독 : 허진호

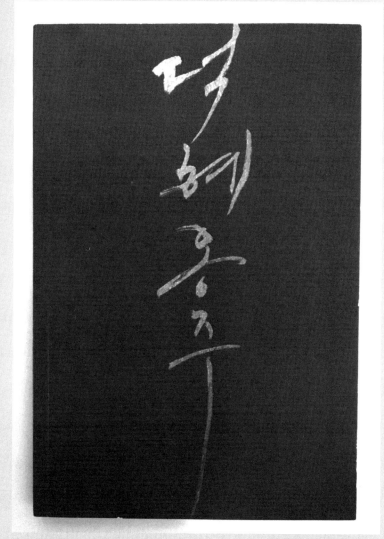

※ 본 이미지는 시나리오 책자의 표지 이미지입니다.

| 서유민 |

한국영화아카데미 17기. 한국예술종합학교 영상원 영화과 전문사 졸업.

주요작품
2005년 〈외출〉 (허진호 감독, 배용준 손예진 주연) 각본. 스크립.
2007년 〈행복〉 (허진호 감독, 황정민 임수정 주연) 각본.
2015년 〈열정같은 소리하고 있네〉 (정기훈 감독, 박보영 정재영 주연) 각본.
2015년 〈극적인 하룻밤〉 (하기호 감독, 윤계상 한예리 주연) 각색.
2016년 〈덕혜옹주〉(허진호 감독, 손예진 박해일 주연) 각본.

시놉시스

조선의 마지막 황녀 덕혜옹주와 그녀를 지키고자 했던 사람들의 이야기.

덕혜는 기울어져가는 조선왕조에서 옹주로 태어나 아버지 고종의 사랑을 듬뿍 받으며 자란다. 일제 침략으로 괴로워하는 백성들에게는 희망과 안쓰러움을 동시에 안겨주며 사랑을 받는 덕혜. 하지만 일제는 덕혜를 덕혜의 오빠 영친왕처럼 언제 일본으로 보낼지 모른다. 불안한 고종은 일제 몰래 시종 김황진을 시켜 덕혜의 부마를 알아본다. 부마로 정해진 김시종의 조카 김장한. 장한과 덕혜는 아이다운 우정을 나누며 가까워지는데 고종이 독살되는 비극적인 사건이 일어난다. 더 이상 덕혜를 보호해줄 사람이 없어진 상태에서 덕혜는 강제로 일본에 끌려간다.

일본 왕족과 귀족들이 다니는 학습원에서 수학하는 덕혜. 고종이 독살된 모습이 트라우마로 남은 덕혜는 항상 신변의 위협을 느끼며 누구에게도 마음 붙이지 못하고 생활한다. 함께 사는 오빠 영친왕과 올케 이방자도 체제 순응적이어서 조선인의 정체성을 강하게 지닌 덕혜를 이해해주지 못하고, 덕혜는 집에서도 외로움을 느낀다. 그런 덕혜 앞에 김장한이 나타난다.

외로운 타국에서 서로 가까워지는 두 사람. 둘은 서로를 사랑하게 된다. 하지만 일본의 이왕직은 덕혜를 일본 남자와 정략결혼시킬 계획을 세우고 덕혜는 탈출을 계획하는데….

집필기

시나리오화 된 덕혜옹주 이야기

덕혜옹주는 조선의 마지막 옹주다. 덕혜옹주 시나리오를 처음 의뢰받았던 2013년 6월에만 해도 난 옹주가 무엇인지 몰랐다. 막연히 조선시대에는 공주를 옹주라고 불렀나? 라고만 생각했을 뿐이다. 무식하면 용감하다고 그런 상태로 덕혜옹주를 쓰기 시작했다.

옹주는 왕의 후궁이 낳은 딸이다. 왕의 정실이 낳은 딸은 공주라고 한다.

1912년, 조선왕조 제 26대 국왕 고종과 궁녀 양귀인과의 사이에서 덕혜는 태어났다. 그 2년 전, 1910년에 한일합방조약으로 대한제국은 멸망했다. 불행한 시기였지만 『실록』에서는 덕혜옹주만큼 태어났을 때 환영받은 왕녀는 없었을 것이라고 한다. (인용 : 『조선왕조궁중풍속연구』 김용숙 저, 『덕혜옹주』 혼마 야스코 저) 실제로 당시 신문기사와 실록 여러 군데에서 고종의 기쁨을 짐작할 수 있는 많은 구절들이 등장한다.

왜 그랬을까? 덕혜를 낳았을 때, 고종은 환갑이었다. 그 1년 전인 1911년, 고종은 아내 엄비를 잃었고, 1907년엔 헤이그특사 사건으로 왕위에서 퇴위 당했다. 나라와 왕위와 아내를 모두 잃은 늙은 고종에게 어린 덕혜는 특별한 위로가 되었을 것이다.

고종은 어린 딸이 그렇게 예쁜 만큼 걱정도 되었다. 왕세자 이은처럼 덕혜도 강제로 일본인과 혼인하게 될까 우려한 고종은 황실의 시종인 김황진의 조카 김장한을 덕혜와 결혼시키고자 한다. 흡사 픽션 같은 이 사실은 후일 김장한의 형인 김을한에 의해 사실로 밝혀졌다.

어린 덕혜에게 고종이 점지한 한국인 정혼자 김장한이라는 인물이 있었다는 점, 그리고 그 형인 김을한이 덕혜의 귀국을 위해 평생 노력했다는 사실 이 두 가지에서 영화는 출발한다.

서울 신문사, 1961년 (밤)
복도를 걸어가는 한 남자의 뒷모습.
다리가 불편한지 절뚝이는 남자를 따라가다 보면 타자기 소리와 전화벨 소리가 끊이지 않는 신문사의 모습이 보인다.
한편에 비치된 TV에서 흘러나오는 시국에 관한 뉴스.
일본과의 국교 정상화를 위해 회담을 추진하겠다는 정부의 입장을 놓고 기자들의 찬반 입장이 뜨거운 가운데, 묵묵히 책상에 와 앉는 중년의 남자. 김 기자다.

후배 기자 선배, 일본이라는데요. 3번 라인이요.

일본? 다급히 수화기를 집어 드는 김 기자.

off/복동 찾았습니다. 찾았어요!

김 기자, 충격을 받은 듯 한동안 말이 없다.

off/복동 여보세요? 듣고 계세요?
김 기자 계신 곳이 어딘가?

떨리는 손길로 주소를 받아 적는 김 기자, 수화기를 내려놓고 감정을 추스른다.

이를 유심히 바라보던 후배 기자.

후배 기자 찾았대요?
김 기자 (끄덕인다.)

후배 기자, 김 기자를 응원하듯 어깨를 툭 치며.

후배 기자 잘됐네요. 이번 일본 출장은 저 대신 선배가 가세요.
재밌는 기사 나오겠네.
김 기자 고맙다.

덤덤히 생각을 정리하는 김 기자, 이내 주변을 둘러본다.
책상 위, 벽이며 할 것 없이 수많은 메모와 사진들이 빼곡하게 붙어있는
김 기자의 자리. 언뜻 보이는 '왕가' '왕족' 등에 관한 사진과 기사들.
김 기자의 시선이 석조전에서 찍은 고종과 순종, 순정효황후 등의 가족
사진에 머무르면 가장 오른쪽 끝에 서 있는 귀여운 어린 소녀의 얼굴이 보
인다.

실제로 김을한은 신문 기자였고, 덕혜의 귀국을 다각도로 추진했다. 김을
한은 일본 도쿄에서 박정희 당시 국가재건최고회의 의장을 만나 건의까지
하였는데 이걸 계기로 덕혜는 고국으로 돌아오게 된다. 김을한의 저서에
는 이런 과정이 상세하게 적혀있어 시나리오에 많은 부분 참고 되었다.
하지만 김장한에 관한 내용은 덕혜옹주의 정혼자였다는 점을 제외하곤
거의 알려진 바가 없다. 단지 김장한의 삼촌 김황진이 황실 시종이었다는
점에 착안해 시나리오에서 덕혜와 장한, 둘의 첫 만남은 이렇게 이루어
진다.

덕수궁, 석조전 (낮)

석조전 한편에 앉아 커피를 마시고 있는 고종.

다소곳이 선 궁녀들 사이를 헤집고 뛰노는 덕혜의 모습을 흐뭇하게 바라본다.

고종 곁으로 다가오는 한 남자.

대한제국 황실 근위대장 김황진이다.

고종 오늘 밤에 상해로 떠난다고?

김황진 네 폐하, 우당 선생을 만나서 폐하의 뜻이 확고하다 전하겠습니다.

고종 (끄덕이며) 이번이 마지막 기회니 신중을 기하게.

자네 조카는 오라 하였는가?

김황진 네, 폐하. (옆에 있던 궁녀에게) 들라 하라.

석조전 밖에서 대기하고 있던 한 소년, 김황진의 조카 장한이다.

기죽지 않고 걸어 들어오는 장한의 모습이 마음에 드는 고종.

장한, 고종과 덕혜에게 정중히 예를 올린다.

낯선 소년인 장한에게 관심을 보이는 덕혜.

덕혜 누굽니까?

고종 (알려주려 하자)

장한 글 장자에 한수 한. 김장한이라 하옵니다.

덕혜 글 장자에 한수 한.

호기심 어린 눈으로 서로를 마주보는 덕혜와 장한.

하지만 이 혼인계획은 1919년, 고종의 죽음으로 성사되지 못한다. 고종의 죽음은 독살이라고 보는 견해가 많다. '건강하던 고종이 식혜를 마신 후 30분도 되지 않아 경련을 일으키다가 죽어갔다.'고 윤치호는 당시 자신의 일기에 기록했다. 영화에서는 고종의 죽음이 이렇게 묘사된다.

덕수궁, 함녕전 (밤)

복도 끝, 고종의 침소에서 새어나오고 있는 희미한 불빛.
덜컥. 문이 열리며 은쟁반을 든 궁녀 하나가 복도 밖으로 뛰쳐나온다.
덕혜, 궁녀가 있는 쪽으로 걸어간다.
파랗게 질린 궁녀, 덕혜를 보고도 못 본 척 잰걸음으로 사라져간다.
갸웃, 바라보던 덕혜가 고종의 침소 안으로 시선을 돌린다.

off/덕혜 아바마마!

침소 안. 문지방을 넘어서는 덕혜가 책상 너머에 있는 고종의 모습을 본다.
안락의자에 앉아 있던 고종의 상체가 스르르 미끄러져 내려간다.
고종에게 달려가 신문을 건네는 덕혜.

덕혜 아바마마! 이것 좀 보세요, 아바마마랑 제가 또 신문에 나왔어요!

덕혜를 바라보는 고종, 얼굴이 시뻘겋게 부어오른다.
바닥에 떨어져 나뒹굴고 있는 식혜 그릇.
핏발 선 눈으로 덕혜를 바라보는 고종.
덕혜가 놀라 식혜 그릇을 살피려 하자 고종이 안간힘을 다해 손을 뻗어 식혜 그릇을 멀리 쳐낸다.

고종 (절박하게) 안 돼!

덕혜 (뭔가 이상해) 아바마마…?

고종 여봐라…. (기도로 피가 올라온다.)

쿨럭! 시뻘건 피를 신문 위로 토해내는 고종.

고종의 몸이 휘청, 중심을 잃으며 바닥으로 떨어져 내린다.

놀란 덕혜, 울음을 터뜨리며 고종의 몸을 일으키려 한다.

덕혜 아바마마……!

가쁜 숨을 몰아쉬며 계속 피를 토하는 고종.

초점 없는 고종의 시선으로 피로 물든 왕가의 사진이 보인다.

고종 아가야…… 내 딸.

울지 말고…… 울지 말고…….

울음을 삼키는 덕혜를 간절한 눈빛으로 바라보는 고종.

덕혜, 눈물범벅이 되어 두려움에 몸을 떤다.

마지막 말을 온전히 남기지도 못한 채, 덕혜의 작은 품 안에서 숨을 거두는 고종.

덕혜 아바마마! 아바마마!

어둠 속, 덕혜와 고종의 마지막 순간을 지켜보고 있던 누군가 스윽 모습을 드러내는데.

바닥에 떨어져 있는 식혜 그릇을 들고 밖으로 걸어 나가는 한택수의 뒷

모습.
뒤를 돌아보는 덕혜.

덕혜 거기 누구 없느냐? 아바마마, 아바마마!

쓰러진 고종을 안고 흔드는 덕혜.
위이이잉. 굉음을 울리며 돌아가는 발전기 소리.

어린 덕혜가 아버지의 죽음으로 얼마나 큰 상실감을 느꼈을지 생각하면 가슴이 아려온다. 하지만 그런 덕혜를 일본은 도쿄로 유학 보내버린다. 고종의 죽음 후, 전국적으로 일어난 만세운동이 일제에게 위기감을 주었기 때문이다.

일본으로 떠난 덕혜는 정신분열증을 앓을 정도로 외롭고 힘든 학창시절을 보낸다. 어머니 양귀인이 돌아가셨을 때도 일제는 단 이틀 만에 덕혜를 고국으로 돌려보낸다.

덕혜는 여자 학습원 본과를 졸업한 1931년, 일제에 의해 대마도 도주의 아들 일본인 소 다케유키와 결혼하게 된다.

덕혜가 일본에 가서 결혼하기 전까지의 시기를 영화 〈덕혜옹주〉는 중점적으로 다룬다. 그 시기에 덕혜가 어떻게 생활하였는지에 대한 기록은 거의 남아있지 않다. 하지만 덕혜는 결혼 후부터 정신질환을 심하게 앓았으며 1946년부터 고국에 돌아온 1962년까지는 정신병원에 수감되어 있었다. 그래서 결혼 전 그 시절이 어쩌면 성인이 된 덕혜가 유일하게 희망을 품었던 시기가 아닐까 생각한다. 시나리오에서 덕혜는 그 시간 동안 진정한 사랑을 하고, 독립된 조국을 꿈꾸며, 일제에 저항하고, 고국으로 돌아가고자 애쓴다. 실존 인물 덕혜옹주가 시나리오에 나오는 그런 행동을 했다는 기록은 어디에도 없지만 덕혜옹주의 마음이 그랬을 것이다.

1962년 고국에 귀국한 덕혜옹주는 창덕궁 낙선재에서 살다가 1989년 세상을 떠난다. 임종 2, 3년 전부터 덕혜는 실어증에 걸려 말을 할 수 없었고, 거동도 힘들었으며, 정신도 온전치 못했다. 하지만 덕혜옹주가 정신이 맑은 어느 날 쓴 한 장의 낙서가 덕혜옹주의 마음을 짐작하게 한다.

'낙선재에서 오래오래 살고 싶어요. 전하, 비전하 보고 싶습니다. 대한민국 우리나라.'

내가 늙고 병들어 정신이 온전치 못하게 되었을 때 '대한민국 우리나라'란 말을 종이에 끄적거릴까? 덕혜옹주는 평생 우리나라 대한민국을 얼마나 사무치게 그렸으면 이런 글을 썼을까? 그런 생각을 하면 지금도 마음이 아프다.

평생을 본인의 의지와는 상관없는 억눌리고 불행한 삶을 살다 간 덕혜옹주. 그녀가 잠깐이라도 진정으로 꿈꾸던 삶을 행동으로 옮기고 살았으면, 그래서 잠시라도 행복했으면 하는 바람을 영화를 통해 해본다.

충무로
비사(祕史)

한유림

1941년 함경남도 함흥에서 태어났다. 대학 졸업 후, 영화
월간지였던 『영화 세계』에 근무하다 김기영 감독의 〈하녀〉의
시나리오를 접하고, 그 매력에 이끌렸다고 한다. 이후 시인이
자 시나리오 작가였던 김지헌의 집에서 3년 동안 머물며 사
사받았다. 1965년 〈성난 얼굴로 돌아오라〉의 시나리오로 영
화계 데뷔한 후, 1966년 이광수의 〈유정〉을 각색한다. 이후
1970년대 중반까지 다양한 장르의 시나리오 작업을 하는데,
그 가운데는 〈수절〉(1973)과 같은 공포물, 〈아빠하고 나하
고〉(1974)와 같은 가족 멜로드라마, 〈금문의 결투〉(1971)
과 같은 무협물 등이 폭넓게 펼쳐져 있다. 1970년대 중반 이
후로는 방송극으로 주요 활동 무대를 옮기는데, 1980년대에
는 특히 기업 관련 다큐멘터리 드라마에 집중하여 현대건설,
대우그룹, 국제그룹 등의 기업사를 다룬 라디오 방송극은 단
행본으로 출간되기도 한다. 1989년에는 백시종, 김녕희,
전범성 등의 작가들과 함께 기업문학협의회를 결성하여 기업
사를 문학 장르로 넓히려고 시도한다. (매일경제)

| 각본 | 1966년 〈불개미〉 1970년 〈당나귀 무법자〉 〈버림
받은 여자〉 〈어느 소녀의 고백〉 1971년 〈금문의 결
투〉 〈월남에서 돌아온 김상사〉 〈첫정〉 〈현대인〉 〈지
금은 남이지만〉 〈미워도 안녕〉 1973년 〈요화 배정
자(속)〉 〈여대생 또순이〉 〈협기〉 〈수절〉 1974년 〈출
세작전〉 〈연화〉 〈대형〉 〈아빠하고 나하고〉 〈위험한
사이〉 1975년 〈천하무적〉 1979년 〈동백꽃 신사〉
1998년 〈안개도시〉
| 각색 | 1966년 〈유정〉 1968년 〈괴담〉 1972년 〈며느리〉
- 윤색
| 원작 | 1973년 〈여대생 또순이〉

연기자와 작가수업

| 한유림 |

영화가 감독의 예술이라고 하지만 사실 영화의 중심은 배우였다. 감독이 화면에 나오지 않는 이상 아무리 애를 써도 영화하면 스타, 배우를 빼놓을 수는 없기 때문이다.

일본영화계에서는 연기자들이 가장 존경하는 부류가 바로 감독이 아닌, 작가라고 했다. 연초가 되면 선물을 사들고 맨먼저 각본가들을 찾는 게 순서라고 한다.

"좋은 작품 구상해서 속히 써주시면 좋은 연기를 하겠습니다."

이런 의미로 작가들 집에 여배우들의 승용차가 줄을 잇는다는 것이다. 그리고 어느 여배우는 각본가와 결혼까지 했다.

그러나 우리 영화계에서는 이런 현상을 찾아볼 수가 없다. 하긴 1년에 1권의 책도 읽지 않는 연기자들이 수두룩하니, 작가의 존재가 눈에 들어올 리가 있겠는가?

그런 연유로 우리 각본가들은 여배우와 염문 한번 뿌리지 못했다. 유동훈 작가가 이모 여배우와 사귀었다는 것 외에는 이렇다 할 실적이 없었다.

신봉승 작가가 김혜란과 친하다는 소문은 가끔 들었지만 어디까지 나 단골작가와 연기자의 관계였지 그 이상 그 이하도 아니었다. 게다 가 영화가 아닌 TV 드라마쪽 얘기고 보면 영화계는 그야말로 삭막한 형편이었다.

이모 감독은 여배우와 결혼하기 위해 촬영장에서 나오는 여배우의 자동차 앞에 큰 대자로 누워 시위(?)를 벌여 결국 결혼으로 골인한 예 는 있지만, 우리 각본가들은 그런 용기도 없었다.

이래서 내가 친한 연기자는 열손가락도 모자랄 정도다.

무명시절부터 친했던 송재호와 조춘, 그의 집에도 몇 번 놀러갔던 신성일, 윤삼육과 친했던 이무정, 이경길, 김다로, 배우협회 협회장을 할 때 자주 만났던 남궁원, 윤삼육의 영술계 회합때 만났던 남포동, 박동룡, 남산집 아들이어서 나중에 몇 번 만났던 송승환, 국민배우 안 성기, 이만희 감독 조감독 시절부터 알았던 TV탤런트 양택조, 협회일 로 자주 접촉했던 윤일봉, 윤양하, 이해룡, 성우여서 잘 아는 주호성 등 주로 남자 배우들이었지만, 나하고는 절친한 사이들은 아니었다.

오래전에 초설(初雪)로 데뷔한 김지미(金芝美)가 영화인협회 이사장 을 역임할 때, 문상훈 작가와 공동으로 '김지미 일대기'를 기획한 일이 있었다.

그녀야말로 파란만장한 여자의 일생, 바로 그 모델이었기에 자료를 수집하고 김지미와 인터뷰를 요청했다. 결국 거절당했지만 그녀는 서 둘러 딸이 사는 LA로 이민 가버렸다.

나중에 전해들은 얘기지만 김지미는 홍성기, 최무룡, 나훈아 등 여 러번 결혼한 전력도 있지만 나중에 모 심장병 전문의와 결혼이 실패하 자 서둘러 미국으로 가버렸다. 그리고 박정희 대통령 시절 김지미는 요정을 차려 이후락과 함께 정부 요인들과 접촉해서 큰 돈을 벌었다는 루머가 퍼져 그게 사실이라면 김지미로서는 그녀의 전력을 끄집어 내기가 싫었을 터였다.

그러다가 최근 영화인 복지재단으로부터 '위대한 영화인 황정순'편을 써달라고 해 황정순 여사를 삼청동 그녀의 레스토랑에서 몇 번 만난 일이 있었다.

한국의 어머니 황정순은 정말 여배우 답지 않게 스캔들 한번 없이 바르고 깨끗한 생활을 해왔다는 데서 큰 관심을 끌었다.

나는 그녀보다는 그녀의 남편 이영복을 먼저 알았다. 피부과 의사였던 이영복 박사는 영화계에서 '이 박사'로 통하는 경마귀재(?)였는데, 경마를 좋아해도 룰에 어두웠던 우리는 이 박사를 졸졸 따라다니며 "이번엔 어느 말을 살까요?"하고 자문을 구했다. 그때마다 이박은 계룡산을 사라, 천마봉을 사라 울릉도 2호를 사라고 코치해 줘서 어떤 땐 돈을 따기도 하고 잃기도 했다.

경마가 끝나면 인심 좋기로 소문난 이박은 영화인들에게 밥을 샀다. 영화제작도 한 일이 있어 스탭들의 고충을 가장 잘 이해해줬으므로 그는 인기였다.

나중에 황정순 여사에게 직접 듣게 되지만, 1963년 〈상해리루〉란 영화를 제작했다가 흥행에 크게 실패했다. 이박의 재산과 황정순이 8년 영화해서 번 돈을 다 투자했는데 정말 난감했다고 한다. 영화제작은 그만큼 어려운 일이었기에 흥행전문가들도 함부로 덤비지 못하는 분야였다.

6.25가 터지자 황정순은 노모를 모시고 대구에 피난갔다. 국방부 문예중대에서 대구 문화극장 지하실에서 배우들이 공동생활을 시작했다.

그때 이영복 박사를 만났다고 한다. 연예인들은 로맨스 다방에 모여 있었고 연예인들을 좋아하던 이영복은 이 다방에서 인사를 나눴으며 그의 집에 초대해서 경상도 음식을 대접하기도 했다.

그런데 황정순과 이영복은 초면이 아니었다. 서울에서 〈여성일기〉를 찍을 때 철도병원을 오픈으로 빌렸는데 이영복은 그 곳의 피부과 과장이었다.

이영복은 대구시절 무척 외로운 처지였다. 왜냐하면 그의 전부인이 패물과 재산을 가지고 북한으로 가버렸기 때문이었다. 전처 소생 3남매를 데리고 이영복 역시 대구집에 내려와 있었다.

이것도 인연인가, 두 사람은 자주 만났고 이영복의 어머니도 만나고 하여 대구에서 연예인들의 축복을 받으며 결혼했다.

황정순과 여러번 식사와 차를 나누며 인자한 어머니를 대하는 느낌으로 인터뷰를 했다.

"다시 태어나도 역시 여배우의 길을 가고 싶어요."

안경 속의 맑은 눈으로 황 여사는 조용히 말했다.

"연기, 그것은 바로 삶 자체가 아닐까요? 아무리 섬세한 연기를 하고 있어도 연기자에게 넋이 결여돼 있다면 그것은 극치의 연기가 아닐 거예요."

옛날 1960년대 드라마 센터에서 앞장 서서 '영화인 궐기대회'를 했을 때 조그만 주먹을 들고 외치던 새카만 머리의 황영사는 어느새 하얀 백발이 되었다.

백발이 곱게 느껴지고 오히려 어울렸다.

〈팔도강산〉에서 김희갑과 백발로 연기했을 때는 머리에 일부러 물을 들였지만, 이젠 물을 들이지 않아도 자연스럽게 밝고 맑은 빛, 은발로 빛나고 있었다.

가장 잊혀지지 않는 작품은 역시 김영수 선생의 희곡을 각색한 〈혈맥(1963)〉이었다.

이북에서 내려온 월남 동포들이 모여사는 해방촌 산비탈에서 양말,

만년필 등 보잘 것 없는 품팔이를 하며 하루하루 은근히 살아가는 그들 가정에 부모 세대와 자식 세대간의 갈등의 골이 깊었다. 홀아비인 김덕삼(김승호)은 아들 거북(신성일)에게 미군부대에 들어가라고 강권하고, 옆집에 사는 황정순은 딸 복순(엄앵란)에게 억지로 신고산 타령(함경도 소리)를 가르쳐 기생이 되라고 한다.

또 다른 이웃인 신영균은 어린 딸과 담배꽁초를 모아 하루하루 연명하는데 아내가 병으로 죽어가지만 병원에 한번 데리고 가지 못하는 형편이다. 그의 동생 최무룡은 일본에서 대학까지 나왔지만 건설현장에서 막노동을 한다.

안일한 생활을 버리지 못한 채 그 방식을 자식들에게 전수하려는 부모들에게 반발하여 집을 뛰쳐나온 거북(신성일)과 복순(엄앵란)은 영등포에 있는 방직공장에 취직한다. 자식들을 보러 온 두 아버지(김승호, 최남현)은 애비들이 못나서 이러고 있지만 너희들은 쭉쭉 뻗어가야지 하면서 서로 사랑하는 두 사람의 혼인을 허락하고는 방직공장을 나온다.

전후 난민들의 공통된 운명 같은 것, 비록 밑바닥 생활을 영위하지만 젊은이들의 꿈은 살아있다는 형제애, 가족애, 우정 등을 승화시켜 혈맥(피의 맥)은 엄연히 이어진다는 주제를 담고 있는 작품이었다.

전에도 언급했지만 나의 스승 김영수 선생이 오른 다리와 바꾼 〈혈맥〉은 나와 김영수, 그리고 황정순으로 이어지고 있었다.

여기서 황정순은 구수한 함경도 사투리를 구사하며 "신고산이 우르르 함흥차 가는 소리에… 고무공장 큰 애기 단봇짐만 싸누나…" 신고산 타령을 읊조리며 딸(엄앵란)에게 억지로 타령을 가르치지만 딸은 기생이 되기를 거부한다. 경기도 시흥태생인 황정순은 함경도 사투리에 익숙하지 못했다. 그러나 6.25 전쟁 직후 이북난민들이 황정순이 살던 서대문에 모여 살았기에 그들의 액센트에 귀익어 있었다. 더구나 옛날 연극할 때 연극계와 영화계의 선배 노재신(엄앵란의 어머니)에게 함흥사투리를 직접 배웠다. 그리고 동양극장 시절 박창환(연출가), 김선초(가수 겸 배우)에게는 원산사투리를, 극작가 서방석에게는 홍원(洪原)사투리를 배워뒀었다.

그러나 결정적으로 영화 〈혈맥〉을 찍을 때는 명기획자 함흥내기 박민(朴珉)에게 사투리를 직수입했다. 박민은 김영수 작가에게 함경도 사투리를 제공했던 바로 그 인물이기 때문이었다. 그리고 또 황 여사가 잊지 못하는 작품은 조긍하 감독이 1964년에 만든 〈어느 여대생의 고백〉(신상옥 감독), 〈마부〉(강대진 감독), 〈육체의 고백〉(김문엽 각본), 〈무정의 40계단〉(1965, 정진우 감독), 〈김약국의 딸들〉(유현목 감독), 〈갯마을〉(신봉승 각본), 〈사람의 아들〉(유현목 감독), 〈피막〉(윤삼육 각본), 〈부초〉(이한욱 감독), 〈홍살문〉(변장호 감독), 〈첫정〉(장영국 감독), 〈동심초〉(이상언 감독), 〈남과 북〉(김기덕 감독), 〈저하늘에도 슬픔이〉(김수용 감독) 등이라고 했다.

황정순은 진정한 연기론을 다음과 같이 말했다.

"배우는 몸(body), 마음(mind), 정서(emotion)를 훈련시켜 발전시키기 위해 존재한다고 봐요. 의상, 말하는 태도, 몸의 위치, 심지어 머리를 빗는 다양한 방법들과 같은 자질구레한 디테일도 알고 있어야 하며, 인간의 모든 정서 희노애락에 대해서 연구하고 복합적 감정과 정서를 언제라도 재생(연기)할 수 있어야 합니다. 연기자가 행동하는 능력이 부족하다면, 다양한 역할을 맡지 못합니다. 배우는 행동을 제대로 할 수 있도록 하기 위해 '자기화과정(personalizations)'을 연습해야 합니다. 내 인생에서 특별히 중요하고 소중한 사람은 누구일까요? 아버지, 어머니, 그리고 남편, 혹은 형제, 가장 친한 친구 얼마든지 있을 수 있습니다. 그러나 이 소중한 사람들은 거꾸로 나의 행동을 제약하고 능력을 펴지 못하도록 심리적 압력을 주는 존재가 될 수도 있어요. 실제로 나는 키스씬을 찍을 때, 남편이나 자식 혹은 친척들이 지켜보는 데서는 도저히 자유롭게 찍을 수 없었습니다. 자연스런 연기가 나오지 못하고 경직돼 있었어요. 그러나 작품을 거듭하면서 심리적 경직이 서서히 풀려남을 느낄 수 있었어요. 남편이 보는 데서도 베드씬, 러브씬을 자연스럽게 찍을 수 있었으니까요. 나는 프로페셔널 연기자기 때문이죠."

이것이 '자기화 과정'임을 느낄 수 있었다. 선배들이 이런 고충과 탈출방법을 일러주었다.

어디까지나 연기할 때만은 어디에 속해 있는 인물이 아니고, 혼자만의 나, 연기자 황정순만이 존재한다고 절감했다.

한번뿐인 인생에는 리허설이 없지만, 연기자는 남의 인생(작품 주인공의 인생)을 내 인생으로 육화(肉化)하여 그 인생의 삶을 연기로 표출해야 했다.

황정순이 처음에 곤혹스러웠던 것은 한 인물의 역할을 연구하고 성격을 분석하고 그 인물에 걸맞는 행동을 하며 캐릭터에 맞는 의상을 걸치고 걸음걸이도 따로 연습하면서 영화를 찍는 것인데, 그 영화가 끝난 후 다른 작품을 계약하고 각본을 펴들면 전 작품의 캐릭터가 습관처럼 몸에 달라붙어 그걸 떨쳐내려고 며칠을 고생했다.

인간의 능력이 아무리 무한하다고 하지만 주모 역할을 하다가 갑자기 순박한 어머니 역할을 할 수는 없었다. 익숙하게 몸과 감정에 육화되었던 주모의 몸짓과 대사 걸음걸이가 무의식중에 튀어나와 NG를 먹기 일쑤였다.

이 함정에서 빠져나오기 위해 적어도 100작품은 출연해야 했다. 100편이 넘으니 바둑 유단자가 기도(棋道)에 통달하듯 그녀는 어느 역할이나 소화할 수 있었다.

또 느낌이 중요했다. 대본을 받고 처음 읽었을 때의 느낌, 그리고 상대배우를 만났을 때의 느낌, 연출자나 감독을 만났을 때의 느낌은 작품의 성패를 좌우했다.

느낌없는 연기는 악기없이 노래하는 것과 같았다. 요즘 유행하는 립 씽크도 가수들이 가사를 낭독하거나 읽지만 백뮤직이 깔려있어 리듬감을 느끼는 거였다. 마찬가지로 한마디 대사를 내뱉고 연기를 하더라고 '느낌'이 없으면 죽은 연기를 할 수 밖에 없었다.

이 세상에는 남에게 영향을 주는 사람과 주지 못하는 사람으로 나뉘었다. 연기자는 남들에게 영향을 줘야 하며 주위를 압도할 수 있어야 했다. 이런 사람을 정력적이라고 하며 카리스마가 있다고 하지 않던가. 목과 목소리를 통하여 감정으로 타인과 의사소통을 할 수 있는 카리스마(능력)가 있어야 훌륭한 연기자가 될 수 있다고 황정순은 확신했다.

작가마다 특색이 있었다. 나의 스승이었던 김강윤 선생은 구성으로는 따를 자가 없었다. 그는 초고(初稿)가 끝나면 풀과 가위를 준비했다. 원고지를 자르고 붙이고 나중 것이 처음으로, 처음 것이 나중으로 그야말로 필름 편집처럼 원고지를 잘라 자유자재로 뗐다 붙였다 했다.

처음에는 혼란스러워 뭐가 뭔지 몰랐다. 남의 글을 함부로 잘라서 순서를 마음대로 바꿔놓나하고 자존심이 몹시 상했다.

그런데 전체를 잘 편집해서 다시 읽어보면 전혀 새로운 시점이 창조되고 이미지가 오히려 선명하게 부각되는 걸 발견했다.

'호, 이것이 영화편집이로구나!'

신상옥 감독과 여러 작품을 했고 편집을 해봤던 김강윤은 '영화는 편집의 예술이다.'를 깨달았던 구성의 제 1인자였는지 모른다.

1. 6.25때의 전쟁필름

2. 김일성의 웃고 있는 얼굴

3. 남하하는 피난민의 행렬

이 세가지의 필름을 이어서 보여주면 어떤 이미지가 생겨날까?

6.25의 비극이 부각될 수도 있으나 김일성은 호전적인 독재자다, 라는 제 3의 이미지가 창조되는 것을 발견할 수가 있었다.

이것이 영화의 몽타주(Montage) 이론이 아니던가.

김강윤은 이 이론대로 필름이 아닌 원고지를 마치 필름처럼 썰고 붙여서 재창조했던 것이다.

김지헌 선생은 원래 서정주의 추천을 받은 시인 김최연(金最淵)이었다. 그래서 그의 글은 시정(詩情)이 넘친다.

　　　오늘은
　　　익어가는 열매마다 하나씩
　　　그리웠던 빛깔을 지녀주시고
　　　가까이서 우러드는 마음마단
　　　당신의 얼굴같이 생긴
　　　원(圓)을 그어 주십시오.

　　　그리고 당신은…
　　　우리의 숱한 이웃들이
　　　밤을 더듬어 온, 여기
　　　아, 향불처럼 켜진

　　　너무나도 빛나는 축복입니다.
　　　　　　　　　　　　　　　　　〈달의 후반부〉

달을 보고 지은 이 시는 다른 시인들과 다르게 축복이라고 비유했다.

내가 제일 좋아하는 〈구름은 흘러도〉(유현목 감독)의 시나리오를 소개하면,

S#100. 색도(索道)철탑이 있는 다릿목(아침)

말숙, 기쁨에 못견디어 목에 걸었던 꽃다발을 벗어 하늘 높이 던져 올린다.

그 꽃다발이 때마침 낙도를 타고 흐르는 바께쓰에 담겨져서 하늘로 치달아 오른다.

그것을 행복한 얼굴로 쳐다보던 동석과 선희, 지긋이 손길을 마주 잡는다.

바께스들 우러르는 기쁜 얼굴들.

지희(E) "말숙아, 저 꽃 웃고 있지?"

바께쓰에 방긋거리는 꽃다발이 실려가는 하늘 위로 아침 볕에 빛나는 흰구름이 한송이 한가롭게 흘러간다.

그리고 김영수(金永壽)선생은 구수한 서민 다이얼로그 제 1인자였다. 그의 작품 소복(素服, 소설), 혈맥(血脈, 희곡), 박서방(라디오 드라마), 굴비(라디오 드라마)에서 보여주는 진솔한 서민들의 대사는 듣고만 있어도 뭉클한 감동을 주었다.

나는 그의 북아현동 한옥집에서 꼭 6개월을 사숙했다. 그의 칼같이 날카로운 부인과 말없는 아들, 이화여고에 다녔던 딸. 그리고 객식구 나의 공동생활은 어쩌면 너무 불편한 관계였으리라고 짐작되지만 김영수 선생의 불같은 카리스마에 눌려 아무렇지도 않게 지나갔다.

"다미야! 한 선생 이불 깔아줘라!"

하고 안방에 대고 고함치던 김영수 선생의 굵은 음성이 지금도 들려오는 듯 하다. 여고 3년생 그분의 딸 김다미(金多美)는 못마땅한 표정으로 이불을 디밀곤 사라지곤 했다. 방이 셋 밖에 없어서 나는 선생님 서재에서 공부하고 잤다.

삐그덕 삐그덕-!

철제 의자에 앉아 불편한 다리로 작품을 쓰기 때문에 요란한 소리가 났다. 그는 저녁을 먹으면 위스키 한잔을 마시고 잠이 들었다. 나는 그동안 그가 사준 문학전집 (그의 책은 대부분 일어로 된 책이라 내가 읽지 못했으므로 나를 위해 을유문화사 세계문학전집을 사들여 읽게 했다)을 읽고 브리핑을 해야했다. 그는 어김없이 철학자 칸트처럼 밤 12시면 눈을 떴다. 글을 쓰기 위해서였다.

"어디까지 읽었나?"

"전당포 노파를 살해한 주인공이 도로를 걸으며 혼잣말하는 대목을 읽었습니다."

"느낌은?"

물음은 언제나 짤막했다.

"살인자도 우리들과 별반 다르지 않은 심리상태인 것 같습니다."

"그리고 또?"

"도스트예프스키가 정말 빚을 갚으려고 이 글을 썼을까요?"

"내가 어떻게 알아? 어서 자라구."

"네."

12시 30분에 다미가 디밀어준 이불을 펴고 누우면 "오마니! 내레 그런 줄 몰랐시요!" 하고 프롬프터를 치고 흐느끼며 원고를 쓰는 그의 음성과 삐거덕거리는 철제의자 소리와 라스꼬리니코프가 전당포 노파를 찌르는 광경이 겹쳐 전혀 잠이 오지 않았다.

새벽 4시경 깜박 잠이든 내게 김영수 선생은 "일어나!" 하고 고함을 질렀다. 내가 미처 깨어나지 못하면 그는 곁에 세워둔 의족(義足, 작품 혈맥과 바꾼 그의 짤린 다리에 끼우는)을 들어 내 다리를 툭툭 쳤다.

"이 사람아, 남들처럼 자고 어떻게 작가 되겠어?"

이 소리에는 모든 잠이 다 달아나 나는 벌떡 일어났고 이불을 갰고 마당으로 뛰어나가 얼음물을 떠서 세수를 했다. 부엌에 사모님이 얹어 논 뜨거운 물이 연탄불에 늘 끓고 있지만 김영수 선생은 찬물로 세수하라고 명령했다. 코피가 주르룩 터졌다. 얼른 화장실에 가 휴지를 떼서 코피를 멈추게 한 뒤 서재로 들어갔다.

"이 원고 읽어봐."

그는 밤새 써 논 원고를 내게 넘겼고 그는 코를 골며 잠에 빠졌다.

이런 생활을 4개월 하며 도스트예프스키의 죄와 벌, 멜빌의 백경을 읽으며 코피를 여러번 쏟으니까 내 얼굴은 반쪽이 되었다. 그래도 나는 오기로 버텼다.

사모님이 혀를 차며 "쯧쯧 생사람 잡겠수. 내보내요." 했지만 김영수 선생은 톨스토이의 『전쟁과 평화』를 읽으라며 또 숙제를 내주곤 했다.

"저 선생님, 저 전축은 왜 쓰지 않습니까?"

나는 한쪽에 버리다시피 내팽겨쳐진 전축을 가르키며 음악을 듣고 싶다고 말했다.

"음악, 좋아해?"

"네."

"판 다 버렸어. 듣고 싶으면 원판 사오게. 충무로 입구에 가면 원판 가게 있어."

하고 방송국에서 받은 고료를 떼주었다.

나는 신나게 외출하여 충무로 입구 디스크 가게에서 브람스, 파가니니, 슈베르트 등 듣고 싶은 원판을 다 모았다. 디스크 꽂을 디스크장을 목공소에 가서 맞추고 본격적으로 원판모으기를 시작 매일 한곡씩 정오에 서재에 커튼 치고 꼬마전구를 컨 채 음악 감상에 빠지곤 했다. 사모님이 보고,

"저 두 사람 미쳤어!"

하고 혀를 끌끌 찼지만 우리는 아랑곳 하지 않았다. 식사도 심부름하는 소녀(주로 김 선생의 의치를 닦고 관리하며 원고료를 받아오는 일을 했다.)가 겸상을 가져와서 셋이 서재에서 식사했으므로 김 선생 부인과 아들, 다미와 부딪힐 일이 없었다.

"흥, 아주 독립을 하지 그래요. 세사람 방 얻어서 나가 살면 더 좋겠네."

하고 거의 별거생활을 하던 김선생에게 비아냥거려도 우리는 꿀먹은 벙어리처럼 원고 쓰고 음악 듣고 세계문학전집을 읽고 브리핑하고 토론도 했다.

그 집에 사숙한지 꼭 한달이 지나던 날. 김선생은 봉투를 하나 주었다.

"아니, 이게 뭡니까?"

"자네 봉급이야."

"네? 전 공부하러 왔지 일하러 온 게 아닌데요. 오히려 제가 수업료를 바쳐야 마땅합니다."

"아닐세. 가끔 고료도 받아오고 원고도 읽으니까 자네도 일하는 거야. 매달 줄테니 내 딸 다미하고 영화구경도 가게."

나는 눈물이 나올려고 했다. 밤 12시면 어김없이 깨어 연세가 많아 감정이 격해오지 않는다며 홍차에 조니워커 한잔 타서 마시고 "오마니, 내레 죽을 죄를 지었수다레!"하며 울고불며 원고를 써서 방송국에 보내 고료를 타오는 그런 눈물젖은 원고료 중 일부를 나는 쓸 수 없었다.

"아닙니다. 봉급이라니 당치 않습니다."

봉투를 도로 내밀었더니 김 선생은 불같이 화를 내며 성의를 무시한다고 야단쳤기에 할 수 없이 받았다.

"다미야!"

하고 큰 소리로 딸을 불렀다. 따님이 와서 장짓문을 열었다.

"얘, 어서 단장해라. 한 선생하고 영화보구 와."

"싫어요!"

다미는 날마다 내게 이불을 안아다 주는 게 싫은 모양이었다. 김선생님의 서재가 좁아 이불을 둘 수 없었으므로 따님이 늘 싫은 눈치를 하며 이불을 옮겼다.

속으로 뭉클하고 뭔가 느껴졌다; 선생님의 배려가 멋있다고 느꼈다. 비록 스승님의 따님과 데이트는 할 수 없었지만 나는 만족했다.

한번은 선생님이 쓰고 있던 TV드라마 원고를 읽어보라고 해서 읽었는데 전반 10장 정도가 없어도 전체적인 기승전결은 아무 지장이 없어 보였다. 말하자면 전반 10장 분량은 군더더기 같았다.

"선생님, 죄송한 말씀이지만…."

눈치 빠른 김선생이 내 표정을 살폈다.

"왜? 오자라도 나왔어?"

"그게 아니구요. 이 첫부분이 웬지 괜히 붙어있는 것 같아서요."

"뭐야?"

선생님의 표정이 험악해졌다. 건방진 놈 같으니 감히 선생님의 원고에 토를 달아? 하고 노려보는 것 같았다. 선생님은 말없이 원고를 다시 읽었다. 한동안 말이 없었다. 내 판단이 틀렸나, 하고 마음을 졸이고 있으려니까 "맞아, 자네 말이…."하더니 전반 10장을 떼어내 박박 찢어버렸다. 그러더니 씩씩대며 대사를 읊조리며 다시 써내려가기 시작했다. 아마 3, 40분 흘렀을까 선생님은 다시 쓴 곳을 찬찬히 훑어본

후 씩하고 웃었다.

"자, 다시 읽어보게."

새로 써넣은 분량이 아주 쌈박해 보였다.

단조로운 극의 흐름이 매우 선명해지고 요즘 말로 엣지있게 보였다.

"좋습니다. 아주 씬이 살아났어요."

나도 기뻐서 맞장구를 쳤다.

"여보게 오늘은 자네가 원고 갖다주고 고료 받아오게."

"네."

나는 외출하는 게 더없이 즐거웠다. 남산 KBS에 들러서 충무로에 나가 옛친구들과 만나는 것도 기쁨이었다.

고료를 받아서 북아현동 한옥골목을 오르는데 그날은 웬지 날아갈 듯 몸이 가벼웠다.

삐걱 나무대문을 밀고 들어가 선생님의 서재 장짓문을 열었더니 선생님이 심부름하는 소녀와 같이 내 모습을 지켜보고 있었다.

"?"

놀랐다. 내 짐보따리가 잘 챙겨져서 방 복판에 나와 있었다.

"자네 인제 나한테 다 배웠어. 자네 혼자 힘으로도 얼마든지 작가생활 할 수 있겠어."

"아니, 저더러…."

"오늘 나가주게. 보따리 싸놨네. 다 배웠으니 더 이상 가르쳐줄 것도 없어."

"아, 네…."

눈물이 콱 쏟아졌다.

소녀가 준비한 봉투를 내밀었다.

"그건 이달치 봉급이네. 충무로에 가도 당장 쓸 게 있어야지."

"고맙습니다 선생님…."

"다미야! 얘 다미야!"

선생님이 또 큰소리로 딸을 불렀다. 아직 소녀티가 가시지 않은 김 다미가 뛰어왔다.

"아버지 왜 그러세요?"

"한 선생 오늘 졸업했으니 버스정거장까지 가방 좀 들어다 드리렴."

"…네."

다미가 좀 서운한 듯 나를 돌아보았다. 눈물을 훔치고 일어서는데 다리에 힘을 풀려 약간 휘청했다. 정중히 인사하고 일어섰더니,

"자넨 재치가 있어. 내 대사야 뭐 볼 거 있나. 서민들 잡담이지…. 자넨 시나리오로 대성할 걸세. 잠 줄이고, 먹을 거 줄이고 열심히 코피 터지도록 원고하고 씨름해보게. 꼭 성공할거야."

"안녕히 계십시오. 몸조심 하시구요." 나는 그집 대문을 나왔다. 꼭 6개월만이었다. 코피도 여러번 쏟고 잠도 제대로 자보지 못했던 곳, 나는 다소곳이 따라나온 다미의 손에서 가방을 받아내고 눈으로 인사 했다. 그동안 미안하고 고마웠다고….

짐이라야 가방 하나와 책과 원고가 들어있는 보퉁이 하나였다. 나는 묵묵히 땅만 보며 걸어나왔다. 다미가 문간에 서서 지켜보다가 삐걱 문소리를 내며 안으로 들어가 버렸다. 나는 가슴에 희열이 넘쳤다. 가 능성이 있구나. 그날따라 하늘은 푸르고 바람도 좋았다. 충무로로 향 하는 내 발걸음이 더 가볍고 씩씩해 보였으리라….

걸작의
탄생

젊은 시나리오 작가들이 그룹을 결성, 공동 작업 과정을 통해 서로의 장단점을 보완하여 작품성 있는 오리지널 시나리오를 완성시키는 창작 프로젝트. 공동 집필 프로젝트에 참여한 각 작가의 스토리는 다른 작가들이 서로에게 객관적 감상평을 전해준다. 그리고 토론을 통해 새로운 아이디어를 제공하거나, 보완, 수정과정을 거쳐 참여 작가 스토리 모두를 오리지널 시나리오로 완성할 수 있게 한다. 참여 작가들의 스토리가 오리지널 시나리오로 창작, 완성되어 가는 공동 집필 전 과정을 〈시나리오〉에 공개 연재하고 완성된 시나리오는 저작권위원회와 협의하여 각 작가가 작품의 저작권을 소유한다.

1. 색지-야한 종이_김주용
2. 하모니카_양동순
3. 패밀리 대첩_임의영

색지
| 사극 |

| 김주용 |

S#1. 동궁 / 낮

쟁반에 놓인 종이콘돔(사서삼경 책을 찢어 만든)을 당혹스러운 얼굴로 바라보는 세자.

세자 이걸 어떻게 쓰는 것이냐? 직접 시범을 보여라.

그 말을 들은 김내관이 움찔한다. 세자도 김내관을 보고 자기가 말실수를 했다는 것을 깨닫는다.

세자 아니다. 내 미안하네. 자네는 할 수가….
김내관 보여드리겠나이다.
세자 …?! 가능한가?!

김내관이 쟁반에 놓은 종이콘돔을 들고 겁지 하나를 펴 보인다. 그러다가

검지 하나가 너무 작다고 생각했는지 중지까지 해서 곧 두 개를 펴 보인다. 그리고는 손가락 두 개를 종이콘돔 안에 집어넣고는 다른 손으로 만든 동그라미 안으로 쏙쏙 쑤시는 모양을 해 보인다.

김내관 이렇게 쓰는 것이옵니다, 세자저하.
세자 어허… 이런, 이런…! 선비의 소중한 벗이 되어야 할 종이마저 음란해지니 조선의 법도가 땅에 떨어졌도다. 이런 망측한 종이를 만든 자들이 대체 누구더냐?

S#2. 숲속 / 밤

누군가를 피해 숨을 헐떡이며 달아나는 한 약방기생(예은)이 보인다. 그녀가 두어 명의 사내들에게 쫓기고 있다. 다급한 상황. 그녀가 도망치다가 나무 사이에 난 커다란 거미줄에 걸린다. 얼굴에 묻은 거미줄을 치우며 그녀가 거미줄 끝의 거미와 마주한다. 제법 큰 거미. 그 거미가 잽싸게 사라진 나무 아래로 독버섯들이 보인다. 그녀가 쭈그려 앉아 독버섯들을 살펴보다가 품에서 약봉지를 꺼내 한 움큼 약을 털어먹는다. 어느덧 사내들이 가까이 쫓아왔다. 그녀가 서둘러 독버섯들을 딴다. 그리고는 버섯들을 손에 쥔 채 옆에 있던 우물 속으로 풍덩 빠져든다.

S#3. 궁궐 후원 연못가 / 낮

궁궐 후원의 연못가 물풀들 사이로 종이배 하나가 떠 있는 게 보인다. 공인의 공복을 입은 규호가 쭈그려 앉아 종이배를 들어 살펴본다. 종이배 위에는 꽃잎들이 몇 개 떨어져 있다. 규호의 얼굴이 찌푸려진다.

S#4. 궁궐 후원 다리 / 낮

세자가 후원의 다리를 건너고 있다. 규호가 그 앞으로 서둘러 걸음을 옮기며 세자 앞에 무릎을 꿇어앉는다.

규호 세자저하, 조화를 다루는 화장 김규호라고 하옵니다.
세자 화장이라… 꽃을 만드는 공인이 무슨 일로 길을 막고서 내 앞에서 무릎을 꿇은 것이냐?

규호가 품에서 종이콘돔을 꺼내 땅바닥에 놓는다.

규호 송구스럽게도 이 망측한 종이를 만든 놈이 바로 저입니다.

[타이틀] 색지

S#5. 무예수련장 / 낮

규호가 홍별감과 검술을 겨룬다. 날렵하고 긴장감이 넘치는 대련이다. 규호와 홍별감은 막상막하의 검술을 선보이는데, 결국 홍별감이 규호의 목에 닿을 듯 말 듯 먼저 칼을 대어 이겼다는 제스처를 취하며 대련을 멈춘다.

규호 또 졌군.

홍별감 (칼을 거두며) 검으로 먹고 사는 궁궐별감이 천하의 한량한테 검으로 진다면 그거야말로 개망신이지.

규호 천하의 한량이라니… (걸어가며) 난 그저 관직에 뜻이 없고 풍류를 즐길 줄 아는 젊은이일 뿐이라구.

홍별감 (같이 걸으며) 그게 한량이네!

규호와 홍별감이 걸어가 한쪽에 놓인 물을 마신다.

홍별감 설마 올해도 무과시험을 일부러 망칠 생각은 아니겠지? 자네 아버님이 이번에는 아주 단단히 벼르고 계셔서 잘못하단 나한테도 불똥이 튄다구.

규호 (검을 살피고 휘두르면서) 서자로서 가문의 명예를 가장 드높일 수 있는 일이 무인이 되는 것이기에 내 아버님의 성화에 못 이겨 무예를 연마하고는 있으나 도통 내 입맛에는 안 맞는 일이야. (칼날을 만지며) 칼이란 너무 차갑기 그지없어.

홍별감 그럼 자네 입맛에 맞는 일은 대체 뭔가? 따뜻하고 부드러운 여인의 살결을 다루는 것?

규호 물론 그것도 내가 좋아하는 일들 중 하나지. 그러고 보니… 이제 슬슬 어머니 일을 도와드려야겠어.

홍별감 벌써 절기가 그렇게 됐나? 어느새 봄이 왔군.

S#6. 규호가 굿에 쓰이는 무화(종이꽃)를 만드는 몽타주

규호가 무당집 안에서 갓과 도포를 벗고 정갈한 하얀 옷으로 갈아입는다. 규호가 종이를 염색물에 담근다.

규호가 색색의 기다란 종이들을 빨래 널듯이 널며 바람에 말린다.

염색된 종이를 다시 한 번 염색물을 들인다.

규호가 더 짙고 선명한 색색의 기다란 종이들을 널며 바람에 말린다.

대나무를 물에 적신 소창으로 싸고 그 위에 한지를 바른 다음 풀을 먹인 실로 감고 시간경과. 실을 풀면 가늘게 골이 진 종이가 만들어진다.

규호가 가위로 염색한 종이들을 잘라 꽃잎을 만든다.

숯불에 달군 인두로 꽃잎이 동그랗게 말리도록 하나하나 정성껏 지진다.

목단, 매화, 달리아, 살제비꽃, 국화 등이 아름다운 자태를 뽐내며 규호의 손에 의해 탄생한다.

규호가 저승으로 들어가는 문인 대설문꽃을 만든다. 오색천을 휘감고 목단, 함박꽃, 주먹살제비꽃, 다리화 등으로 장식한다.

규호가 굿상에 쓰이는 큰 수파련을 장식한다. 목단, 연꽃 등 수십 개를 지지대를 둘러서 장식하고 사이마다 매화, 난, 도라지꽃 등과 나비, 동자, 학 같은 소품들로 장식을 마무리한다.

규호가 무화들로 장식된 화려한 굿상을 흡족한 얼굴로 바라본다. 그 옆으로 영분(규호의 어머니)이 다가와 선다. 규호가 어머니를 보며 뿌듯한 듯 미소 짓는다.

S#7. 성황당나무 굿판 / 낮

시끌벅적한 음악소리와 사람들의 웅성거림이 들리며 성황당나무 아래 규호가 만든 굿상이 차려져 있다. 굿판 한가운데서 만신 영분이 무복을 입고서 반주에 맞추어 방울을 흔들며 춤을 추고 규호는 평민의 옷차림새로 구경꾼들 쪽에서 굿을 진지하게 살펴보고 있다. 그런 규호 옆으로 한 약방기생이 다가오는데, 그녀는 굿이 신기한 듯 그곳에서 시선을 떼지 못하고 있다.

예은 이게 뭐하는 굿판이죠?

그 소리에 규호가 무심히 예은을 돌아보는데 곧 그녀에게 한눈에 반한 듯 넋이 나간 얼굴이 된다. 예은은 여전히 굿판만을 바라본다.

규호 도당대감 삼불제석께 마을의 안녕과 태평, 풍요를 바라며 치성을 올리는 마을 대동굿입니다. 만신께서 매년 이맘때 여십니다.

예은 제법 영험한 무당이신가 봐.

규호 한양에서 둘째가라면 서러운 만신님이시죠.

영분이 흥을 주체 못해 굿판 한쪽에 치워두었던 작두를 사람들이 말려도 한사코 꺼내 굿판 한가운데 놓고는 작두를 타기 시작한다. 구경꾼들의 감탄사가 더욱 커지며 꽹과리 소리와 북소리도 더 요란해진다.

규호 아이고, 우리 엄니 또 작두 타신다. 신명이 나셨네.

예은 저 만신님의 아들? (규호가 고개를 끄덕이자) 그럼 점도 좀 보시겠네요.

규호 아뇨. 괴이하게도 저한텐 신기가 좁쌀 한 톨만큼도 없다네요, 우리 엄니가.

예은 어머나, 그럼 뭘 해먹고 살아요?

규호 뭐 나름 재주가 이것저것 있긴 한데… 그러니까… 그런데 확실한 건 없나….

예은 안 됐네. 그냥 엉터리 선무당이라도 되지 그래요?

규호 선무당? 선무당이 사람 잡는다는 말 못 들어봤나? (능글맞게) 그러면 이 선무당이 손금 한 번 봐드릴 수도 있는데… 손을 살포시 이쪽으로 주시면….

예은 (손을 규호에게 내미는 것처럼 하다가 굿판 쪽을 가리키며) 아, 굿이 끝났나 봐요.

규호가 굿판을 바라본다. 그 눈 깜빡할 사이에 예은이 사라져버린다. 당황하는 규호. 굿상 쪽으로 달려가 종이꽃들을 허겁지겁 뽑아 꽃다발을 만든다. 무인들이 규호를 보고 말리지도 못하고 안절부절 못한다. 규호가 꽃다발을 한 아름 만든 후 예은이 사라진 쪽으로 달려가다 영분에게 넙죽 절을 한다.

규호 소자, 어머니를 보고 다시 한 번 감탄 했나이다! 어머니의 정성어린 치성 덕에 올해에도 우리 마을에 대길이 가득하겠습니다! 또 소자에게도 놀라운 순간이 찾아왔습니다. 그럼 소자는 이만 운명을 찾아 가 보겠습니다!

영분 (달려 사라지는 규호를 보고서) 꽃들은 모두 태워야 하는 거 모르나?! 저 녀석이 저승을 왔다 갔다 한 것들을 가지고 뭘 할려구, 쯧쯧….

S#8. 기와집 담벼락 / 낮

예은이 앞서 걷고 있고 규호가 그 뒤를 졸래졸래 따라 가고 있는데 규호는 종이꽃다발을 뒤로 숨긴 채 뒷짐을 지며 휘파람을 불고 있다. 예은은 그런 규호가 자꾸 거슬린다. 예은이 휙 규호를 돌아본다.

예은 야, 너.
규호 나…?
예은 그래 너. 여기 너 말고 또 누가 있니? 너 왜 나 자꾸 쫓아와?
규호가 뒤로 숨겨 놓았던 종이꽃다발을 예은에게 내민다.

규호 가져라. 내가 직접 만든 거다.

예은이 아름다운 종이꽃들에 취해 꽃다발을 받아 감상한다. 만져보니 진짜 꽃이 아니다.

예은 진짜 꽃인 줄 알았는데 아니네. 너무 예뻐.

규호 다 종이로 만든 거다. (꽃다발 속의 꽃을 하나하나 가리키며) 이건 매화고 요건 양귀비, 국화, 목단… 그리고 이건 실제비꽃인데 바리데기가 서천서역국에서 가져온 전설의 꽃으로 환생을 상징하지. (점점 예은에게 가까이 붙으며) 그리고 이건 나비와 꿀벌, 향기를 따라 아름다운 꽃을 향해 날아온….

예은 종이를 다루는 손재주가 제법 비상하구나.

규호 어렸을 때부터 어머니를 도와서 하던 일이니까. 어머니를 도울 수 있는 일이 어린 나한테는 이것밖에 없었거든.

예은 다른 특별한 종이도 만들어 줄 수 있니?

규호 무슨 종이를?

예은 피임용 종이….

규호 피임용 종이?

예은 무식한 놈. 남녀가 씹을 뜰 때 덜컥 애를 배는 걸 막는 종이 말이다.

규호 그런 종이를 왜… 만들어보기는 하겠지만….

예은 그럼 부탁한다. 만들면 연락해라. 겸사겸사 손금도 한 번 보러 갈 테니.

S#9. 야외 정자 / 낮

규호가 제법 고급스러운 갓과 도포를 쓰고 물 좋은 계곡이 있는 산 속 정자에 앉아 사서삼경 중 하나인 중용을 읊고 있다. 그러면서도 누가 오나 자꾸 눈치를 살피고 있다. 마침 저쪽에서 예은이 정자를 향해 걸어온다. 규호의 책 읊는 소리가 우렁차고 또렷해진다. 예은이 규호 앞에 털썩 앉는다.

예은 양반이셨소이다?

규호 내 양반이긴 하나 서출이라 신세가 딱하지.

예은 어머니는 한양에서 제일가는 만신이고 아버지는 사대부 권세가문의 대감. 서출이긴 하나 권세가 막강한 아버지의 총애를 듬뿍 받는다는 비상한 한량께서 꽤 겸손한 말씀을 다 하십니다.

규호 내 뒷조사는 언제 다 한 건가?

예은 이 미천한 약방기생을 놀리시느라 아주 재미가 좋으셨겠습니다.

규호 감히 내 어찌 의녀를 놀릴 수가 있나? 칠칠치 못한 자들이 약방기생이라고 손가락질 하나 사람을 살리는 의술을 배운 고귀한 의녀들 아니오? 충분히 사람들로부터 존경받을 만하지.

예은 어쨌든 양반한테 피임용 종이를 만들어달란 부탁을 했으니 이거 오금이 저려서 죽겠습니다. 조선은 피임을 허용치 않는 나라 아닙니까? 지금 읽고 계신 경전도 나한테 훈계를 하기 위해 갖고 오신 것이겠죠.

규호 이 책은 사서삼경 중 하나인 중용인데 마침 이런 구절을 읽고 있었지. "윗사람은 아랫사람을 업신여기지 않고, 아랫사람은 윗사람에게 매달리지 않고, 자기를 바르게 하여 남에게 바라기만 하지 않는다면 곧 원망함이 없을 것이니, 위로는 하늘을 원망하지 않고 아래로는 사람을 탓하지 않게 된다."

예은 아주 좋은 말입니다.

규호가 읽던 책의 페이지를 북 찢는다.

규호 이 세상과는 어울리지 않는 거짓말이야.

규호가 그 찢은 종이로 종이콘돔을 만들기 시작한다.

규호 늘 아랫사람은 윗사람에게 굽실거리고 윗사람은 아랫사람을 업신여겨. 자기 혼자 고고한 척 굴면 뒷방으로 밀려나 하늘을 원망하고 사람을 탓하는 야인이 될 뿐. 책에 쓰인 이상과 달리 부정한 억압이 판을 치는 그릇되고 모순된 이 세상에서 핏줄은 가져서 무엇 하리. 그래봤자 서출의 자식, 무당의 자손인 걸…. 그리하여 나 사서삼경을 찢어 거시기에 씌우는 종이를 만드니, 이 세상을 향해 좆을 먹인 색지라고 하오.

규호가 책상 위로 예은을 향해 종이콘돔을 자랑스럽게 내민다.

규호 내 자네를 가르치려들 생각 따윈 처음부터 없었소이다. 악습에 찌든 험악한 사내들이 모든 걸 쥐락펴락하는 이 조선에서 사내들이 절대로 이길 수 없는, 결코 뚫을 수 없는 종이요. 얇디얇은 가벼운 이 종이 한 장이 남자의 자존심과 상징을 가볍게 꺾을 수 있단 말이요. 어떻소? 신선하고 짜릿한 쾌감이 느껴지지 않소?
예은 이제 보니… 선비님도 세상물정 모르는 고루한 애송이셨군요.

규호가 그 말에 당황한다. 예은이 중용의 다른 페이지를 찢고는 종이를 꼬아 무엇인가를 만들기 시작한다.

예은 제가 만든 현실 속의 종입니다.

Y자 모양으로 꼬아 만든 여성용 피임종이(루프)의 모양. 규호가 그것을 보고 어떻게 쓰는지 감을 잡지 못한다.

예은 남자가 직접 우산처럼 써야하는 종이가 아니라 여자가 남자 몰래 스스로 자궁의 양 갈림길을 막을 수 있는 종입니다. 어떤 남정네가 자기 거시기에 거추장스럽게 종이를 씌우는 것을 좋아하겠습니까? 선비님이 만든 종이는 이상은 좋긴 하나 현실성이 없습니다. 그러니 애송이 소리가 나올 수밖에요.

규호 그렇게 혼자 잘났으면서 왜 거추장스럽게 나한테 피임종이를 만들어달라고 한 건가? 도통 이해가 안 가네.

예은 그건 이 물 좋은데서 혼자 곰곰이 잘 생각해보시기 바랍니다.

예은이 자리에서 일어나 가버린다.

규호 이봐, 어디 가나?! 갈 땐 가더라도 손금은 보고 가야지…!

S#10. 모란각 손님방 / 밤

규호가 기생집 모란각의 손님방에서 행수기생 진홍의 이야기를 듣고 있다. 진홍 곁에는 모란각의 기부인 홍별감이 앉아 있다.

진홍 설마 심히 기괴한 미녀라는 약방기생 예은에 대해 모르고 계셨습니까?

규호 기괴한 미녀, 약방기생 예은… 몰랐네. 내 금강산을 다녀오느라 한양을 잠시 떠나 있지 않았던가.

홍별감 일찌감치 포기하게나.

규호 뭐를 포기해?

홍별감 우리 별감들 사이에서도 예은은 독종이자 별종으로 통해. 약방기생이라고 함부로 여겼다 큰코다친 별감이 한둘이 아냐. 그러니 규호 자네 같은 유약한 사내는 더욱 감당 못하지.

규호 웃기지 마라. 둘이 지금 나를 슬금슬금 놀리고 겁만 주는데 자꾸 그러면 나 화 낸다? 어서 예은에 대해 속속들이 알려주기나 해라.

진홍 (홍별감과 미소를 주고받고서) 소문으로 듣자하니 사실 예은은….

S#11. 예은의 과거 행적 몽타주

1. 교태전 / 낮

궁중 내의녀의 복장을 한 예은이 몸살에 걸려 누워 있는 중전을 진맥하고 있다.

진홍 (v.o) …궁궐 내의원의 내로라하는 으뜸가는 의녀였답니다.

2. 교태전 앞 / 낮

교태전에서 나오는 예은이 교태전으로 오는 임금과 마주친다. 예은이 황급히 허리를 숙이며 임금에게 예를 갖춘다. 임금이 그녀를 흥미로운 듯 훑어보며 교태전 안으로 들어간다.

3. 내의원 / 밤

한밤중에 예은이 쪼그려 앉아 부채질을 하며 약탕을 달이고 있다. 그런 그녀의 뒤태를 게슴츠레 내려다보면서 조용히 임금이 다가온다. 예은이 얼른 일어나 예를 갖추며 고개를 조아린다.

임금 내 중전의 병세가 걱정돼서 와 봤네. 약은 어떤 걸 쓰고 있는가?

예은 향소산을 달이고 있었습니다. 고뿔과 기력회복에 좋은 약재만을 골라 탕약을 만들고 있으니 염려치 마시옵소서.

임금 음… 한밤중에도 중전을 위해 정성을 다하니 기특하구나. 사실 내 그대에게 약을 쓰는 거에 대해 궁금한 게 참 많다네. 근데 이곳에서는 얘기를 나누기 그러하니… 그래, 그냥 오늘밤 내 침소로 오게나. 중전의 병세를 호전시킬 방도를 밤새 함께 고민해보자고.

예은 죄송하오나 지금 전 전하의 하나뿐인 현모양처인 중전마마의 탕약을 달이고 있는 중입니다. 괜히 탕약에 부정한 기운이 감돌까 염려되옵니다. 다른 날 불러주시면 기꺼이 전하의 온몸이 뜨겁게 달아올라 불탈 지경이 될 때까지 성심성의껏 봉사하겠나이다.

임금 불에 타…? 봉사…? 허허, 말을 참 재미있게 하는구먼. 암튼 나도 그냥 한 번 자네를 시험해본 것뿐이네, 허허! 그럼 수고하게나, 허허!

임금이 얼굴이 시뻘개진 채 서둘러 자리를 떠버린다.

진홍 (v.o) 그런데 웬일인지 끼를 부린다고 임금의 노여움을 샀다고 하네요.

4. 편전 / 낮
임금이 부들부들 떨면서 내의원의 약방제조에게 명을 내린다.

임금 행실이 바르지 못한 의녀가 내의원에서 버젓이 끼를 부리며 싸돌아다니니 궁의 기강이 무너져 내 통탄을 금할 수가 없구나! 약방제조는 끼가 넘쳐흐르는 그 음란한 의녀를 내의원에서 내쫓아라!

규호 (v.o) 내 그럴 줄 알았다. 한눈에 봐도 끼가 장난 아니더라니.

5. 궁 일각 / 낮
예은이 짐 보따리를 들고 궁에서 나가는 길에 우연히 임금 일행과 마주친다. 임금이 찔리는 듯 먼저 그녀를 못 본 척 허겁지겁 길을 휙 꺾어 돌아간다. 수행 무리들도 당황한 듯 우왕좌왕하며 임금을 따라간다. 예은이 그 모습을 바라보며 혀를 찬다.

예은 하여간 사내들이란… 찌질하기는….

6. 혜민서 / 낮

예은이 혜민서에서 아픈 백성들을 진찰하고 간호하고 침을 쓰고 약을 먹이는 등 열심히 의료활동을 한다.

진홍 (v.o) 궁궐에서 쫓겨난 뒤에는 혜민서에서 일했는데, 그곳에서 아녀자들이 임신으로 고통 받고 심지어 죽는 것까지 보고는 피임에 지대한 관심을 가지게 되었다고 합니다.

만삭의 아낙이 질병에 걸려 고통스러워하고 있다. 예은이 그녀를 성심성의껏 돌보지만 출산을 하던 중 그만 목숨을 잃고 만다. 예은이 망연자실해한다. 옆에서 아낙의 남편이 죽은 아기를 보며 아낙 탓을 한다.

남편1 몹쓸 년 같으니⋯ 아기는 살리고 죽었어야지! 비실비실해가지고 내 이럴 줄 알았다.

그 소리에 예은이 화가 치밀어 올라 남편의 싸대기를 날려 버린다.

예은 개만도 못한 자식! 아들만 넷을 낳아준 여인이다! 그녀의 몸이 안 좋으니 더 이상 임신은 무리라고 그렇게 말했는데 기어코 억지로 범해 임신을 시키더니⋯! 여인은 개돼지처럼 애만 낳다 죽어야 한단 말이더냐?!

예은이 그의 머리끄덩이를 잡고 싸운다. 주변 사람들이 그녀를 붙잡고 말리느라 애를 쓴다.

규호 (v.o) 나름 안타까운 사연이 있었구먼.

진홍 (v.o) 그리고 그 길로 뜻을 품은 채 혜민서를 제 발로 박차고 나가버렸다고 합니다.

예은이 입고 있던 의녀의 하얀 앞치마(아낙의 피가 묻어 있던)와 토시를 벗어 던지며 결연히 혜민서를 빠져나간다.

7. 양반가 잔칫집, 사랑방 / 밤

예은이 양반들이 벌이는 연회에서 약방기생으로서 기예를 판다. 예은이 가야금 반주에 맞춰 춤을 추고, 얼큰하게 취한 양반의 등에 아주 뜨거운 뜸을 떠주기도 한다. 그가 비명을 질러대자 술에 취한 다른 양반들이 웃음을 터트린다.

진홍 (v.o) 그 이후에 피임약 개발 등에 쓸 돈을 모으기 위해 약방기생 노릇하면서 돈을 쓸어 담고 있다고 하네요.

예은이 한 양반의 머리에 큰 대침들을 꽂아 넣기도 한다.
예은 좋아? 좋으면 돈 내놔.
취객1 머리가 빙빙 도는구나! 오오, 내 몸이 붕 뜬다!
규호 (v.o) 어허! 핑계가 좋구먼!
진홍 (v.o) 뭐 겸사겸사 즐기는 거 아니겠습니까?

8. 예은의 약방 / 낮

예은이 자신의 약방에서 한 노비 부부의 이야기를 일지에 기록하고 있다.

진흥 (v.o) 돈을 주고 직접 사람을 사서 개발한 피임약의 효과를 살피기도 한답니다.

아낙네 애를 뱄습니다. 약은 효과가 있었던 것 같았는데 이 인간이 워낙 짐승 같아서….

예은 그래서 약기운을 이겼다고…?

아낙은 쑥스러워하고 남편은 당당하고 자랑스럽다는 듯이 헛기침을 한다.

예은 다음엔 남자가 먹는 약을 써야겠구나.

그 말에 노비 남자의 얼굴이 사색이 된다.

S#12. 모란각 / 낮

진흥이 규호를 향해 미소 지으며 예은의 이야기를 마무리한다.

진흥 그리고 우리 모란각의 기생들에게도 여러 가지 피임 방법들을 알려주고 그러고 있답니다.

규호 오호… 그래?

S#13. 산등성이 / 낮

예은이 산을 돌아다니며 약초를 캐서 망태에 넣는다. 그러다가 그늘에서 색깔이 심상치 않은 독버섯들을 발견한다. 그녀가 버섯들을 유심히 살핀다.

규호 (o.s) 심봤다!

예은이 그 소리에 주변을 돌아본다. 심마니 차림새를 한 규호가 저 위쪽에서 산 밑을 향해 외치고 있다.

규호 심봤다…! 심봤다…!
예은 허….

규호가 능청스러운 연기를 하며 이제야 봤다는 듯 예은 쪽을 돌아본다.

규호 아니, 이런 기막힌 우연이 있나…!

규호가 성큼성큼 예은 쪽으로 다가온다.
예은 심마니도 하십니까?
규호 내 평소에 약초에 관심이 많았소이다. (본인의 망태에서 직접 캔 야생도라지를 꺼내며) 보시오. 내 백 년 묵은 산삼을 캤소이다.
예은 그건 야생도라지입니다.
규호 그, 그런가? 암튼 그대도 약초를 캐러 온 거 같으니 오순도순 함께 다니면 좋겠네.
예은 좋습니다. 같이 가시죠. 근데 오늘은 약초보다 뱀을 잡으러 왔습니다.
규호 배, 배, 뱀…?

(후략…)

하모니카
| 멜로 |

| 양동순 |

■ **프롤로그**

무서운 속도로 내달리는 자동차. 위험을 알리는 클랙슨, 간간히 들려오고 어둠을 뚫는 라이트마저 무섭게 비춘다. 앞차를 들이받을 기세더니, 갑자기 차선을 바꿔 옆차를 위협하고 중앙선을 함부로 넘는다. 마주 오는 트럭, 급하게 핸들을 꺾어 피한다. 도로의 무법자처럼 미친 듯이 내달리는 자동차.

핸들을 잡은 선우, 피 칠갑을 한 선우, 떨리는 눈동자, 들고 있는 칼에서 뚝뚝 떨어지는 핏물, 칼에 찔린 옆구리를 부여잡은 인후의 손, 운전하는 선우, 경악하는 선우의 얼굴이 찰나처럼 빠르게 교차해 보인다.

겁에 질린 선우의 얼굴, 점점 두려움과 공포로 휩싸여 간다. 화면을 압도해버리는 선우의 얼굴.

씬1. 선우의 방 (밤)

곱게 화장한 선우의 얼굴이 거울로 보인다. 솜에 클렌징을 묻혀 화장을 지우는 선우. 선우의 얼굴은 서서히 고교시절 은석의 얼굴로 바뀐다. 마음에 들지 않아 거울을 깨버리는 선우. 깨진 거울 파편으로 보이는 일그러진 선우의 얼굴이 서글프다.

씬2. 들녘 (저녁 무렵)

붉게 물들고 있는 석양을 바라보며 하모니카를 연주하고 있는 고교생 인후. 옆에 바싹 붙어 앉아 감상하는 고교생 은석. 친구인 듯 연인인 듯 다정한 그 모습, 붉은 노을 속으로 스며들면서 하모니카 연주도 자자든다.

메인타이틀

하모니카

씬3. 헤어샵 코코 (낮)

졸고 있는 인후의 고개가 자꾸만 한쪽으로 기운다. 깰까 싶어 조심하며 고개를 바로 세우는 선우. 인후의 머리를 다듬는 선우의 가위 소리가 인후에겐 자장가인 양 잠에 빠져들고.
그러다 불현듯 잠을 깨는 인후. 놀라 가위질 멈추는 선우. 인후, 거울에 비치는 자신을 보며 한심해 한다.

선우 …?

인후 (징글맞은 귀염을 떨어대며) 나 꿈꿨떠~ 귀신 꿈꿨떠~

선우 (어이없어 웃고 만다.)

인후 헤헤.

씬4. 레스토랑 (저녁)

와인을 곁들여 식사중인 선우와 인후. 선우의 스테이크를 먹기 좋게 썰어주는 인후. 종업원, 샐러드 가지고 온다.

인후 올리브 뺀 거 맞죠?

종업원 네!

선우 번번이 미안. 인후 너 올리브 좋아하는데 나 땜에….

인후 억지로 먹을 생각 마! 알러지 심하면서. (웃고)

고맙고 미안한 선우. 와인 잔 들어 건배하는 두 사람. 천상 다정한 연인이다.

씬5. 도로 (저녁)

운전하는 선우. 옆자리에서 서류를 검토하고 있는 인후. 느리게 움직이는 자동차.

선우 미리 출발하길 잘했네.

인후 그나저나 우리 선우… 나 없는 동안 심심해서 어째요~.

선우 피이, 한두 번인가….

인후 어쩜 주말에 못 올지도 몰라.

선우 할 수 없지 뭐~.

정체, 풀리고. 속도 내는 선우.

씬6. 서울역 앞 (저녁)

도착하는 선우의 자동차. 내리는 인후, 트렁크에서 짐 가방 꺼낸다.
운전석의 선우에게 손 흔들어주고 계단을 올라가는 인후.
그 모습이 사라질 때까지 지켜보다 출발해 가는 선우.
-사이-

운전하는 선우.
울리는 핸드폰 벨.
당연히 인후겠지 싶어 이어폰 꽂는 선우 밝게 웃는데,

수화기(F) 나는 네가 15년 전 한 일을 알고 있다!

표정, 굳는 선우.

수화기(F) (소름 돋는 웃음) 크흐흐흐.

소스라쳐 얼른 이어폰 빼 던지는 선우.
급하게 핸들을 꺾어 차를 세우는 선우. 질린다.
핸드폰을 내려다보는 선우의 겁먹은 얼굴.

씬7. 학교, 상담실 / 과거

엎드린 채 고통을 참아내고 있는 은석. 흔들리는 몸. 배설하는 변 선생의
얼굴은 추악함이 묻어있다. 배설을 끝낸 변 선생, 바지를 추슬러 입는다.
눈물 맺힌 은석의 얼굴. 드러난 엉덩이는 벌겋게 달아올라 있다.

태연한 얼굴로 상담실을 나가는 변 선생.

엎드린 채 힘겹게 팬티와 교복 바지를 올리는 은석.

씬8. 복도에서 교무실로 / 과거

분노에 찬 인후, 빠르게 복도를 걸어 교무실로 향한다. 금방이라도 울음
이 터질 것 같은 얼굴로 뒤따르는 은석. 몇몇 아이들.

벌컥 열리는 교무실 문.

교무회의 중이던 선생들, 모두 인후를 향해 시선 던진다. 오직 변 선생만
을 노려보며 보무도 당당하게 걸어가는 인후. 변 선생의 멱살을 잡아 패
기 시작한다. 우왕좌왕하는 선생들. 재밌는 구경거리를 즐기는 몇몇 아이
들. 울음을 삼키는 은석. 말리는 남자선생들, 분노에 찬 인후의 주먹을 감
당하지 못하고 꼼짝없이 곤죽이 되는 변 선생.

쓰러지다 연필꽂이에 있는 송곳을 집는 변 선생, 사력을 다해 인후의 가슴
을 찌른다. 놀라 비명을 질러대는 여선생들. 무너지는 은석. 변 선생 얼굴
위로 뚝뚝 떨어지는 피.

인후, 송곳을 뽑아든다. 겁먹는 변 선생의 눈을 향해 송곳을 내리찍는다.
극에 달하는 변 선생의 비명. 주저앉는 은석. 놀라는 아이들. 인후, 제 행
동에 당황한다. 서서히 겁에 질리는 인후의 얼굴에서,

씬9. 도로 / 현실

울리는 핸드폰 벨. 화들짝 놀라는 선우.

핸드폰을 배터리와 분리해 차창 밖으로 던져버린다. 핸들에 얼굴 처박는
선우.

씬10. 공사 현장 (낮)

현장 책임자의 안내를 받는 인후, 설계도와 건설 상태를 점검한다.

인후 비계는 단단히 하신 거 맞죠? 내일하고 모레 비 예보가 있던데.
책임자 네. 염려 마십쇼.
인후 이렇게 집들이 따닥따닥 붙어있는 터에 짓는 공사는 각별히 주변에 신경을 더 써야 나중에 말썽이 없습니다.
책임자 …!

어질러져 있는 잡물건들을 손수 치우기도 하는 자상한 성품의 인후.

씬11. 헤어샵 코코 (밤)

도드라져 보이는 마네킹 얼굴. 열린 창으로 불어온 바람에 휘날리는 가발. 파릇 떨리는 선우의 커다란 눈동자. 흔들리는 헤어제품들. 거품 속에 잠긴 뼈 모양의 헤어롤이 하나 둘씩 수면 위로 떠오른다.
텅 빈 미용실.
거울 속에 비친 제 얼굴에 순간 화들짝 놀라는 선우. 이내 불을 켠다. 안도하는 선우. 숨을 고른다.
이때, 울리는 전화벨. 놀라는 선우. 망설이다 떨리는 손으로 겨우 수화기를 든다.

선우 …?
인후(F) 아직두 샵에 있었어? 지금 시간이 몇 신데.

선우 (안도한다.)

인후(F) 왜 이렇게 전활 안 받아? 핸드폰두 여러 번 했는데….

선우 어….

(ins)

인후 생각보다 일이 빨리 정리돼서 주말에 올라갈 거 같아.

선우 보고 싶어! (갑자기 울컥해 온다.)

(ins)

인후 뭐야, 그렇게 감격이야? (웃고)

선우, 저도 모르게 쏟아지려는 눈물을 애써 억누른다.

씬12. 서울역 대합실 (낮)

플랫폼에 도착하는 KTX. 내리는 승객들 사이로 인후의 모습이 보인다.
짐 가방 들고 이쪽으로 오는 인후. 달려가 와락 인후를 끌어안는 선우. 숨
막혀 하는 인후지만 절대 떨어지지 않는 선우다. 차라리 이대로 시간이 멈
추기라도 했으면 싶은 선우.

씬13. 아파트 (낮)

샤워하고 나온 인후, 가슴에 송곳에 찔린 상처가 아직도 선명하다. 책상

에 놓은 우편물을 살펴본다. 고교 동문회에서 온 것을 뜯어본다.

인후 (무심결에) 동창회 한다네…. 해마다 거르지도 않…. (아차 싶어 멈춘다.)

설거지하던 손을 멈추는 선우.
인후, 실수했다 싶어 얼른 쓰레기통에 구겨 버린다.

인후 미안.
선우 가고 싶으면… 가….
인후 가고 싶긴 뭐 볼 거 있다구….

심하게 흔들리는 선우의 미간. 그 뒤로 드라이기로 머리 말리는 인후가 보이고.

씬14. 호텔 연회장 (밤)

[성문고등학교 21회 동문회]

벌써 수십 명이 모여 샴페인 잔을 기울이며 담소 나누고 있다. 선우와 팔짱 끼고 들어오는 인후를 발견하는 형기. 반기며 그쪽으로 간다.

형기 캬아~ 이게 대체 몇 년 만이냐?

반갑게 허그를 나누는 형기와 인후.

형기 (선우를 보며) 첨 뵙겠습니다.

선우 (멀뚱하다.)

형기 이렇게 아름다운 미인이랑 사귀면서 이 형님들께 그간 소개도 안 했단 말야? 너 아무래도 오늘 발바닥 좀 맞아야겠다.

인후 발바닥?

형기 그래 임마. 도둑장가를 갔으니 곱절로 맞아야지. 너 오늘 각오 단단히 해라. (선우에게) 이해하시죠, 제수씨?

선우 (살짝 당황한다.)

인후 미친놈….

형기 하하하. 얼굴 보니까 좋다, 야~.

소리 이게 누구야?

인후 (보면)

다가와 악수를 청하는 윤식. 그 옆으로 경석.

윤식 왜 그렇게 두문불출이야? 네 소식은 항상 창수를 통해서 듣는다. 직접 좀 듣고 살자.

인후 그래. 미안하다.

형기 (선우를 가리키며) 얌마, 이렇게 아름다운 미인이랑 살고 있는데 너 같으면 안 불안하겠냐? 행여 누가 업어갈까, 우렁각시처럼 왔다가 어느 날 사라질지 모르니까 항시 두 눈 부릅뜨고 지키고 있어야지.

윤식 그런 거야? 허허허.

선우를 보는 경석의 시선이 예사롭지 않다. 그 시선이 거슬리는 선우.

경석 근데, 익숙한 얼굴입니다.

선우 …?

경석 내가 아는 누군가와 닮은 것 같아서요. (윤식에게) 안 그래?

선우 …?

인후 (긴장한다.)

윤식 글쎄…. (선우를 보며) 그러고 보니 그런 것 같기도 하고….

형기 이런 미인을 니들이 어디서 봤다고 그래~.

경석 아냐. (확신에 차) 익숙해!

선우 (점점 불편해진다.) 제가 좀 흔한 얼굴이라서….

형기 에이~ 흔한 얼굴은 아니죠. 미인이신데!

경석 니들도 아는 사람일 것 같은데? (의미심장한 얼굴로 선우를 본다.)

선우 (당황해) 화장실 좀….

형기 자식, 괜히 사람 불편하게 하고 있어….

경석, 화장실로 향하는 선우를 묘한 시선으로 본다. 그런 경석을 견제하는 인후.

씬15. 동 화장실 (밤)

쏟아지는 수돗물. 손을 씻을 생각도 못하고 바들거리고 있는 선우. 거울을 들여다본다. 거울 속 선우, 겁에 질려있다. 그런 자신이 못마땅하고.

씬16. 선우의 방 (밤)

잠자리에 든 선우. 다가와 옆에 눕는 인후. 돌아눕는 선우를 끌어안는다.

인후 괜찮아? 역시 가지 말걸 그랬어.

선우, 가만히 인후 품을 파고든다.
(암전)

씬17. 보석상 (낮)

커플반지를 고르는 인후.
포장하는 창수.
-사이-

커플손님을 맞는 종업원을 지나면 한편에 앉아 차를 마시는 인후와 창수.

창수 (마시다 말고) 당황했겠네.

인후 조금…. (마신다.)

창수 근데, 언제까지 숨길 거야?

인후 (거슬려) 숨기는 건, 아니지….

창수 참, 검돌이 출소했다더라.

놀라는 인후. 불안하다.

창수(소리) 그 자식 또 언제 해코지 할지 모르는데….

창수 암튼, 조심해라.

인후 …!

씬18. 동 앞 (낮)

인후를 마중하고 들어가는 창수.
차에 오르는 인후. 걱정이 한 가득이다.
막 출발하려는데, 뒷문이 열리더니 올라타는 정인. 돌아보는 인후.
산발한 머리에 찢겨진 옷에 얻어맞아 터지고 피딱지가 앉아 엉망인 정인.
뭐라 말하려는 인후.

정인 (그 입을 막듯) 빨리 가 주세요. 제발요~.

불안한 눈빛으로 밖을 보더니 몸을 의자 아래로 숨기는 정인.
인후, 보면… 정인을 찾는 건장한 사내 둘.
인후, 일단 출발한다.

씬19. 달리는 인후의 자동차 (낮)

천천히 고개 드는 정인, 안심하며 의자에 앉는다. 무슨 일인지 차마 물어
볼 염두를 못내는 인후. 실내경으로 정인을 본다.
흐느껴 우는 정인. 설움과 억울함이 뒤엉켜 복잡한 눈물을 흘리는 정인의
모습이 어쩐지 신경 쓰이는 인후.
눈물 맺힌 속눈썹, 입속으로 들어가는 눈물을 닦아내는 가녀린 손, 엉클
어진 머리를 어루만지는 작은 떨림, 목덜미를 타고 흐르는 핏물과 뒤엉킨
땀. 인후는 저도 모르게 떨리는 가슴을 부여잡는다.
슬쩍 인후를 보는 정인의 짧은 눈빛. 얼른 시선 외면하는 인후.

정인 세워주세요.

인후 …?

정인 앞에 보이는 지하철역에서 세워주세요.

인후 ….

씬20. 지하철역 앞 (낮)

멈추는 인후의 자동차. 차문을 여는 정인. 말없이 내리는데.

인후 괜…찮겠어요?

정인 고맙습니다! (내린다.)

쓰러질 것 같은 걸음으로 터덜터덜 걸어 지하도를 내려가는 맨발의 정인.
그런 정인을 보는 인후, 신경 쓰인다.
따라갈까 말까 망설이다, 털어내고 이내 출발해 가는 인후.

씬21. 헤어샵 코코 (낮)

거울 앞에 앉은 검돌이를 휘둘러 감는 헤어가운.
험상궂은 얼굴로 겁박하는 검돌이. 겁에 질리는 디자이너1.

씬22. 동 선우의 사무실 (낮)

하던 일 멈추고 보는 선우.

당황해 있는 디자이너1.

선우 …?

씬23. 다시 샵 (낮)

2층 철제 계단을 내려오는 선우. 눈을 감고 발소리를 귀로 듣고 있는 검돌이. 그를 향해 다가가는 선우. 멈춘다.

선우 꼭, 저한테만 머리를 맡기시겠다구요? (가위와 빗을 챙겨 들며) 우리 디자이너들 실력 좋기로 유명한데?
검돌 (눈 뜬다.) 오랜만이다!
선우 …?

거울 속 검돌을 자세히 뜯어보는 선우, 징글맞게 웃는 검돌을 알아보며 놀란다. 들고 있던 가위를 놓친다. 그 가위, 선우의 발등에 꽂힌다. 섬뜩한 검돌의 등장에 아픔조차 느끼지 못하는 선우. 가위 꽂힌 선우의 발등에서 흘러내리는 붉은 피.
검게 썩은 이빨을 드러내며 웃는 검돌. 돌처럼 굳어버리는 선우.

패밀리 대첩
|가족 액션활극 |

| 임의영 |

1. ㅇㅇ회관 패밀리 홀 앞 (낮)

'성동 갑 국회의원 김ㅇㅇ', '경기시 시의원 이ㅇㅇ' 등등 정치인들이 보낸 화환들 즐비한 홀. 그 사이에 '신림동 취준 고시원 총무'라 쓰인 화환이 어울리지 않게 당당히 앞자리를 차지하고 있다.

홀 앞엔 '축하드려요 전철수 아버지, 나영희 어머니 금혼식 그 어려운 걸 해내셨군요!' 플래카드 걸려있고 한복 입은 철수(남, 77), 영희(여, 72) 무대 앞 원탁에 앉아 아들딸들의 단체 절을 받는다. 절이 끝나자 옆의 사무관에게 귓속말하는 하남(남, 49).

하남 보도자료 돌렸나? 왜 취재들을 안 와.

비서 오늘 온천지 뚫린당 최고의원 뇌물수수 결심공판이 있는 날이라….

하남 (미간 찡그리며) 그럴수록 이렇게 가족 화목하고 청렴결백한 미담을 보도할 생각은 안 하고! 사진이라도 잘 찍어. 이번 총선 포스터에 배경으로 딱이니까.

비서, 사진작가나 쓸 엄청 큰 카메라로 셔터 누르는데 눈살을 찌푸리는 하남, 비서를 향해 눈짓을 한다. 하남의 숨소리만 들어도 뭔지 아는 비서, 하남이 바라보는 쪽에 있는 화환에 다가가 '신림동 취준 고시원 총무'라 쓰인 글씨를 '청와대수석 OOO'의 화환으로 덮어버린다. 하남, 이제야 얼굴 펴고 사진 잘 나오게 인자한 미소를 지어 보인다.

하남 옆자리에 앉은 두주(여, 39) 입구를 바라보며,

두주 아니 오빠는 다른 날도 아니고 이런 날 여태 안 오고 뭐하는 거야? 다 끝나게 생겼는데.

하남 처 서방님이 언제 집안일에 관심이나 있었나요.

두주 (하남 처 째려보고 혼잣말처럼) 그러는 언니는 언제부터 집안일에 신경이나 썼다고….

하남 두남이 편들 거 없다. 집사람 말 하나도 틀린 거 없어. 설치고 돌아다니기나 하지 실속은 없는 게, 재혼이나 할 것이지. 제수씨가 애 맡아준 것만 해도 감사할 일이다.

두주 남 가정 일에 감 놔라 대추 놔라 할 것 없잖아요, 오빠!

세남 그만해 그만. (옆에 앉은 미혜 눈치 보며) 미혜도 있는데…. 곧 오겠지. 두남이 형, 늦게는 와도 안 온 적은 없잖아. (미혜 머리 정리해주며) 자갸! 고상한 자기, 분위기에 좀 안 맞아도 참아 줘. 곧 끝나.

최신식 올린 머리에 화려한 의상의 미혜. 공주처럼 세남의 시중을 당연히 받고 있다. 세남과 미혜 보며 인상 찌푸리는 두주, 토할 것 같은 얼굴이다. 이때, 금혼식 5단 케이크가 들어오고 비눗방울 날리면 비눗방울 잡으려고 돌아다니는 두주의 네 살짜리 딸 쌍둥이.

두주 남편 지란아 안 돼,

두주 지교야 이리 와

잡으러 다니는 두주, 두주 남편과 '나 잡아봐라~' 도망 다니는 쌍둥이들. 두주, 한복 입고 쫓아가다 한복치마에 밟혀 자빠진다. 까르르까르르 해맑게 웃으며 헤집고 다니는 쌍둥이들. 실내는 점점 망가져가기 시작한다.

1. 동 회관 앞 (오후)

사람들로 북적이는 로비.
웅성거리던 사람들 어딘가를 보더니 싸해지며 일제히 홍해처럼 갈라선다. 그 사이로 나타나는 피범벅 된 두남(남, 42)과 슈트 입은 남자1. 인상 더러운 두남이 댄디한 남자1을 재촉하자 두 사람을 연결하고 있던 수갑이 쓱 드러난다. 두남 근처에 있던 사람들 두려움에 질려 우르르 밀려나는데 두남, 자신의 얼굴에 묻은 피를 남자1의 뺨에 처바르며,

두남 너 때매 늦었잖아, 쉐끼야.

2. 동 화장실 (오후)

대충 씻고 그 자리에서 옷 갈아입는 두남. 화장실 세면기를 타고 흘러내리는 핏물. 칼자국 흉터 위로 입혀지는 화사한 파스텔톤 한복. 두남 잘 안 들어가는 한복에 억지로 몸 구겨 넣고 나가며,

두남 얌전히 기다려라이.

두남 나가고 없는 화장실 한편 칸막이 안에 변기 껴안은 채 수갑 채워져 버둥거리는 남자1.

3. 동 홀 안

이애란의 '백세인생' 전주가 흐른다.

사회자 초대가수 이애란 씨를 모시려고 했으나~ (노래 음정에 맞춰서) 이제는 완전 떠서 못 온다고 전해라….

사회자의 너스레에 사람들 웃고 사회자 뒤쪽 커튼 뒤에선 이애란을 따라 하려고 열심히 코스프레한 모창가수가 불리기만을 기다리며 심호흡을 한다.

사회자 자! 이애란 씨를 대신해서 아버님, 어머님께 재롱을 부릴 초대가수 이 어 란~!

이때 반대편 문이 확 열리며 들어오는 두남. 막 나오다 두남에게 시선 뺏긴 모창가수 벙쪄 있고, 두남도 어리둥절. 모두들 두남에게 시선 고정. 잔뜩 기대하는 표정들. 두남, 잠시 어색하게 서 있다가 얼른 옆에 있는 마이크 들어 이어서 노래한다.

두남 칠십 세에 저 세상에서 날 데리러 오거든~ 할 일이 아직 남아~

지독한 음치에도 능청스레 이어가는 두남. 일어나 춤추라는 두남의 제스처에 다들 자리 털고 일어나 들썩거리며 흥취가 무르익는다. 덜 씻긴 핏물을 아무도 모르게 한복 바지춤에 쓱 닦는 두남.

모창가수가 뒤를 이어받아 노래는 계속되고 겨우 풀려난 두남, 두주 옆자리에 풀썩 앉는다. 다음 순서로 일어나는 두주에게 활과 화살을 가져다주는 사회자.

두주 절더러 이런 장난감으로 쏘란 말이에요?

사회자 국가대표 코치님께 안 어울리기는 하지만 전 코치님이 아니면 누가 하겠어요.

두주 차라리 제 활을 가져오라고 하시지.

사회자 그게… 안전 문제도 있고 해서…. 그냥 시늉만 해주세요.

큐피드의 화살을 패러디한 조잡한 활을 들어보는 두주. 정말 하기 싫은 표정을 숨기고 할 수 없이 활시위를 당긴다. 장난감 활에 어울리지 않는 국가대표다운 멋진 포즈로 천장에 매달린 하트 모양의 박을 향해 활을 쏘면 박이 터지며 꽃가루와 함께 주르르 풀려 내리는 플래카드.

'어머니 아버지 만수무강하세요!'

모두의 박수가 철수와 영희에게 쏟아진다. 사회자, 두 사람에게 일어나라고 언질을 주면 혀에 묻은 꽃가루를 떼어내며 일어나는 철수와 영희.

철수 모두들 고맙네. 다들 바쁠 텐데 언제 다 이런 잔치를 준비한 건지. 내가 복이 많아요. 늘그막에 이런 호강을 다하네.

세남 엄마도 한 말씀하세요.

영희 뭘 나까지. (손사래) 됐어.

철수 말하긴 해야잖어.

영희 나보고 하라구요?

철수 웃으며 끄덕이고, 뭔가 싶은 자식들과 하객들. 이벤트가 있나보다 싶어 미소 지으며 쳐다보는데.

영희 그럼 뭐 한마디 하지요. 스물두 살에 시집와서 다섯 남매 키우고 오십 년을 이 양반과 살았습니다. 이만하면 잘 해왔죠?

사람들 네

영희 그동안 탈 없이 잘 살고 애들도 다 컸고 막둥이 저것도 결혼날짜 잡아놨으니 할 만큼 했다 그리 생각합니다. 그래서 이 양반과 나는 이제 따로 살아볼랍니다.

철수 자, 잔치도 끝났고 우리 뜻도 전했으니 조심해서들 돌아가시오.

남 얘기 하듯 자분자분 얘기하고 묵묵히 홀을 빠져나가는 철수와 영희.
가족들 이게 뭔 소린가 싶어서 한동안 멍하니 있다가 '에? 뭐라구요?' '아빠 농담이죠?' '노망이 나셨나?' 등등 여기저기서 소리소리 지르며 따라가 철수와 영희를 막아선다.
그대로 가려는 부부와 막는 가족들. 마치 국회의 여당, 야당 사이의 힘겨루기 같은 모습 위로 〈글래디에이터〉 OST의 'The Battle!'이 장엄하게 흐르며 나가려는 철수, 영희와 제지하려는 가족들 사이의 밀고 당기는 북새통 위로 타이틀 오른다.

패밀리 대첩

5. 영희의 아파트(저녁)

이불 쓰고 누워있는 영희. 그 옆으로 하남 부부, 두남, 두주 부부, 세남과 약혼녀가 앉아있다.

하남 아니 어머니, 저와 상의도 안 하시고 이런 법이 어딨어요.

두주 엄마, 일어나 봐. 얘기 좀 해요. 우리, 일도 바쁘고 해서 이 근처로 이사 오려고 했는데…. 설마 집 팔려는 건 아니죠?

영희 (등 돌린 채) 팔아야지. 이 큰 집 혼자 지고 살아 뭐하게.

두주 그럼 우리 쌍둥이는….

영희 니들이 키워. 나한테 떠넘길 생각 말아.

세남 난 어떡해 엄마! 결혼식 땐 둘 다 오는 거 맞아? 미혜네 집에 뭐라고 얘기 하냐고… 쪽팔리게.

벌떡 일어나는 영희

영희 쪽팔려? 대학 보내, 하겠다는 학원 다 보내줘, 영어 연수까지 시켜줬는데 낼모레 장가갈 놈이, 하라고 하지도 않은 속도위반은 잘도 하면서 아직까지 십 원 한 장 지 손으로 못 벌어온 네가 쪽팔리지 내가 왜!

미혜 (아기 배를 만지며 얼굴 살짝 붉히고.)

두주 남편 그러니까 장모님, 조금만 더 생각해보시고….

하남 처 어머니, 애비 선거 얼마 안 남았어요. 하필 중요한 때에 도와주시지는 못할망정 생각 없이 이러시면 어떡해요.

두남 형수님 말씀이 지나치십니다.

하남 말씀이 지나치십니다? 이 자식 봐라. 너야말로 형수한테 지나치다 생각 안 드냐?

안 되겠다 싶은 영희 밖으로 나가더니 청소기를 들고 들어온다.

영희 (청소기 호스를 위협하듯 흔들며) 빨리 나가. 다 쫓아내기 전에.

청소기 작동하는 영희. 청소기 소음에 묻히는 자식들 목소리. 그래도 자식들 소리소리 지르는데 영희, 청소기로 자식들을 밀어내면 할 수 없이 하나둘 밀려난다.

끝까지 버티는 세남의 머리를 청소기로 빨아들이면,

세남 (빨려 들어가는 머리칼을 잡으며) 아아아 엄마! 머린 건드리지 마. 나가, 나간다구!

6. 거실 (저녁)

현관문 잠그며 돌아서는 영희.

영희 청소기가 청소 하나는 잘하네. (한숨) 내리 사랑은 있어도 치사랑은 없다더니 나 괜찮냐 한마디 하는 놈이 없구나.

거실장을 뒤지는 영희. 소중히 간직해온 듯한 오래된 사진 한 장을 찾아 벽에 붙인다. 넓은 차밭이 펼쳐진 커다란 사진이다. 사진 한 편엔 바닷가도 보이고 한가한 풍경이 펼쳐져 있다. 흐뭇하게 미소 짓던 영희에게 또 들리는 현관문 소리.

영희 이것들이 에미 말이 말 같지 않어?

하며 돌아보는 순간, 현관문을 열쇠로 열고 들어서는 인물은 철수다. 들어오면서 흩어진 신발 각 맞춰 쫙 세우는 철수.

영희 이이가 여기가 어디라고 들어와요.

철수 아직 이 집의 절반은 나한테 있어.

영희 약속이 틀리잖아요.

철수에게 눈 흘기는 영희. 현관으로 가서 철수가 각 맞춰놓은 신발 일부러 발로 툭 건드려 흩어놓는다.

철수 짐 가지러 온 거야. 내일 새벽에 나갈 테니 토 달지 말어.

영희가 붙여놓은 사진이 눈에 들어오는 철수. 다가가 떼려고 손 뻗으며,

철수 지저분하게 벽에다 이건 또 뭐야….

영희 (철수 막아서며) 건들지 말아요. 오늘 여기서 자고 싶으면 내가 해 논 대로 손끝 하나도 대지 마셔.

철수 저런 시골촌구석이 뭐가 좋다고, 벌레들이나 득시글거리지…. 이 집 팔아서 가겠다는 데가 겨우 저런 데야?

영희 내 맘이유. 벌레들하고 살든 송충이하고 살든.

쯧, 하고 혀를 차곤 작은 방으로 가는 철수. 들어가는 길에 아주 약간 비뚤어진 벽시계 기어이 줄 맞춰놓고 들어간다. 영희는 안방으로 철수는 작은 방으로 들어간 거실, 팽팽한 고요가 흐른다.

분위기 못 맞춘 뻐꾸기시계만 요란하게 나와서 뻐꾹! 뻐꾹!

7. 영희 아파트 옆 카페 (밤)

폰 받고 있는 두주.

두주 알았어. 빨리 와. (폰 내려놓으며) 아빠 집으로 들어가셨대.

두주 옆으로 하남, 하남 처, 두주 남편, 두남 앉아있다.

두주 남편 (활짝 웃으며) 됐네 그럼. 그냥 부부싸움 하신 거네요. 다 해결 됐는데 이제 가시죠.
하남 단순하긴. 운동하는 사람들은 좋겠어. 스트레스 안 받고.
두주 오빠! 진짜 이럴 거예요? 아까부터 간죽간죽.

하남 처, 인상 찌푸려지며 두주를 향해 막 말하려는 순간 사태를 파악하고 반박자 빠르게 치고 들어오는 두남.

두남 자! 잘 들어 들. 아버지는 아마 엄마보단 설득이 쉬울 거야. 그동안 엄마 때문에 불편함 없이 살아온 게 사실이니까. 엄마가 문젠데…. 아직 이혼합의서 제출 안 했다고 했지, 형?
하남 그럴 거야.

이때 문 열고 들어오는 세남과 미혜. 자리에 와서 앉는다.

미혜 집에 불 꺼지는 거 확인했어요.
세남 (미혜 볼을 쓰다듬으며) 자갸… 나 쟈기한테 너무 미안행. 결혼도 하기 전에 이게 무슨 개망신이야.

세남에게 쏟아지는 따가운 시선. 세남 분위기 파악하고 입 다물면,

두남　합의서 제출한다고 바로 이혼이 되는 게 아니고 이혼 숙려기간이란 게 있어. 진짜 이혼해야 되는지 생각해보라는 시간이지.

하남　처 그게 얼마 동안인데요.

두남　우리가 다 컸으니까 한 달 정도일 겁니다. 양육해야 될 자녀가 있으면 세 달인가 그럴걸요.

두주　(빵가루 묻히고 장난하고 있는 쌍둥이 손 털어주며) 양육해야 될 손녀는 안 된대?

두남　장난하지 말고.

두주　농담 아냐. 나 정말 심각하다구. 한 달 안에 엄마가 맘을 바꿀까?

하남　(번뜩이는 승부욕) 그렇게 만들어야지

세남　에이 씨. 한 달이면 알 사람들 다 알잖아. 이혼 합의서를 없애버릴까. 가서 찢어버리면 되지 뭐.

미혜　(세남에게 귓속말) 세남씬 빠져. 왜 우리가 나서.

세남　(미혜 마주보며 입모양으로) 그런가.

하남　어쨌든 시간도 늦었고 내일 당장 이혼하시는 거 아니니까 오늘은 이만 가자.

일어나는 가족들. 카페 문 열리면 들어오는 싸늘한 바람.

8. 동 현관 앞 (새벽)

짐 내려놓고 현관문 잠그는 철수. 철수 손에 소중히 들린 난초 화분. 내려가는 버튼 누르고 서있는데 엘리베이터 문이 열리더니 오렌지색 조끼에 헬멧을 쓴 남자가 나온다.

철수, 지나쳐 엘리베이터에 타려고 하는데,

남자 (철수를 막아서며) 퀵이요.

사과 상자 같은 걸 내미는 남자. 얼떨결에 받아든 철수. 남자, 닫히려는 엘리베이터 버튼을 급하게 누르고 들어간다.

철수 젊은이, 이게 뭔가. 누가 보낸 건진 알려주고 가야지.

대답도 없이 서둘러 닫힘 버튼 누르는 남자. 철수, 무색하다.

철수 요즘 것들은 왜 이리 싸가지가 없는지!

철수 문 앞에 놔둘까 하다가 귀찮단 표정으로 현관문 다시 연다.

9. 동 현관 안 (새벽)

거실 바닥에 상자를 쭉 밀어 넣고 나가려는 철수. 이때, 쓰윽~ 움직이는 상자.
철수, '설마 잘못 봤겠지.' 하며 바닥에 놔뒀던 짐 드는데 또 쓰윽~.
순간, 공포가 몰려오는 철수.

철수 (방을 향해) 이, 이봐! (꽥) 여보!

떨 깬 얼굴로 나오는 영희.

영희 아직 안 갔어요?

철수 당신, 물건 시킨 거 있어?

영희 없어요. (상자보고) 당신 꺼 아니에요?

철수 아니!

다가와 쪼그리고 앉는 영희.

영희 집을 잘못 찾았나…. (둘러보다가) 주소도 없잖아요….

그제야 자세히 보는 철수. 상자엔 아무 것도 쓰어 있지 않다. 상자를 열려는 영희의 손을 턱 막아서는 철수.

철수 여여…여기 뭔가가 이…있어.

영희 있겠죠. 그럼 빈 통을 갖다줬을까봐. (또 열려고 하면)

철수 그냥 갖다 버리지. 기분이 썩 안 좋은데.

이때, 또 투두둑! 소리와 함께 상자가 꿈틀~ 움직인다.
영희도 움찔하는데, 어느 새 영희 뒤로 한 발자국 물러나있는 철수.

영희 동물인가….

상자 겉을 만져보던 영희, 주방에서 가위를 가져다 본격적으로 열려고 하면,

철수 하…하…하지 말라고! 뱀이면 어쩔라고 그래!

영희 이 양반이~ 겁은 많아가지고. 그렇다고 뭔지 보지도 않고 갖다 버려요?

하면서 영희가 "웩!" 하고 겁주면 풀썩 주저앉은 철수. 자존심 상한 철수, 얼른 일어나 바지에 묻은 먼지 떼며 그냥 앉았다 일어난 것처럼 시치미를 뗀다. 현관 옆에 세워진 골프채 잡아들고 여차하면 두드려 팰 자세 취하는 철수.

영희, 조심조심 상자를 막 열려는데 작은 울음소리 같은 게 난다.

영희 난 또 뭐라고! 고양인갑네요. 누가 고양이를 보내왔을까?

웃으며 상자 안을 바라보던 영희, 표정이 순식간에 굳는다. 아무 말도 없이 들여다보고 있는 영희.

철수 (영희의 표정에 당황하며) 고양이라며….
영희 직접 보세요. 당신 잡아먹지는 못 하겠으니깐.

황당한 표정으로 한숨 쉬며 소파에 앉는 영희. 상자 안을 들여다보는 철수, 영희와 똑같이 표정이 굳는다. 놀라고, 당황한 얼굴로 멍하니 들여다보는데서 정지!

드라마 시나리오 작법

신봉승 작가/석좌교수

1933년, 강원도 강릉 출생. 경희대학교 대학원 국문학 석사. 1960년 현대문학 시와문학평론 추천 등단. 2009년 추계예술대학교 문화예술경영대학원 영상시나리오학과 석좌교수. 한국방송대상, 대종상 아시아 영화제 각본상, 한국펜문학상, 서울시문화상, 대한민국예술원상, 위암 장지연 상 등 수상. 『영상적 사고』 『신봉승 텔레비전 시나리오 선집』(5권) 『양식과 오만』 『시인 연산군』 『국보가 된 조선 막사발』 등 다수. 대하소설 『조선왕조 500년』(48권) 『소설 한명회』(7권) 『조선의 정쟁』(5권) 등 다수. 현재 대한민국예술원 회원.

제3장 창작과정(I)

| 신봉승 |

지금까지 살펴본 내용은 시나리오의 본질론과 구조론에 관한 것이었다. 이와 같은 내용은 시나리오나 TV드라마의 외적 환경을 살피는 작업일 것이다. 다시 말하면 시나리오를 쓰기 전에 알아두어야 할 최소한의 지식이 되는 것이지만, 재능 있는 시나리오작가들은 대체로 알고 있다고 믿는 내용…, 이를테면 소상히 모르면서도 알고 있는 것으로 착각하는 부분을 다시 한 번 확인하고 상기한 셈이다.

그러나 여기서 분명히 해두고 싶은 것은 앞에서 설명한 본질론과 구조론을 모르면서 아는 것으로 착각해서는 안 된다는 점이다. 이 점은 절대로 오해가 있어서는 안 된다. 집을 짓는 일에 비유한다면 기초에 해당되기 때문이다.

축구선수가 '축구란 무엇이냐'라는 총체적 개념을 모르는 채 '발로 공을 차는 것'이라는 정도의 막연한 상식을 갖고 있다면 훌륭한 선수로 성장하기 어려운 이치와 조금도 다름이 없으며, 농구선수가 '농구란 무언인가'를 모르면서 '공을 바구니 속에 던지는 것'이라고만 막연히 알면서 경기장에 뛰어드는 것과 같은 오만과 위험은 특히 예술에 있어서는 용인되거나 통용되지 않는다. 민망하고 부끄러운 일이지만 신인작가는 물론 일부 기성작가들도 이 총체적 개념의 이해가 없이 실제의 작업을 계속하고 있는 것이 우리 작단(作壇)의 현실이다.

여기에 비한다면 외국의 시나리오작가들이나 TV드라마 작가들이 총체적 이론에 밝은 것은 우리에게 귀감이 되고도 남는다. 매체에 접근하는 일, 작품의 본질을 파악하는 일, 구조를 아는 일은 자신이 쓴 작품을 논리적으로 분석, 비평하는 데 있어 결정적인 작용을 하는 것이며, 따라서 다른 작가가 쓴 작품을 읽고 보면서 그 작품을 바로 이해하고 비평하는 데도 첩경이 되는 것은 말할 나위가 없을 것인 데도 '이론에 밝은 사람이 꼭 좋은 작품을 쓰는 것이 아니다.'라는 관념적 이론에 자신을 합리화하고 있다면, 그것이 얼마나 게으르고 위험한 함정인가를 깨달아야 할 것이다.

이 책을 손에 든 독자들에게 진실로 호소하고 싶은 것은 이상에서 언급한 총체적인 이론을 절대로 소홀히 하지 말라고 간곡히 당부한다. 물론 '이론에 밝은 사람이 꼭 좋은 작품을 쓰는 것이 아니다.'라는 말에는 아무 하자가 없다. 그러나 여기서 말하는 '이론에 밝은 작가'란 학문적으로 시나리오를 탐구하는 경우를 말하는 것이지, 총체적인 개론까지 몰라도 상관이 없다는 뜻은 아니다. 시나리오의 본질과 구조는 작가들이 반드시 알고 있어야 할 최소한도의 이론이자 지식임을 명심해 주기를 바란다. 그러니까 그것을 이해하지 못하거나 정복하지 않고서는 좋은 작가가 될 수 없다는 경고임도 명심해 달라는 것이다.

총체적인 이론의 이해가 되었다면, 이젠 작품을 써야 하는 단계에 와 있다. 이 단계에 이르면 이미 수없이 경험하고 좌절한 바와 같이 무엇을 쓰고, 어떻게 쓰고, 어디서부터 써야 하는가에 대한 고민에 부닥치게 된다. 드라마의 생김새(형태나 구조)를 알고 있으면서도 선뜻 작품이 써지지 않는 사실에 너무 고민할 필요는 없다. 처음에는 누구나 다 그런 고민에 빠진 경험이 있을 것이기 때문이다.

자, 아주 쉬운 데서부터 풀어가 보기로 하자. 영화를 위해서 쓰는 시나리오도, TV드라마를 위해서 쓰는 극본도 형태는 같고 구조도 같다. 때문에 쓰는 방법도 순서도 같은 것은 말할 나위가 없다. 그러나 쓰고자 하는 내용을 얼마나 굴리고 익혔느냐에 따라서 쓰기가 편하기도 하고, 눈앞이 캄캄할 정도로 어려워지기도 한다. 그러므로 시나리오작가는 자신이 쓰고자 하는 소재를 얻는 그 순간부터 활용하는 방법을 한눈에 읽을 수 있도록 메모하는 것이 대단히 중요하다. 물론 해당 작품에 필요한 모든 것을 한 권의 노트에 기록해 둔다면 더욱 편리할 것이다. 바로 이같이 메모하는 과정이 소재를 익히고 굴리는 소중한 프로세스가 될 것이다. 그러므로 작품을 시작할 때 그 노트를 펼쳐 드는 사람과 그런 노트가 없는 사람과는 천양지차가 있을 것이다.

자, 그렇게 적은 노트를 펼치자. 그리고 쓰는 준비에 임하면서 순서를 정해 보자. 어떤 경우에도 드라마(시나리오)를 쓰는 첫 번째 단계로 다음 다섯 가지가 생략될 수 없는 핵심 포인트가 된다.

① 주제 ② 제재 ③ 스토리 ④ 플롯 ⑤ 구성

이상의 다섯 가지는 한 편의 시나리오가 이루어지는 초석이나 다름이 없다. 이 다섯 가지 과정을 거침으로써 본격적으로 시나리오를 쓰게 된다. 그러니까 이미 시나리오를 쓰기 시작한 상태지만, 엄격히 말하면 시나리오가 되기 위한 초석을 다지는 과정으로 들어선 셈이다. 때문에 이 다섯 가지 과정을 얼마나 철저하게 밟았느냐에 따라서, 완성된 작품의 우열이 판가름 나게 된다. 그러나 이 지점에서도 순서의 개념이 늘 문제가 되어 왔다.

"선생님, 주제가 먼접니까. 제재가 먼접니까?"

이와 같은 질문이 바로 그것이다. 한 마디로 단정해서 대답할 수가 없는 것은 작가에 따라, 작품에 따라서 얼마든지 달라질 수가 있기 때문이다. 결국 주제를 생각하고 난 다음에 제재가 선택이 되든, 제재를 미리 정해 놓은 다음에 주제를 생각하게 되든, 어느 쪽이 먼저냐 하는 것은 아무 의미가 없다. 이 점에 대하여 일본의 시나리오작가이자 걸출한 감독의 한 사람인 신도오 가네토(新藤兼人)는 다음과 같이 명쾌하게 설명하고 있다.

　테마(주제)란 작가의 주장이며 작가에게 창작의욕을 불어넣어 주는 대상으로서, 어떠한 영화도 주제가 없이는 만들어지지 않는다. 주제가 정해져야만 제재가 정해진다. 줄거리(스토리)는 당연히 제재가 잡힌 다음에 생겨나는 것이며, 플롯은 줄거리가 있는 다음에 짜인다. 구성은 이상의 것들을 정리하며 꾸며지는 것이나…, 작가의 머릿속에서 부분적으로 파생되어 점차 정리되어 오는 창작적 프로세스라는 것은 때로 주제와 제재가 동시에 정해질 수도 있는 것이며, 혹은 플롯과 구성도 동시에 짜이고 무너지기도 한다.

신도오 가네토는 의식이 있는 시나리오작가이자 영화감독을 겸하였기 때문에 꽤 솔직하고 진지하게 설명하고 있다. 그러니까 ①②…⑤로 분류해 놓은 것은 편의 문제지, 꼭 그 순서를 따르자는 것이 아님을 기억해 두면 좋다.

Ⅰ. 주제

Theme(獨)를 주제라고 번역하고 있으나, 주제라는 말은 '테마'의 번역이라기보다 이제는 일상의 생활용어가 되어 정착된 우리말이나 진배없게 되었다고 해도 과언이 아니다.

옛날부터 주제, 제재, 스토리는 시나리오의 기본을 형성하는 삼위일체적 요소라고 불려 왔다. 아무리 소재가 좋고, 아무리 스토리가 재미있어도 주제가 분명치 않으면 삼류 작품으로 전락되기 쉽다. 바로 이 점이 주제의 중요성이다.

주제, 그것은 한 마디로 말해 '예술작품이 내세우는 중심적인 의미내용'일 것이다. 음악에 있어서의 테마는 '악곡의 중심이 되는 선율(旋律)'을 말하는 것과 같이 소설이나 희곡, 시나리오에 있어서의 주제는 그 작품의 전체를 관통하는 '통일적인 의미내용'을 말한다. 주제가 애매하면 감동을 얻지 못하는 것은 물론, 작품성까지 인정받지 못하게 된다.

『문예대사전』은 주제를 다음과 같이 적고 있다.

> 예술적 표현의 목표를 이루는 일정한 의미관련으로서의 모든 내용은, 이것을 중심으로 통일적으로 형성된다. 또 주제는 소재(제재)를 떠나서 생각할 수 없다. 물론 소재 그 자체가 테마는 아니며, 그것은 작가의 정신적 관점에서 파악, 해석하여 일정한 이데아(Idea) 밑에 집약한 것으로, 이것이 여러 가지 사건이나 성격을 표현함에 있어 구체적으로 전개되는 것이다. 음악에 있어서의 테마와 마찬가지로 소설이나 희곡의 테마는 작품 전체를 관통하는 통일적 계기로 중시된다. 물론 이 방면에서 문예작품과 그 상호관계를 연구하는 것을 주제학(Themetologic)이라고 하며, 비교문학에 있어서도 이것이 한 방법으로 되고 있다.

결국, 주제란 작가가 독자나 관객에게 전하고, 주장하고 싶은 '내용충동의 결과'라고 생각하면 틀림없다. 그러나 많은 사람들은 테마와 모티브(Motive)를 혼동하는 경우가 허다하다. 모티브란 동기나 계기를 말할 뿐이다. 그러니까 하나의 작품을 쓰기 위해서 동기나 계기는 있게 마련이며, 테마는 모티브 이후 작가의 주장이나 예술적, 사회적인 제반의식이 가미되어 완성되는 것이라고 해야 할 것이다.

그렇다고 하여 테마가 작가의 사상이나 주의의 전부라고 생각해서는 안 된다. 테마가 작가의 사상이나 주의와 밀접한 관계 위에 있는 것만은 사실이나, 그것이 그대로 노출되고 만다면 예술적인 작품으로 승화되기 이전에 논문이나 연설이 되고 말기 때문이다. 이 같은 사실은 목적극(目的劇)일 경우에 더 두드러지게 나타난다. 공산주의 국가나 사회주의 국가에서 그들의 이데올로기를 전개하고 선전하기 위해서 만들어진 영화는, 사상과 주제가 의식적으로 노출이 되고 있기 때문에 영화 본래의 예술성이 상실되지를 않던가.

우리 주변에도 예전에는 이 같은 과오가 왕왕 저질러지기도 했었다. 물론 이데올로기의 대립이 극심했던 시절의 일이지만, 반공상(反共賞) 타기 위하여 의식적으로 만들어진 이른바 반공영화나, 유신 대통령의 의지를 받들어서 만들어진 소위 새마을 영화 등이 예술성보다 선정성(宣傳性)을 앞세운 경우가 되겠고, MBC-TV의 반공드라마 〈113 수사본부〉나, KBS-TV의 〈실화극장〉, 〈추적〉 등은 오직 반공만의 요소로 드라마투르기(Dramaturgie)를 이끌어 갔던 까닭으로 시나리오나 TV드라마 본래의 예술성에서 크게 이탈한 경우에 해당될 것이다.

클라라 베란저 여사는 이 점을 다음과 같이 말하고 있다.

아무리 특이한 테마를 내세운 작품이라고 하더라도 그것이 드라마로 묘사되고 얘기되지 않는다면 실패작이라고 보아야 한다.

다른 한 편으로 생각해 보면 주제란 꼭 작품을 쓰기 전에 정립해 두어야 하는가, 라는 반문도 성립된다. 왜 이 같은 반문이 제기되는가 하면 모든 작법에서 주제를 가장 앞부분에 두면서 대단히 중시하고 있기 때문에 신인작가들은 주제의 설정에 겁을 먹으면서 구속되기가 쉽기 때문이다.

예술작품에 있어서 주제란 당연히 작품의 핵이며 정신이 되는 것은 사실이지만, 그렇다고 하여 주제가 명확하게 정해져 있어야만 작품이 써지는 것은 아니다. 쓰면서 주제가 명확히 드러나는 경우도 얼마든지 있기 때문이다.

그러므로 경험이 많은 기성작가들이 주제에 특별히 신경을 쓰지 않고 있으면서도 뚜렷한 주제를 내세울 수 있는 것은, 그들의 작가의식이 평소에도 작용되고 있기 때문에 작품을 쓰는 것과 병행하여 서서히 익어가고 있기 때문이다. 그러나 경험이 적은 신인작가들은 주제에 관한 한, 사전에 익히고 다져두는 것이 작품을 쓰기가 수월하고 편하다는 사실은 분명하다. 다음을 보자.

> 소설에 있어서 주제라고 하는 것은 쓰기 전이나, 쓰는 도중에 있어서도 작가는 잘 모르고 있는 경우도 있다. 때문에 주제를 꼭 '의도'라고만 볼 수가 없다. 주제가 '의도'라면 쓰기 전에도, 쓰는 도중에서도 분명히 할 수가 있지 않은가.
> 작품을 쓰면서, 그리하여 다 쓴 다음에 비로소 자기를 아는 것이다.

앞의 것은 일본의 소설가 미시마 유키오(三島由紀夫)의 주장이며, 뒤의 것은 프랑스의 유명한 소설가 앙드레 지드(Andrée Gide)의 말이다. 이들 두 사람은 모두 한 시대를 풍미했던 작가이기 때문에 위와 같은 체험적인 말을 입에 담을 수가 있다면, 앞서 설명한 기성작가의 경우에 해당된다.

비단, 시나리오작가뿐만 아니라 모든 예술가들은 주제에 대해 깊은 관심을 갖는다. 그것은 주제가 작품의 성패에 관한 열쇠라는 강박관념에서 오는 것이라고 해도 무리는 아니지만, 이 점은 신인작가와 기성작가가 서로 다른 관념을 가지고 있기도 하다. '무엇으로 주제를 삼을 것인가'를 놓고 신인작가는 대단히 고심하고 있지만, 기성작가는 오랜 경험으로 그것이 몸에 배어 있기 때문에 거의 고심을 하지 않는다. 미시마 유키오의 말처럼 써 가면서도 잘 모르는 경우도 있을 것이기 때문이다.

다음은 '당신은 쓰기 전에 주제를 먼저 설정하십니까?'라는 질문에 대한 일본의 시나리오작가 기쿠시마 류소(菊島隆三)의 긍정적인 대답이다.

　　인간을 그려보고 싶은 것이 언제나 제1조건입니다. 그래서 그 인간에 대하여 작자는 어떻게 생각하는 것일까. 긍정할 것인가? 부정할 것인가에 대해 작가의 눈을 두게 되는 것입니다. 동시에 어떠어떠한 시대가 만들어 놓은 인간에 대하여, 좀 더 사랑스럽고 따뜻이 생각해 보게 되는 따위가 주제로 되는 것입니다. 그렇다면 그것은 구체적으로 어떠한 곳에서부터 움직여 나가게 되느냐 하는 것이 문제가 되겠습니다만…, 물론 테마란 사람에 따라 다른 것이겠으나, 나의 경우에 있어서는 역시 어떠한 인간의 타입을 표출할 것인가에 있다고 생각됩니다. 〈중략〉 우리가 시나리오를 쓸 때 어떠한 인물을 그려 갈 것인가, 그러한 인물을 어떻게 그려 갈 것인가…, 그것이 중요한 것이 아니겠습니까. 관념적인 테마는 인간성을 잃게 하고 그렇게 되면 감정이 표현되지 않는 까닭으로 테마 그 자체에 지나친 신경을 쓰게 되면 인간의 재미스러움을 잃게 되는 경우도 있는 것입니다.

주제란 대체적으로 추상적인 것이기 때문에 그것이 곧 스토리가 되지는 않는다. 그러면서도 주제가 단순한 관념이 될 수 없다는 것이 대단히 중요하다.

정의라는 것이나 사상이라는 것은, 단어만으로는 대단히 관념적인 것이다. 그러나 그와 같은 관념에 하나의 방향을 주어 보면 구체화된다. 이러한 구체화된 관념을 테마라고 보면 된다.

사랑에는 국경이 없다.

정의도 때로는 악덕에 진다.

이와 같은 것은, 관념에 하나의 방향이 주어졌기 때문에 훌륭한 주제가 되는 것이다.

여기서 우리는 찰스 브라케트가 말한 「시나리오의 십훈」에서 '한 줄로 표현할 수 있는 테마를 가져라'는 교훈을 다시 한 번 상기하게 된다.

II. 제재

주제가 먼저냐, 제재(題材)가 먼저냐 하는 문제는 앞서 논의되었으나, 제재란 무엇인가에 대하여서는 여기서 거론하는 것이 마땅하다. 제재가 무엇인가를 명확히 알게 되면, 어느 것이 먼저냐 하는 논란은 무의미해진다.

제재는 소재(素材)다.

소재란 재료를 의미한다. 좋은 요리를 만들기 위해서는 신선한 재료가 필요하다. 상한 달걀이나 질이 나쁜 쇠고기를 써서는 맛있고 영양가 높은 음식을 만들 수 없다. 그러한 이치는 시나리오나 드라마의 이치와도 다를 바가 없다. 좋은 드라마나 시나리오는 좋은 소재를 택하는 것으로 성공을 보장받을 수가 있다.

주제가 관념성을 띠고 있다면, 소재란 어떤 경우에도 현실성을 띠게 된다. 좋지 않은 재료를 가지고는 아무리 훌륭한 요리사라고 하더라도 맛있는 음식을 만들 수가 없는 것처럼, 좋지 않은 소재, 설익은 소재를 가지고는 능력 있는 시나리오작가도 좋은 작품으로 완성하지 못할 것이다.

이번에는 무엇을 쓸까 하는 고민도, 다음은 무엇을 쓸까 하는 고민도 모두가 마땅한 소재를 찾기 위한 고뇌일 것이다. 작가란 누구나 경험하게 되는 이 고민은 참으로 아이러니컬하다. 왜냐하면 소재란 우리 주변에 얼마든지 있기 때문이다. 극예술(劇藝術)이란 궁극적으로 인간을 그리는 일이다. 선한 사람이든 악한 사람이든 얼마나 인간을 잘 그려 놓았느냐 하는 것이 결국 시나리오의 우열을 판가름하게 된다.

또 완벽한 인간을 그리기 위해서는 사건을 가미하게 마련이다. 사랑을 하는 일, 살인을 하는 일, 배신을 하는 일 따위는 말할 것도 없고, 투쟁하는 일, 심지어 전쟁의 양상도 사건의 범주에 해당된다. 우리들 주위에는 천태만상의 인간들이 있다. 그리고 그들은 언제나 그들 나름의 삶을 위하여 크고 작은 사건을 짊어지고 다닌다. 신문의 정치면, 경제면, 사회면에는 그와 같은 사실들이 연일 보도되고 있다. 그런데도 작가들은 소재를 찾기 위해서 부심하고 있다. 바로 그것이 아이러니라는 것이다.

모든 소재가 시나리오에 적합한 것은 아니다. 사건 자체는 매력 있는데, 거기에 관련된 인물이 마땅치 않으면 좋은 소재일 수가 없을 것이고, 인간은 살아있는 데 사건이 죽어있다면 그 또한 좋은 소재일 수가 없다. 간혹 두 가지 모두가 괜찮다 싶으면 윤리적, 도덕적인 면에서 문제가 야기될 수도 있다. 이와 같은 까닭으로 우리의 주변에 많은 소재가 있는 것 같으면서도 막상 쓰려고 보면 마땅치 않았다는 경험을 기성작가들은 누구나 체험하고 있다는 사실을 유념한다면 신인작가가 소재를 선택하고 다듬는 일이 얼마나 어려운 것인가를 어렴풋이나마 짐작하였을 것으로 믿는다.

무엇을 쓸 것인가, 어떤 소재를 선택할 것인가에 대한 판단의 기준은 자명하다. 작가가 처한 시대상황에 비추어 지금 쓰지 않으면 안 되는 소재, 그리고 쓰고 싶은 충동을 갖게 하는 소재, 완벽하게 소화해 낼 수 있는 소재를 택하는 것이 최선의 방법이랄 수밖에 없다. 그러나 이 말은 너무도 논리 정연하다. 이같이 논리가 정연해질수록 소재를 택하는 일은 어려워질 수밖에 없는 것이다.

근대극의 아버지라고 불리는 입센(Henrik Ibsen. 1828~1906. 노르웨이)같은 사람도 철저하게 신문기사를 관찰하고 있었다고 하는데, 그것은 소재를 찾기 위한 좋은 방법이 될 수 있다. 물론 신문기사가 된 사건이 하나같이 훌륭한 소재일 수는 없다. 그러나 거기서 어떤 사건의 원형을 찾는 계기를 마련할 수는 있을 것이다. 또 훌륭한 인간, 아주 나쁜 인간의 표본도 있다는 점에서 신문기사란 소재의 보고(寶庫)인 것만은 사실이다.

　　가장 감동적이었던 신문기사가 가장 추악한 인간의 양상을 드러내는 드라마가 되어 대성공을 할 수 있는 반면, 파렴치한 인간의 얘기가 작가에 의하여 감동적인 작품으로 승화될 수도 있다. 이것이 무엇을 의미하는가. 시나리오나 드라마가 하나의 사실만으로 그려지는 것이 아니라는 점을 보여 주는 좋은 예라 할 것이다. 신문기사는 대개의 경우가 사실(있었던 일)이지만, 드라마의 경우는 사실을 그려서 다큐멘터리 드라마가 될 수 있는 반면, 완전한 픽션(虛構)에 의하여 전혀 사실이 아닌 것을 사실처럼 만들어 놓기도 한다.

　　여기서 우리는 제재(소재)가 가지는 재료의 의미를 간파하게 된다. 이 같은 까닭으로 소설이나 희곡과 같은 기존의 문학작품에서도 얼마든지 소재를 찾아낼 수가 있을 것이다. 비근한 예가 되겠지만, 하나의 무에서 깍두기도 만들고 동치미도 만들 수가 있는데 그 모양과 맛은 전혀 다를 수도 있다는 점을 상기해 보면 알 것이다.

　　제재의 의미는 대충 짐작하였으리라고 생각된다. 제재는 하나의 재료에 불과하다. 재료로서의 소재에 스토리가 가해지고, 테마가 부여되어야만 완성된 작품이 되는 것이기 때문에 우리들의 가정에서 일어나는 일상의 문제도 훌륭한 소재요, 홍수로 인하여 수많은 인명의 피해를 낸 것도 소재이며, 어린아이가 아파트의 정화조에 빠지는 것도 훌륭한 소재가 된다. 어디 그뿐이겠는가. 70대의 유명인사가 20대의 여성과 재혼을 하는 것도 소재이며, 천재시인이 아무 유언도 없이 죽는 것도 소재이며, 동성동본의 남녀가 사랑을 이루지 못하는 것도 훌륭한 소재가 된다.

다만 그와 같은 훌륭한 소재가 그것만으로 작품이 될 수 없다는 데서 많은 작가들이 소재 때문에 고민을 하게 된다. 아무리 낯선 소재라도 작가에 의해 잘 연구되고 매만져진다면 좋은 소재로 둔갑할 것이나, 생소한 대로 내버려 둔다면 생소한 소재로 남을 수밖에 없을 것이다. 가령 '화재'라는 소재가 있다고 했을 때 그것이 A작가에게는 훌륭하게 소화되어도, B작가에게는 흥미가 없거나 소화해내지 못하는 경우도 얼마든지 있는 것이며, 뿐만이 아니라 두 개의 소재를 합쳐서 훌륭한 작품이 될 수가 있는가 하면, 열 개의 소재를 합쳐도 작품이 되지 않는 경우가 허다한 것이 무엇을 말하는가.

그렇다면 신인작가의 경우는 어떤 소재를 택해야 하는가. 여기에는 두말할 필요가 없을 것이다. '가장 자신 있는 소재'를 선택해야 한다. 가장 자신 있는 소재라는 것은 그 발상이 어디에 있든 간에 머릿속에서 오래 굴려서 잘 익힌 소재를 말한다. 머릿속에서 익어 가는 과정을 작가들은 '굴린다.'고 말을 한다. 굴리는 행위는 자신 있는 소재를 만드는 행위를 의미한다.

소재는 얼마든지 있다. 그것을 찾는 일은 그리 어렵지 않다. 정말로 어려운 것은 찾아진 소재를 진지하게 굴리고 분석하여 자신의 것으로 만드는 일이다.

■ 헌팅(Hunting)

시나리오작가나 영화감독, TV드라마의 연출자는 헌팅이라는 말을 자주 쓴다. 헌팅이라는 말의 본래의 뜻은 사냥을 의미하는 것이지만, 시나리오작가의 경우는 '현장답사'라는 개념으로 쓴다. 감독이나 연출가가 완성된 시나리오를 들고 헌팅을 가는 것은 촬영장소를 찾아다니는 것이지만, 시나리오작가가 헌팅을 가는 것은 소재를 찾고, 찾아진 소재를 확인하러 다니는 행위가 아니겠는가.

여기서 재미있는 것은 시인이 시를 쓰기 위하여 현장을 찾아보고, 소설가가 소설을 쓰기 위하여 현장을 답사하는 것도 엄연한 사실이지만, 그들의 행위를 Poet Hunting이나 Novel Hunting이라고 말하지 않는다. 그러나 Scenario Hunting이라는 말이 존재하는 것을 보면, 시나리오가 현장성, 현실성을 엄마나 중요시하고 있는가를 잘 말해주는 것이라고 하겠다. 다시 말하면 소설적인 소재와 시나리오적인 소재가 구별되고 있음을 알 수가 있다.

'시나리오는 발의 문학이다!'라는 말은 수없이 되풀이된다. 이 말은 '시나리오는 발로 써라!'는 말일 것이다.

시나리오를 발로 써야 하는 것은 사건과 인물을 취재하는 일이며, 현실성과 현장감을 확인하는 일이기도 하다. 뒤에 다시 설명이 되겠지만, 나의 시나리오작가 생활 40년을 뒤돌아보면서 가장 마음에 들고, 타인들로부터 성공한 작품이라고 평가받은 것은 내 집 서재에서 쓴 것이 아니라 사건 현장, 촬영 현장의 여관방에서 쓴 〈갯마을〉, 〈저 하늘에도 슬픔이〉 등과 같은 작품임은 무엇을 말하는가. 이는 아무리 낯선 소재라도 자기의 것을 만들었을 때 성공할 수 있다는 것을 입증하는 단적인 예가 되고도 남을 것이다.

헌팅의 시작은 취재에서 비롯된다. 가령 작품의 주인공이 암(癌)을 앓는 환자라면, 맨 먼저 만나야 할 사람이 암을 전공한 의사일 것이고, 두 번째는 암을 앓고 있는 환자를 만나서 예컨대 가장 고통스러운 일이 무엇인지, 소망이 무엇인지를 취재하는 일일 것이며, 세 번째가 병원의 암병동(癌病棟)을 세세히 살피는 일과 치료 기기(器機)와 약물(藥物)을 정밀하게 파악하는 일일 것이다.

이 책을 읽고 있는 독자들이여, 시나리오 헌팅에 나서 보지 않으려는가.

처음 한 번은 귀찮고 어려울지도 모른다. 그러나 헌팅에 열을 올리는 작가가 성공할 확률이 높다는 사실을 명심해 주기를 바란다. 그러므로 시나리오작가(드라마작가도 포함되지만)에게는 작은 '카메라'가 반드시 있어야 하고, 성능이 좋은 '녹음기'가 필요하다. 그리고 무엇보다도 중요한 것이 튼튼한 다리가 있어야 한다. 시나리오란 발로 쓰는 문학이기 때문이다.

우선 인물 소재를 예로 들어보자. 소재가 될 만한 인물이 있으면 무조건 찾아가서 만나야 한다. 그리고 그의 말(속내)을 녹음기에 담아 와서 되풀이해서 들어보는 인내와 노력이 필요하다. 또한 소재가 될 만한 사건이 있으면, 그 현장을 찾아가서 확인해 보고 그것을 카메라에 담아 온다. 이런 일련의 행위가 모두 소재를 익히고 굴리는 과정이다.

이 과정에서 주의할 것은 실제의 인물이 말한 사실이 곧 결정적이 소재가 되는 것이 아니라는 점이다. 또 실제의 장소가 결정적이 장소가 되는 것은 더욱 아니다. 앞서 설명했듯이, 두 개의 소재를 합쳐서 좋은 작품이 될 수 있는 반면에, 열 개의 소재를 합쳐도 좋은 작품이 되지 못하는 경우가 있기 때문이다. 다만 소재를 완전한 자기 것으로 만들기 위해서는 그와 같은 노력을 필요로 하지만, 일단 자신의 것으로 확인이 되면 그것을 픽션으로 재창조하는 노력이 있어야 하는 것이다.

이렇게 해서 얻어진 소재를 스토리로 구체화하게 된다.

Ⅲ. 스토리

소재를 정해서 자신의 것으로 만들고 나면 스토리(Story)를 써야한다. 물론 플롯(Plot) 위 과정이 남아 있고, 극적 국면을 설정하는 과정이 아직 남아 있지만, 소재가 스토리로 변해가는 시기에는 스토리의 위치가 대단히 중요하다. 스토리란 소설은 물론이요, 희곡이나 시나리오에 있어서도 초기의 핵심부분인 것처럼 스토리가 없는 시나리오나 드라마는 성립하지 않기 때문이다. 포스터(Edward Morgan Forster · 1879~1970 · 영국) 교수는 스토리와 더블플롯(Double Plot)에 대하여 그 탁견을 피력한 바가 있다. 문예이론에서 플롯과 스토리를 논하는 부분에 이르면, 언제나 포스터가 거명되는 것은 그의 이론이 탁월하기 때문이다. 그가 남긴 소설은 장편 5, 단편 10에 불과하지만, 소설론인 『소설의 양상Aspects of the Novel(1927)』은 소설을 쓰고자 하는 사람들이 반드시 읽어야 할 만큼 대단히 유익한 책이다.

　　스토리는 소설에 있어서 가장 필요한 조건이다.

　　포스터 교수의 주장이다.
　　물론 소설이 스토리만으로 성립하지 않는다. 그러나 스토리가 없이는 어떠한 사상도, 문제의식도 제기할 수가 없다. 대화만으로 쓰이는 희곡에 있어서도 스토리가 필수요건인 것처럼, 시나리오도 TV드라마도 스토리를 필수조건으로 한다. 이 때문에 주제, 소재, 스토리를 삼위일체라고도 하는 것이다.
　　하나의 작품을 쓰기 위한 창조과정에서 주제를 생각하고 소재를 선택하게 되면, 어떠한 경우에도 스토리를 만드는 과정으로 들어서게 된다. 아무리 훌륭한 사상도, 아무리 정밀한 기교도 짜인 스토리에 부여

되는 것이기 때문에 이제부터 써야겠다고 생각하는 스토리가 없다면 사상도 기교도 소용이 없게 된다. 소용이 없을 뿐만 아니라 작품의 형태도 없어지고 만다. 그것은 집을 짓고자 하는 사람이 대지(垈地)를 마련하지 않은 것으로 비유할 수도 있다. 아무리 좋은 설계도가 있고 값비싼 자재를 가지고 있다고 하더라도 대지가 없다면 건축으로 들어갈 수가 없지 않겠는가.

신문의 보도기사가 갖추어야 할 요건을 흔히 5W라고 한다. 또 우리는 그것을 다른 말로 육하원칙(六何原則)이라고도 한다. 그 5W와 6하원칙이 스토리가 갖추어야 하는 요건이다.

Who(누가) … 인물
When(언제) … 시간
Where(어디서) … 장소
What (무엇을) … 사건
Why(왜?) … 원인

스토리에 이상과 같은 요건이 갖추어져야 하는 것은 애매모호한 스토리를 만드는 것이 아니라, 논리성을 갖춘 완벽한 스토리를 만들어야 하기 때문이다.

드라마의 요건은 '성격' '환경' '행위'가 되기 때문에, 이와 같은 드라마 요건의 밑바탕이 되는 스토리에 그것이 포함되어 있어야 한다는 뜻이다.

성격 … 누가(인물)
환경 … 언제, 어디서(배경)
행위 … 무엇을(사건)

이렇게 보면 스토리라는 것이 일상생활에 나타나는 모든 과정을 있는 그대로 나열해 놓는 것이 아니라, 거기에 취사선택이 가해지고, 논리적인 바탕을 마련하며, 때로는 윤리적인 조정까지 필요하다는 사실을 알게 된다. 때문에 스토리는 드라마 시추에이션으로 상승효과를 노리면서 진행될 수 있게 '유기적으로 연결'이 되어야 하는 것이다.

마리온 여사(Frances Marion · 미국)는 그의 시나리오작가로서의 경험을 토대로 쓴 『시나리오 강화(講話)』에서 스토리를 다음과 같이 설명하고 있다.

> 스토리는 주제에 초점을 맞추고 있다. 주제는 플롯의 기초가 되어있는 명제이기도 하다. 그것은 플롯을 받쳐 주는 등뼈이다. 또한 주제는 스토리가 증명하여 주는 이념이다.

스토리의 중요성을 단적으로 설명해 놓은 글이라고 생각된다.

그렇다면 시나리오나 TV드라마를 쓰기 위하여 스토리를 만들어 보아야 하겠는데, 스토리의 길이를 얼마만큼 잡아야 하는 것일까. 예컨대 200자 원고지로 몇 장이나 쓰면 스토리의 요건을 갖출 수 있는가 하는 의문은, 정말로 무의미한 고민일 것이다. 스토리의 길이는 작가 자신에게 필요한 만큼만 쓰면 될 것이기 때문이다. 다만 '유기적으로 연결'이 되기 위하여 5W가 명확히 포함되는 것으로 충분한 것인데도 마치 무슨 규칙이 있는 것처럼 생각하는 신인작가들이 많다.

여기서 부연해 두고 싶은 것은 시놉시스(Synopsis)라는 말이다. 영화사에서나 방송국에서 작품을 청탁할 때, '시놉시스'를 내달라고 한다. 이럴 때의 '시놉시스'는 드라마의 줄거리를 의미한다. 그러니까 쓰고 싶은 드라마의 개요를 의미하는 것이다. 그러므로 우리가 지금 살피고 있는 스토리는 엄격한 의미에서 시놉시스가 될 수는 없다. 그러면 시놉시스란 무엇인가. 스토리는 얘기의 흐름일 뿐, 극적 요건이 포함되어 있지 않다. 스토리를 플롯으로 변형 발전시켜 놓아야만 비로소 완성된 줄거리가 되는 것처럼, 그 플롯이 스토리를 한 차원 높인 시놉시스가 되는 것이다.

일상적인 스토리에 극적 요건을 가한 것을 플롯이라고 한다. 그 플롯을 이해하고 나면 '시놉시스'가 무엇인지도 자연히 알게 될 것이다.

IV. 플롯

시나리오를 공부하는 사람들이 찾아와서 말하는 것을 들어 보면, 스토리와 플롯을 혼동하고 있는 경우가 허다했다. 스토리와 플롯은 어떤 경우에도 혼동될 성질의 것이 아니며 또 혼동이 되어서도 안 된다. 스토리가 시나리오나 드라마의 기둥이며 흐름이 되는 것은 사실이지만, 그와 같은 스토리에 극적 요건을 가미하여 시나리오의 형식에 알맞게 구체적으로 조직해 놓은 것을 플롯(Plot)이라고 한다.

포스터 교수는 명저 『소설의 양상』에서 플롯을 다음과 같이 말하고 있다.

우리는, 이야기를 시간적인 순서대로 배열된 사건의 진술이라고 정의했다. 플롯 역시 사건의 진술인데 인과관계에 중심을 둔다. '왕이 죽었고, 그 다음에 왕비가 죽었다.'라고 하면 스토리가 된다. 그러나 '왕이 죽자, 그 왕비도 슬퍼서 죽었다.'라고 한다면, 플롯이 되는 것이다. 시간적 순서는 그대로 가지고 있지만 인과감(因果感)이 그림자를 드리우고 있는 것이다. 또 '왕비가 죽었다. 아무도 까닭을 모르다가, 왕이 죽은 슬픔 때문이라는 것을 알게 되었다.'라고 한다면, 이것은 신비감을 간직한 플롯이며 고도로 발전될 가능성을 내포한 내용이 아닐 수 없다. 우리는 '스토리'의 단계에서는 '그래서?'라고 하지만, '플롯'이 되면 '왜?'라고 한다. 이것이 소설의 두 양상의 근본적인 차이점이다.

이 구절이야말로 세계의 작가 지망생들에게 플롯과 스토리를 구별할 수 있게 하는 가장 명료한 설명이 될 것이다. 이와 같이 논리 정연하면서도 재미있게 설명하기는 어렵다. '그래서?'라는 반문은 그저 호기심을 불러일으키는 데 불과하지만, '왜?'라고 하는 의문은 지적인 분석력을 요구하는 것이라고 하겠다.

미국의 문학가 모울톤(Richard Green Moulton · 1849~1924 · 영국 출생)은 플롯에는 두 가지 측면이 있다고 설명한다. 어떤 의미에서는 '시적 건축'이라 했고, 또 다른 의미에서는 '예술적 섭리'라고 했다. 그러므로 플롯이란 일정한 플랜을 세워 예술적인 방향으로 형성하는 것이라는 설명이다.

재미있는 것은 플롯이라는 낱말의 의미이다. 플롯을 영한사전에서 찾아보면, 음모, 밀계(密計)라는 뜻으로 나타난다. 참으로 적절한 표현이 아닐 수가 없다. 이와 같은 어의(語義)를 적용하여 생각해 보면, 스토리라는 원시적으로 단순한 이야기에 예술적인 음모 혹은 밀계를 가미하여 약점이 없게 만들어 놓은 것이 플롯이라는 뜻이 된다.

결국 플롯은 스토리보다는 한 단계 발전한 것이며, 구성보다는 구체적이 아닌 줄거리를 의미한다고 하겠다. 또 스토리는 '쓴다.'고 하고, 플롯은 '짠다.'고 하는 말에서도 양자의 특성을 이해할 수가 있는 것이다.

자, 그러면 플롯을 보다 구체적으로 살펴서 실제의 문제에 활용할 수 있는 방법을 찾아보기로 하자. 플롯에는 다음의 세 가지 종류가 있다. 그 세 가지를 이해하게 된다면 플롯의 의미는 더욱 명백해질 것이라고 생각된다.

■ 직선적(直線的)인 플롯(단순형)

직선적인 플롯은 플롯의 형식 중에서도 가장 단순한 형태를 말한다. 그러므로 '왕이 죽었다. 왕비도 죽었다.'와 같이, 어떤 사건을 시간적인 순서로 단순하게 배열하는 것을 말한다. 이 같은 방법을 예시하면 다음과 같이 된다.

    Ⓐ 가난한 집에서 사내아이가 태어났다.

    Ⓑ 그 사내아이는 공부를 잘했지만, 소년 시절은 매우 가난하게 살았다.

    Ⓒ 그 소년은 대학생활을 고학으로 지내면서도 희망을 잃지 않았다.

    Ⓓ 그 덕분에 아름답고 지성적인 여인과 결혼을 하게 되었다.

    Ⓔ 대학을 졸업하고 고등고시에 합격을 했다.

    Ⓕ 그리고 몇 십 년 후에 대법관이 되었다.

이상과 같은 플롯은 출생에서 대법관이 되기까지가 시간적인 흐름의 순서로 배열되어 있음을 쉽게 알 수 있다. 이와 같은 플롯을 '직선적인 플롯(단순형)'이라고 한다.

단순형이라는 말이 의미하고 있듯이 '직선적인 플롯'은 동화나 만화와 같이 어린아이들의 읽을거리에 많이 쓰인다. 플롯을 이해하는 데 사고력을 필요로 하지 않기 때문일 것이다. 그렇다고 시나리오나 TV 드라마에 쓸 수가 없다는 것은 결코 아니다. 다만 단조로울 수가 있다는 단점이 있다.

■ 단속적(斷續的)인 플롯(복합형)

앞서 설명한 직선적인 플롯이 사건을 시간적인 순서에 따라 배열한 것이라면, 단속적인 플롯은 시간의 흐름보다 의식의 흐름을 중요시하는 것을 의미한다. 이것을 포스터 교수의 이론에 적용하면 '왕비가 죽었다. 그것이 왕이 죽은 슬픔 때문이라는 사실을 아는 데는 많은 시간이 필요했다.'라는 것에 해당된다. 이같이 시간적인 흐름을 뒤바꾼 단속적인 플롯을 직선적인 플롯과 비교해 보면 다음과 같이 된다.

Ⓕ 어떤 사람이 대법관에 임명된다.

Ⓐ 그는 너무도 가난한 집에서 태어났다.

Ⓑ 소년 시절은 더욱더 가난했다.

Ⓓ 그는 아름답고 지성적인 여인과 결혼을 했다.

Ⓒ 그것은 대학생활이 비록 고학이었지만, 희망을 버리지 않았기 때문이었다.

얘기는 같은 것이지만, 그 흐름은 직선적인 플롯과 확연히 구별이 되었으리라고 생각이 된다. 이와 같이 플롯을 보다 복잡하게 조직한다면, 특정시간을 정지시켜 놓고 새로운 시간을 창조해 갈 수가 있을 것이다. 흐르는 시간, 이른바 자연적인 시간을 정지할 수 있는 능력을 가진 사람은 신과 작가뿐이다. 작가가 작품을 쓰는 순간만은 신의 힘을 능가한다는 사실 때문에 작가에게는 큰 자긍심으로 살아나고 또 보람으로 여기게 되는 것이다.

위에서 본 단속적인 플롯은 극영화의 시나리오는 물론 TV드라마에서도 대단히 많이 활용된다. 영화나 TV드라마가 단속적인 플롯을 채용했을 때, 드라마 용어로 나라타즈(回想) 수법이라고 말하는 것도 기억해 두었으면 좋겠다.

■ 연주적(連珠的)인 플롯(단편적인 단속형)

연주(連珠)라는 말은 여러 개의 염주 알이 모여서 염주 목걸이를 만드는 이치와 같은 것이다. 이를테면 염주 알은 하나의 알만으로도 개체를 이루고 있지만, 또 다른 하나하나가 모여서 염주 목걸이라는 별개의 개체를 이루는 것과 의미가 같은 것이다.

이 같은 이치를 영화에 적용한 것을 옴니버스(Omnibus) 영화라고 한다. 좀 더 구체적으로 설명하면 염주 알 하나에 해당하는 단위는 직선적 플롯을 택해도 무방하고, 단속적인 플롯을 활용해도 상관이 없다. 그러나 그와 같은 단위의 별개의 플롯이 세 개 이상이 모여서 하나의 플롯을 이루어 놓은 상태의 작품을 옴니버스 영화라고 말하는 것이다.

예컨대, 줄리앙 듀비비에(Julien Duvuvier · 프랑스) 감독이 만든 〈무도회의 수첩(Un Carnet de Ball)〉이나, 〈운명의 맨하탄(Tales of Manhattan)〉과 같은 영화가 옴니버스 영화이며, 이와 같은 옴니버스 영화를 만들기 위한 시나리오의 플롯을 연주적 플롯이라고 한다.

옴니버스 영화에 있어서의 각 편에 해당하는 독립된 한 편과 한 편과의 연결은 주제, 인물, 시간, 때로는 소품 등으로 연결이 되어야 성립되는 것이지, 의미의 연관이 없이 완전히 별개인 영화가 세 편 이어졌다하여 옴니버스 영화가 되는 것이 아니라는 사실을 분명하게 인식해 두어야 한다.

가령 〈무도회 수첩〉의 경우는 여자 주인공이 매 편마다 다른 옛날 연인을 만나는 플롯으로 구성되어 있으며, 〈운명의 맨하탄〉은 소품의 하나인 연미복(燕尾服)이 주인을 바꾸면서 옮겨 다니는 세 편의 플롯으로 되어 있음을 볼 수가 있다.

그러니까 집필 작가의 경우는 한 사람이 다 써도 좋고, 독립된 작품마다 작가가 달라도 상관이 없다. 그것은 감독의 경우도 마찬가지다.

우리나라의 옴니버스 영화는 김수용 감독의 〈운명의 여인〉, 신상옥 감독이 만든 〈이조 여인 잔혹사(李朝女人殘酷史)〉 그리고 최인현(崔寅炫) 감독이 만든 〈명동잔혹사〉 등이 있다.

이상에서 살펴본 것이 플롯의 세 가지 종류다.

비단 시나리오를 쓰는 일뿐만 아니라 세상의 모든 일이 이론만으로는 이루어지지 않는다. 만일 이론의 탐구만으로 성공할 수 있다면 실패란 없을 것이다. 지나치게 자세한 설명이 될지 모르겠지만, 플롯을 짜는 실제의 방법을 살펴보기로 한다.

다음에 예시한 그림은 드라마(극)의 단면도이다. 플롯을 짜기 시작할 때, 우선 앞의 그림을 먼저 그린다. 그리지 않아도 되는 것이지만 신인작가의 경우, 플롯을 짜면서도 완성된 작품을 상상하기 어렵기 때문에 먼저 완성된 작품을 한눈에 내려다보기 위하여 다음과 같은 그림을 그리는 것이다.

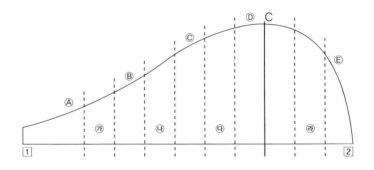

위의 그림을 한 편의 드라마(시나리오)로 본다면 ①에서 C까지는 드라마의 상승 요인이고, C에서 ②까지는 드라마의 하강(반전) 요인의 과정이 된다. 이 과정을 머리에 두고 ㉮㉯㉰㉱에 적어 넣은 스토리의 원인분석을 가한 결과를 써넣는다. ㉮㉯와 Ⓐ Ⓑ를 더 세분하면 플롯은 더욱더 상세히 짜일 것이다. 이렇게 배분되고 배열된 내용을 원고지에 옮겨 놓으면, 그것이 바로 훌륭한 플롯이 될 것이다.

플롯이 지나치게 자세하면 그것은 이미 플롯이 아니고 구성이 된다. 때문에 플롯은 스토리와 구성의 중간에 있는 것이라고 해도 무방하다.

V. 구성

작가에 있어서 구성력이란 생명과 같은 것이다. 그러므로 구성을 제대로 할 수 없는 사람은 작가가 될 수 없다고 단정을 해도 망언이 되지를 않는다.

극영화의 시나리오를 쓰거나 TV드라마의 극본을 쓰고자 할 때, 3개월의 시간이 필요하다면, 그 3분의 2에 해당하는 2개월 이상이 구성에 필요한 기간임을 감안한다면 구성의 중요성을 짐작할 수 있을 것이다. 만일 이를 수긍하지 않는 작가가 있거나, 혹은 구성을 하지 않고도 시나리오를 쓸 수 있다고 믿는 작가가 있다면, 그들은 시나리오나 TV드라마는 아무렇게나 써도 된다고 생각하는 사람들이거나, 자신을 천재라고 믿는 오만한 사람들일 것이다.

구성은 시나리오의 기둥이자 드라마투르기의 골격이다. 기둥이 실하지 않고서는 좋은 집을 지을 수가 없을 것이며, 골격이 뒤틀리고서야 어찌 온전한 삶을 기대할 수가 있겠는가. 그러므로 건축설계사가 먼저 밑그림을 그리고, 교향악의 작곡자가 세세한 플랜을 세우듯…, 시나리오작가는 구성을 위한 세세한 메모를 해야 한다. 가령 구성이라는 것은 머릿속에 있는 것이지 그것을 왜 메모를 하여 확인하느냐고 반발하는 작가가 있다면, 결단코 말하거니와 시나리오작가의 자질을 갖추지 못한 오만이랄 수밖에 없을 것이다.

소재를 택하고 그것으로 스토리를 만들고, 만들어진 스토리를 플롯으로 다시 짜는 작업을 거친 다음에는 완벽한 구성표를 만들어야 한다. 이 작업의 성과에 따라서 예술성 높은 영화를 만드느냐, 구태의연한 활동사진의 대본을 쓰느냐는 판가름이 날 것이라고 나는 단언한다. 구성이란 각각의 장면이 부닥쳐서 또 하나의 새로운 상징을 창조하는 과정이기 때문에 여기서 고민하게 되는 것이며, 여기에 많은 시간을 소비하게 되는 것이다.

다음의 그림은 구성의 면에서 본 시나리오(TV드라마)의 단면도이다.

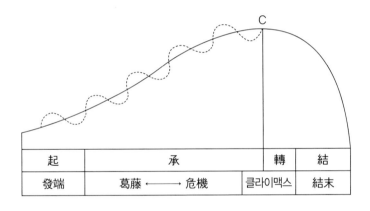

먼저 몇 가지 비근한 예를 들어서 구성의 중요성을 다시 확인해 보기로 한다.

하나의 빌딩을 건축한다고 가정한다면…, 공정에 들어가기 전에 완벽한 설계도를 마련하는 것은 말할 나위도 없거니와 완성 후의 빌딩과 조금도 다름이 없는 미니어처를 만들어 본다. 이때의 설계도와 미니어처는 모두가 구체적이고도 세세한 구성의 과정을 거치면서 완성되는 것과 같은 것이다.

또 다른 예를 든다면, 산악인들이 어느 명산을 오르기 위해서는 반드시 등반계획을 세우게 되고, 이 등반계획은 예상되는 위기의 상황은 물론 그것을 극복하기 위한 등정의 방법과 시간까지 정해 놓을 정도로 자세하다. 그것은 사고의 가능성을 완벽하게 제거하면서 목적을 달성하기 위한 사전계획일 것이다. 그러므로 등정계획은 어느 일부의 난코스가 아닌 명산의 전체를 놓고 검토하는 것이며, 이때 올라야 하는 명산의 전체가 그려지는 것과 시나리오의 구성안은 조금도 다름이 없을 것이다.

이상에서 살펴본 두 가지 예는 시나리오의 구성이 완성된 영화를 전제로 하여 되도록 정밀하고 정확하게 분석하는 과정을 거치면서 만들어져야 하는 이치와 조금도 다름이 없다.

결국 구성은 시나리오나 TV드라마에 장면, 장면으로 표시되는 신(Scene)의 하나하나를 예상하여 기록해 나가는 작업이다. 그것을 기록하는 데는 두 가지 방법이 작가의 기호에 따라 사용되고 있다.

다음은 우리나라 최초의 한일 합작 TV드라마(시나리오) 〈여인들의 타국〉을 구성하는 발단 부분의 기록이다. 한국의 작가는 신봉승이었고, 일본의 작가는 이론과 실제에 모두 밝은 야마타 노부오(山田信夫)였다. 그러므로 소재를 선택하고 스토리를 만들며, 플롯을 짜는 것은 물론 다음과 같은 구성표를 만드는 등의 모든 과정을 완전합의로 구축해 나가야 했다. 그때 나는 일본의 유명 시나리오작가들도 시나리오의 구성에 임하는 태도만은 우리와 조금도 다름이 없다고 확인하였다.

1. 나리타 공항
   KAL 이륙
2. KAL 기내
   한 · 일의 여성들의 들뜬 모습

3.   경부고속도로
   버스가 달린다.

4.   달리는 버스(안)
   일본 여성들의 놀라움
   ※ 불국사와 석굴암 등을 커트인 한다.

5.   부산(태종대)
   일본 여성들이 대마도 쪽을 바라본다.

6.   바다(부산에서 본 일본)
   두 나라가 서로 얼마나 가까운가

7.   다시 태종대
   이끼 낀 비석
   시즈(志津)의 애처로운 망향의 목소리

8.   카메라가 바다를 건넌다
   고색 창연한 지도

9.   당진(唐津:일본)의 언덕
   한국의 여인 정아(正雅)의 비석과 망향의 목소리

10.   두 개의 비석
   두 비석의 역사(해설)

11.   메인 타이틀

   이 같은 메모의 방법으로 마지막 장면이 되는 158신까지를 기록해 간다. 신(장면)의 구체적인 설명이나 인물 간의 대사만 없다뿐이지, 무엇을 써야 하는가에 대한 취지는 완전하게 드러나 있음을 알 수가 있다. 그러므로 위와 같은 구성표는 한 편의 시나리오를 완전하게 신으로 나누어 놓는 작업이다. 시나리오의 구성을 '신 나누기' 작업이라고도 한다.

• 나리타 공항 KAL 이륙	• 기내 양국 여성들의 소개	• 고속도로 버스가 달린다	• 버스(안) 명승(名勝)의 커트인
• 태종대 바다건너의 일본(지리적)	• 바다 대마도 보이면 좋고	• 다시 태종대 시즈(志津)의 비	• 지도 카메라 일본으로

준비하고 작성하는 과정은 다소 귀찮을 수도 있겠지만, 머릿속에서 굴리는 과정이 되풀이된다는 점에서 특히 일본의 작가들이 많이 활용하고 있다.

이같이 카드로 만들어진 구성표라 하여도, 앞에 소개한 문자만의 구성표와는 조금도 다름이 없다. 그러니까 하나하나가 카드로 되어 있고, 신 넘버가 기록되어 있지 않기 때문에 주머니에 넣고 다니면서도 보완할 수 있는 장점이 있으며, 정해진 순서대로 배열해 놓고 내려다 보면 전체를 일목요연하게 판단할 수 있는 장점도 있고, 또 카드의 순서(장면의 전환)을 이리저리 바꾸어 놓고 볼 수 있다는 장점도 있다.

위의 두 가지 방법을 놓고 어느 쪽이 옳다고 단정할 수는 없다. 다만 작가 자신에게 가장 유익하고 편리한 방법을 택하면 될 것이다.

자, 어느 방법에 의해서든지 구성표가 완성이 되었다고 하자. 구성표가 완성이 되면 본격적인 시나리오 작업에 들어가야 하는데, 이 과정에서 결정적인 의문이 제기되는 경우도 허다하다. 실제로 써 가다 보면 구성표의 어느 지점에 이르면 순서가 틀려지는 경우가 많다는 것이다. 그럴 때 어떻게 하느냐는 의문이다. 구성표는 플랜이기 때문에 실제의 문제와 부닥치면 전면적인 수정이 불가피할 때도 있다. 그때는 구성표를 따르지 않고 실제를 따르는 것이 상식이다. 이런 까닭으로 '그러려면 무엇 때문에 구성표를 만들어야 하는가?'라는 반문이 생겨난 다. 그렇더라도 애초에 짜인 구성표를 기초로 달라지기 시작한 새 구성표로 수정하는 것이 정도(定道)이다. 그러나 많은 작가들이 처음 한두 번 구성표를 만드는 일에 나서지만, 한 번 뒤틀리게 되는 일을 경험하게 되면서부터는 구성표의 작성과 수정을 멀리하거나 아예 작성하지 않으려고 하는 경향이 있다. 이는 분명히 좋은 시나리오를 쓰기 위한 가장 옳은 방법을 포기하는 것이라고 경고해 둘 수밖에 없다.

주제, 제재, 스토리, 플롯, 구성을 거치지 아니하고는 시나리오나 TV드라마는 써지지 않는다. 이것들은 반드시 문서로 처리되어야 하는 중요한 과정인데도 불구하고 대부분의 신인작가들은 머릿속으로만 생각하고 있다. 이것들을 문서로 처리하지 않고 시나리오를 쓰고 있는 사람들을 나는 '작가의 오만'이라고 지적했으며, 그렇게 해서 작품이 써졌다면 '재치와 테크닉'만 있을 뿐이라고 단언한다 해도 큰 하자가 없을 것이다.

시나리오작가, TV 드라마작가를 지망하는 많은 젊은이들이 자신이 쓴 원고뭉치를 들고 나를 찾아온다. 그때 나는 어김없이 다음과 같은 요구를 한다.

"작품을 쓰기 전에 당신이 노력한 흔적을 보여 주시오. 구성표나 인물관계(후에 설명된다)도 좋습니다."

이 같은 나의 요구에 선뜻 응해 주는 작가지망생들을 나는 아직 만나 본 일이 없다. 이것이 무엇을 뜻하는 것일까. 한마디로 말한다면 스토리, 플롯, 구성의 모든 과정을 문서로 처리하지 않고 머릿속으로만 굴리고 있음을 입증하는 것이 아니고 무엇인가. 이런 사람들은 작가될 자격을 이미 상실하고 있는 것이다. 작가는 있는 것을 고쳐 만드는 사람이 아니라, 아무 것도 없는 것에서 새로운 것을 창조하는 사람이기 때문이다.

창조, 이 얼마나 멋지고 보람찬 작업인가. 창조하는 사람들에게는 긍지가 있어야 한다. 긍지는 자신이 쓴 작품에 대한 모든 책임을 진다는 '작가의식'일 것이다.

스토리, 플롯, 구성의 과정을 문서로 작성할 생각이 없거든(아니할 생각이거든) 작가가 되려는 꿈을 접어주기를 바란다. 창조하는 성스러움과 자신의 작품에 대한 모든 책임을 버리고는 작가가 될 수 없기 때문이다.

나는 비교적 많은 작품을 쓴 시나리오작가이자 TV 드라마작가로서도 활발한 활동을 해왔고, 더러는 좋은 작품을 쓴 작가라고 평가를 받아왔다고 자부한다. 그러나 그 자부심보다 더 큰 자부심은 작품을 쓰기 전에 철저한 구성표를 만들었다는 사실이다. 나는 모든 작품의 구성표를 철저하게 만들었고, 특히 주머니에 넣고 다닐 수 있는 작은 노트를 작성하여 언제 어느 곳에서도 자유롭게 펼쳐보곤 하였다. 지금도 그 노트를 보관하고 있다. 간혹 특정 작품을 쓸 때의 경과를 설명해 달라는 언론사가 있으면 묵은 노트를 꺼내 다시 살펴보면서 집필하던 시절의 모든 추억이 다시 살아나는 기쁨에 젖는다.

구분	번호	제작연도	영화명	장르	감독	연출/각본	주연	크랭크인	크랭크업	개봉일	제작사	배급사	제작사	개봉(예정일)	비고
제작 진행 작	11	2016		드라마						2016.01.25	CJ E&M 영화사업부문	CJ E&M 영화사업부문		2016	
	12	2016								2016-01-14	CJ E&M 영화사업부문	CJ E&M 영화사업부문		2016	
	13	2016								2015.12.31	CJ E&M 영화사업부문	CJ E&M 영화사업부문		2016	
	14	2015		드라마						2015-10-19	CJ E&M 영화사업부문	CJ E&M 영화사업부문		2016	
	15	2015		드라마						2015-09-09	CJ E&M 영화사업부문	CJ E&M 영화사업부문		2016	
	16	2015		드라마						2015-09-30	롯데엔터테인먼트	롯데엔터테인먼트		2016	
	17	2015		시대극						2015-10-27	CJ E&M 영화사업부문/쇼박스	CJ E&M 영화사업부문		2016	
	18	2015		드라마						2015-10-21	롯데엔터테인먼트	롯데엔터테인먼트		2016	
	19	2015		드라마						2015-09-13	CJ E&M 영화사업부문	CJ E&M 영화사업부문		2016 상반기	
	20	2015		드라마/코미디						2015-08-17	롯데엔터테인먼트	사나이픽쳐스		2016	
	21	2015		드라마/코미디						2015-11-25	콘텐츠판다	워너브러더스		2016	
	22	2015		드라마						2015-11-20	NEW/퍼스트룩	오퍼스픽쳐스		2016	
	23	2015		드라마						2015-11-09	대명문화공장	대명문화공장		2016 하반기	
	24	2015		드라마						2015-11-04	NEW	오콘		2016 하반기	
	25	2015		드라마						2015-10-22	NEW	영화사람		2016 하반기	
	26	2015		드라마						2015-10-07	롯데엔터테인먼트	영화사		2016 하반기	
	27	2015		드라마						2015-09-30	롯데엔터테인먼트	영화사/SNK픽쳐스		2016	
	28	2015		드라마						2015-08-05	콘텐츠판다	상상필름		2016	
	29	2015		드라마						2015-08-19	콘텐츠판다	영화사		2016	
	30	2015		드라마						2015-08-11	NEW	CAC엔터테인먼트/스튜디오드림		2016	
	31	2015		드라마						2015-07-06	NEW	필름K		2016	
	32	2015		드라마						2015-06-23	콘텐츠판다	수필름		2016	
	33	2015		제비						2015-07-05	대명문화공장	영화사울림		2016	
	34	2015		드라마						2015-07-23	대명문화공장	아우라픽쳐스		2016	
	35	2015		드라마/미스터리						2015-05-14	콘텐츠판다	영화사 소중		2016	
	36	2015		드라마						2015-05-31	콘텐츠판다	영화사 소소		2016	
	37	2015		드라마						2015-04-25	콘텐츠판다	영화사/개인피		2016	
	38	2015		드라마						2015-03-25	롯데엔터테인먼트	영화사/게임필름		2016	
	39	2014		드라마						2014-12-23	콘텐츠판다	영화사/콘트리		2015 하반기	
	40	2014		드라마						2014-08-30	콘텐츠판다			2016	
	41	2014		한문도						2014-07-28	CJ E&M 영화사업부문	명필름/수필름		2013	
배급 투자 작	1	2016		드라마						2016-04-23	CJ E&M 영화사업부문			2016 상반기	
	2	2016		스포츠/드라마						2016-04-02	오리온시네마스	오리온시네마스		2016 상반기	
	3	2016	대결*	스릴러						2016-04-04	CJ E&M 영화사업부문	대명문화공장/쇼박스		ACA 지원 다시 봐라/ACA	
	4	2016		현대사/드라마						2016-03-26	콘텐츠판다	롯데엔터테인먼트/영화사움직임		2016 하반기	
	5	2016		드라마						2016-03-21	롯데엔터테인먼트	수필름		2016 하반기	
	6	2016		액션						2016-03-10	쇼박스	CAC엔터테인먼트/영화사쇼박스		2016 하반기	
	7	2016		드라마						2016-02-04	CJ E&M 영화사업부문	JK필름		2016 하반기	
	8	2016		액션						2016-02-04	NEW	우주필름		2016	
	9	2016		범죄						2016-01-30	NEW	아우라픽쳐스		2016 하반기	
	10	2016		드라마						2016-01-28	CJ E&M 영화사업부문	영화사/레드피터		2016 하반기	
	11	2016		범죄						2016-01-03	세종엔터테인먼트/콘텐츠판다	수필름		2016 하반기	
	12	2016		드라마						2016-01-28	CJ E&M 영화사업부문	영화사소중		2016 하반기	
	13	2016		수애민						2015-11-19	CJ E&M 영화사업부문	화이트/소소		2016 하반기	
배급 제작 작	1	2016	탐정*	추리/액션						2016.04.28	쇼박스	홀림엔터테인먼트		영화 및 소설 완성	
	2	2016		드라마/판타지						2016-06	CJ E&M 영화사업부문	KM필름		소설과 영화 동시 완성	
	3	2016		드라마						2016-05	오리온시네마스	롯데엔터테인먼트/필름K		영화 및 소설 완성	
	4	2016		드라마						2016-06	CJ E&M 영화사업부문	TPS컴퍼니		기존 소설 영화화 완성	
	5	2016		드라마						2016-07	롯데엔터테인먼트	영화사/주피터			
	6	2016	신과 함께	판타지/액션						2016-07	롯데엔터테인먼트	리얼라이즈픽쳐스/덱스터스튜디오		웹툰 원작 영화화 완성	
	7	2016		드라마								라인필름	라인필름		주조연 출연 완성	
	8	2016	역사(오리진)	드라마							2017	폭스필름	폭스필름		배우 오영수 출연 완성	

2016.04.25. 기준 / 신규 등록 작품 / 한국영화 제작상황판 수정 보완, 추가사항, 영화진흥위원회, 02-6211-6577/mmdb@kofic.or.kr

구분	번호	제작연도	영화명	장르	감독	프로듀서	각본	캐스팅	촬영기간	크랭크인	크랭크업	제공	배급	제작사	개봉(예정)	비고

시나리오

1판 1쇄 인쇄 2016년 5월 25일
1판 1쇄 발행 2016년 5월 31일

발행인 문상훈

편집주간 송길한
편집고문 최석규
편 집 장 최종현

자문위원 지상학, 신정숙
편집위원 강철수, 이환경, 정대성, 한유림, 이미정

홍보마케팅 본부장 강영우
홍보마케팅 팀장 최종인

취재팀장 이승환
취재기자 김효민, 함동국

편집부 강윤주, 전수영
교 정 김은희

표지디자인 정인화
본문디자인 김민정

인쇄처 가연출판사 (서울시 마포구 월드컵북로 4길 77, 3층 (동교동, ANT빌딩))
전 화 02-858-2217 l 팩 스 02-858-2219

펴낸곳 (사) 한국시나리오작가협회
주 소 서울시 중구 필동 3가 28-1 캐피탈빌딩 202호
전 화 02-2275-0566 l 홈페이지 www.moviegle.com

구입 문의 02-858-2217
내용 문의 02-2275-0566

* 잘못된 책은 교환해드립니다.

저작권 찾기? 보물 찾기!

보물 찾기의 설레임을 아직도 기억하시나요? 이제 저작권 찾기 사이트로 접속하세요!
저작권 찾기 서비스가 당신의 지도와 나침반이 되어 당신이 찾던 보물을 찾아드립니다.

보물 찾기!
저작권 찾기에 접속하세요!
www.findcopyright.or.kr

내 권리에 대한 **정당한 보상을** 찾아 헤매고 계신가요?

저작물 권리자에게는 저작권에 대한 정당한 보상을
받을 수 있도록 저작권 정보와 미분배 보상금 대상
저작물 목록을 제공합니다.

저작권자가 **누구인지 몰라** 애타게 찾고 계신가요?

저작물 이용자에게는 저작권자를 알 수 없어
저작물을 이용 못하는 어려움을 해소할 수
있도록 저작권 찾기 서비스를 제공합니다.

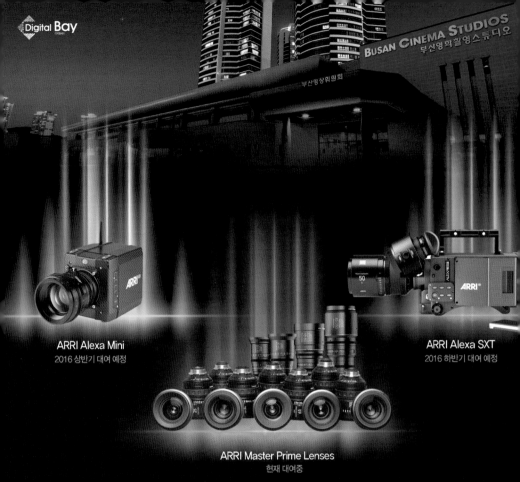

ARRI Alexa Mini
2016 상반기 대여 예정

ARRI Alexa SXT
2016 하반기 대여 예정

ARRI Master Prime Lenses
현재 대여중

부산 3D프로덕션센터
DIGITAL BAY

부산의 영화·영상산업을 선도하는 부산영상위원회는 부산지역 촬영 유치와 영화제작인프라 구축,
해외사업과 교육사업 추진을 통한 국내외 네트워크 강화로 지속적인 성장을 거듭하고 있습니다.
전담 로케이션 매니저가 배정되는 체계적인 로케이션지원시스템은 개관 이래 촬영지원한
영화·영상물이 1,000편(2016. 2)을 기록하는 데 큰 역할을 했습니다.
뿐만 아니라 기존의 부산영화촬영스튜디오를 리모델링하여 영화·영상물 제작에 최적화된 버추얼스튜디오를
조성한 '부산3D프로덕션센터-디지털베이'는 첨단의 버추얼프로덕션 기술 구현을 통해
스튜디오의 활용도를 높이고 로케이션의 한계를 뛰어 넘는 새로운 차원의 영화제작환경을 제공합니다.

BUSAN FILM COMMISSION
BIFIC 부산영상위원회

"SENSIBILITY BLOSSOM"

CLEMENE
www.clemene.com

세상에서 가장 아름다운 연극
동치미

문화융성
문화로 함께 웃다

문화융성은
공정한
예술생태계
조성에서
시작됩니다.

"공정한 예술생태계 조성을 위해"

서면계약이 의무화되고
불공정행위 제재기
강화됩니다

우리사이에
계약서는 무슨!

서면계약
미체결시

500만원 이하의 **과태료가 부과**됩니다!

흥! 이딴거
알게뭐야!

시정명령
미이행시

500만원 이하의 과태료가 부과되고,
정부재정지원에서 **배제**됩니다.

영화발전기금,
문화예술진흥기금,
방송통신발전기금 등

OUT!

2016년 5월 4일 (개정)예술인 복지법 시행

1. 서면계약체결 의무화

예술인과 문화예술용역 계약을 체결할 때는 반드시 서면으로 체결해야 합니다. (서면계약 미체결 시 문화예술사업자에게 500만원 이하의 과태료 부과)

2. 불공정행위에 대한 사업주의 정부 재정지원 배제

불공정행위 위반 사업자가 시정조치 미이행시, 정부의 재정지원(문예·영화·방송기금 등)에서 배제됩니다.

예술인신문고

예술활동과 관련한 불공정행위로 피해를 입은 예술인 구제를 위해 상담, 신고, 조사, 조정, 소송 등을 지원합니다.

· 예술인경력정보시스템(www.kawfartist.kr) – 예술인신문고
· 전화: 02-3668-0200
· e-mail: sinmungo@kawf.kr
· 방문: 한국예술인복지재단

공정한 예술생태계 조성, 문화체육관광부와 한국예술인복지재단이 함께합니다.

 문화체육관광부   ＞＞/ 한국예술인복지재단